KB059311

인류보호회사

4

인류보호회사

Humanity Protection Company

4

짤짤이
지음

시공사 × 노블피아

차례

오염

1차장, 참모부장, 기획실장이 모인 회의는 그 성격이 변했다. 전쟁을 앞두고 이들은 분산된 전력을 연계하기 위한 내용을 토론하기 시작했다.

온갖 소리가 바쁘게 들려왔다. 사람들이 뛰어다니는 소리, 보고와 명령이 크게 반복되는 소리, 키보드며 종이가 휘날리는 소리.

세 명의 고위 사원이 어두운 안색으로 침묵하던 중, 1차장이 어렵게 말을 꺼냈다.

"왜 전쟁을…"

이렇게 본격적으로 싸우기를 원한 적은 없었다. 하다못해 참모부장조차 그랬다. 견제를 주고받거나, 작게 몇 번 싸우기를 원했다.

골드버그클럽과 예술가협회가 손을 잡고 강하게 반격했

오염

음에도 그랬다.

하지만 상황은 그들의 손을 떠나고 말았다. 작은 불씨가 산불로 번졌다. 전초전은 전쟁으로 변화하였고, 그 범위는 한국을 넘어 전 세계를 뒤덮었다.

화재의 중심에 있는 그들은 탄내를 맡았다. 불을 지른 건 그들이었다. 회사.

"본사가 원합니다."

기획실장의 말에 그들은 하나의 메일을 보았다.

본사에서 내려온 명령이었는데, 복잡한 형식을 제외하면 짧은 말 몇 마디로 요약되었다.

– 전쟁하자. 다른 집단 싹 다 쥐어패자.

참모부장은 바짝 마른 입술을 뗐다. 쉬어버린 목소리가 낮게 가라앉았다.

"본사가 미쳤답니까? 아니면 멸망주의자한테 정신 지배라도 당했습니까? 전면전이 말이나 됩니까? 무수한 사람이 죽고, 피가 흐를 텐데."

"애초에 전쟁도 필요 없습니다."

1차장이 피곤한 얼굴로 핸드폰을 꺼내 보였다. 화면에는 통화 내역이 있었는데, 다른 집단의 한국 지부에서 시도 때도 없이 전화를 걸어온 기록이 보였다.

집단끼리는 나름대로 대화를 주고받는 선이 있었다. 그 선에 불이 붙었다.

"자기들이 잘못했으니까, 인정하고 양보하겠답니다."

다른 집단도 본사의 거동을 눈치챘다.

신나게 바이러스를 뿌리고 순회공연을 돌던 골드버그클럽과 자유예술가협회는 다급하게 활동을 멈추고 틀어박혔다.

– 어? 어어? 쟤네 눈 돌아간 거 같은데?

– 악, 저놈들 발작한다! 일단 숙여!

– 대응할 준비 해!

회사의 동태를 살피고 집단끼리 연합을 맺기는 했지만, 바깥으로 보이는 활동은 전부 멈췄다. 오히려 숙이고 들어오기까지 했다.

"클럽은 이익을, 협회는 작품을 내놓을 의향도 있다고 합니다."

그들 또한 전면전을 바라지는 않았기 때문이다.

하지만 기획실장은 앵무새가 되어 같은 말을 반복했다.

"본사가 전쟁을 원합니다."

"아니, 이미 충분하지 않습니까. 여기서 멈추는 게 베스트입니다. 괜히 더 몰아붙이면 회사가, 지구가 버티지를 못합니다. 지금 전쟁을 원하는 회사원은 없습니다."

1차장과 참모부장이 간절한 눈으로 기획실장을 보았다.

지사라고 본사의 꼭두각시는 아니었다. 본사의 명령을 거부할 수도 있었고, 본사의 결정에 영향을 끼칠 수도 있었다.

하지만 기획실장은 눈을 질끈 감고 말했다.

"바꿀 수 없습니다. 전쟁은 일어나야 합니다."

"아니! 어떤 전쟁도 일어나선 안 된다고!"

참모부장이 쾅 책상을 내리쳤다. 순간 참모부장 주변으로 침묵이 내려앉았다.

기획실장이 눈을 떴다. 그러고는 충혈된 눈으로 참모부장을, 회사원을 보았다. 그가 힘없이 마우스를 딸깍였다.

"보십시오."

"뭘…"

붉게 달아오른 얼굴로 외치던 참모부장의 입이, 눈빛으로 말하던 1차장의 눈이 닫혔다. 깊은 탄식이 터져 나왔다.

"아…"

전쟁을 피할 수 없었다.

그들이 받은 문서에는 짧게 쓰여 있었다.

[지구 멸망 시나리오: 이상 오염]

[오염도 측정 보고]

[오염 정화 계획: 파괴를 위한 전쟁]

[지구 멸망 시나리오: 이상 오염]

뭐 어렵고 무겁게 쓸 게 있습니까? 알 만한 사람은 다 아는 이야기를 비관적으로 쓸 뿐인데요. 제가 멸종의 대변인이라도 어두운 사람은 아닙니다.

이상은 증식하죠. 사람을, 세상을 오염시킵니다.

도구가 사람을 이상 개체로 만들듯, 사람은 사회집단을, 자연물은 지역을, 지역은 공간을 이상 개체로 만들죠.

그렇다면 이상 개체의 수가 일정 수준을 넘어서는 날, 무슨 일이 벌어질까요? 아무런 관리 없이 풀어놓는다면 어떻게 될까요?

호주의 토끼 역병처럼 개체의 숫자가 폭증하겠죠. 오염이 걷잡을 수 없이 퍼져나가 지구를 이상의 별로 만들 겁니다.

인류요? 이상의 별에 사는 인간이 인간일까요? 명왕성의 외계인처럼 오염당해 변이한 무언가일 뿐입니다.

그러니까 늦기 전에 적당히 숫자 관리합시다. 아시겠죠?

[오염도 측정 보고]

오염이 실존하는 현상이라는 걸 밝혀낸 지는 100년이 채 안 지났습니다.

[이상 탄생 가설: 최초의 이상]을 연구한 이상학 교수가 가설을 세웠고, [프로젝트: 평범한 세상]의 연구팀이 우연히 평범한 총탄과 평범한 방을 만들어 증명하면서 법칙으로서 성립되었습니다.

우리는 연구의 부산물 몇 개를 이용하여 오염도를 측정하는 방법을 찾았고, 다각적으로 오염도를 측정했습니다.

결론을 먼저 말씀드리자면, 당장 정화 계획을 실행해야 합니다.

오염도가 경계 수준을 넘어, 위험 수준에 다다르고 있습니다. 최고점을 찍은 지금, 오염도 증가세를 꺾어 몇십 년 전 수준으로 되돌려야 합니다.

현생 인류 유전자의 0.4퍼센트가 오염되었습니다. 평균적으로요. 유난히 오염이 높은 인간은 변이하기도 합니다.

지구의 오염도는 이상기후가 일어날 정도로 위험한 징조를 보였습니다.

이상기후, 그 구성 개체 중 적지 않은 숫자가 우리가 모르는 곳에서 증식해 지구의 기후에 영향을 끼쳤지 않습니까.

하루라도 빨리 회사가 움직여야 합니다.

우리가 다른 우주라고 생각했던 이차원. 우주의 법칙이 다를 뿐이라고 생각했던 이차원은 이상에 완전히 잠식당한 세상이었습니다.

그런 미래를 피하기 위해 이차원과의 상호작용을 억누르고, 오염 정화제를 개발하고, 이상 개체를 대대적으로 파괴해야 합니다.

[오염 정화 계획: 파괴를 위한 전쟁]

확실히, 오염을 더 두고 봤다가는 손쓸 수 없는 일이 일어나겠군요. 좋습니다.

전쟁을 일으킵시다. 전쟁이 최선입니다.

오염 정화제를 만들 기술이 없습니다. 오염을 정화하는 기술, 이상을 없애는 기술.

회사가 심혈을 기울여 연구했는데도, 기껏해야 총탄 열세 발과 좁은 방 하나만 만들었습니다. 그조차도 재현하지 못하고 있고요.

쉽고 효율적인 방법은 전쟁입니다. 회사, 우호 집단, 적대 집단을 가리지 않고 부딪쳐 이상 개체를 부숩시다.

겸사겸사 사후 세계도 이 기회에 치워버리죠. 말이 사후 세계지, 그
    또한 이상 아닙니까. 오염의 가장 큰 지분을 차지할 텐데.

전장은 사후 세계, 전투 참여 세력은 모두.

지구를 정화합시다.

전쟁이 다가왔다.

이연우는 사무실로 돌아가지 않고, 어느 호텔 방으로 가서
본사의 마크 정을 만났다.

아무래도 전쟁이니까 특수 조사원으로서 업무가 있을까
질문을 던지고, 전쟁 관련한 정보도 얻기 위해서.

"우선 이것들부터 읽어보시죠."

마크 정이 커피를 홀짝이며 손짓한 곳에는, 세 개의 기밀
문서가 있었다. 오염 관련한 멸망 시나리오와 계획.

시간이 멈춘 날 보았던 이상기후 시나리오와 비슷한 느낌
이었다. 이연우는 빠르게 종이를 넘긴 후, 문득 고개를 들었다.
다 좋았다. 이해는 갔다. 오염으로 망한 지구는 그도 싫었다.

그런데…

"지구가 버티겠습니까?"

방주니, 고장 난 시계니 전 지구적 규모의 장치에 대해서
는 듣기도 했고, 겪기도 했다. 거기에 집단마다 비슷한 게 하나
쯤은 있을 텐데…

그러면 오염을 정화하기도 전에 지구가 터지겠는데? 다 죽게 생겼는데?

"못 버티죠."

마크 정은 대수롭지 않게 커피 잔을 두 손으로 잡았다. 이사 직속 직원으로서 나름대로 아는 정보가 많았다.

회사가 억제하고 있는 위험 레벨 5와 6의 개체들. 무기로서 비축한 그것들.

무기고를 비울 때가 되었다.

"그래서 전쟁은 사후 세계에서 할 겁니다. 어차피 파괴해야 할 곳이니, 딱 맞지 않습니까."

"다른 집단이 순순히 따라주겠습니까?"

"거절하면 지구가 터지는데요?"

지구 터뜨리기 싫으면, 우리 뜻대로 사후 세계에서 정정당당하게 맞붙자.

단순 명료한 협박에 이연우는 머리가 아팠다. 이게 뭔…

"허세잖아요. 회사가 지구를 포기할 리가 없는데, 다른 놈들이 잘도 들어…"

"허세 아닙니다."

"예?"

이연우가 어리둥절한 눈빛으로 마크 정을 보았다. 어쩐지 머리가 더 아파질 것 같았지만, 듣지 않고서는 버틸 수가 없었다.

"허세가 아니라뇨. 보존 계획만 믿고 그러십니까?"

"이차원에서도, 평행 세계에서도 인간은 잘만 살고 있습니다. 여기, 지구 하나 터져도 인류 생존에는 문제없습니다. 굳이 회사가 보호하지 않아도 말입니다."

마크 정은 속내를 읽을 수 없는 낯빛으로 담담히 말했고, 이연우의 얼굴색은 순식간에 몇 번이나 바뀌었다.

푸르게 질렸다가, 빨갛게 달아올랐다가 다시 돌아왔다.

"장난 그만 치십쇼. 고작 이 정도로 포기할 정도면 진작에 다 포기했겠죠."

"하하, 들켰네요."

마크 정이 웃었다.

"사실 본사도 지구를 터뜨릴 생각은 없습니다. 그럴 만한 가치가 있는 전쟁이 아니니까요. 하지만 협박으로는 그럴듯하지 않습니까?"

"…믿을 수밖에 없긴 합니다."

이상 오염은 이상기후와 동급의 위험이었다. 이상 오염을 예방하지 못한다면 어차피 지구를 포기해야 했다.

거기에 회사의 자포자기 또한 그럴듯했다.

이연우는 자기가 적대 집단에 속했다고 가정하고, 회사의 이 말을 들었다고 상상해봤다.

'겁 엄청 먹을 거 같은데.'

식은땀이 흐르고, 세상이 무너지는 기분일 것이다. 그나마 인류 보호라는 이념을 족쇄 삼아 묶여 있던 맹수가 다 때려치우고 난동을 부리는 꼴이었다.

농담으로 치부하자니 무섭고, 진담으로 받자니 섬뜩한 소리였다.

마크 정은 탁 커피 잔을 내려놓았다.

"이 정도 협박은 해야 합니다. 이상기후는 모두의 문제였지만, 오염은 회사만의 문제입니다."

지구가 이상기후로 망하는 꼴은 못 버텨도, 이상의 별이 되는 오염에 대해서는 신경 쓰지 않는 집단이 많았다.

오히려 자기네들의 별로 만들려고 발악하면 했지.

"악마 숭배자는 지구를 지옥으로, 예술가는 지구를 예술의 전당으로, 클럽은 황금향 엘도라도로, 녹색협회는 원시 자연으로, 마법사는… 마법사는 회사 편에 가깝겠네요."

차원을 떠도는 여행자에게도 고향 별은 남다른 의미가 있을 테니까.

이연우가 문득 서류를 내려놓았다. 아직 이름이 나오지 않은 집단이 있었다.

"멸망주의자는요?"

"그게 이연우 특수 조사원의 임무입니다."

마크 정이 아무렇게나 널브러진 서류 몇 개를 뒤적이다가 말했다.

"전투 개시는 한 달 뒤로 예정되어 있습니다."

집단도, 회사도 국가가 아니었다. 영토도, 국경도 없었다.

집단 간의 전투는 드러난 거점이나 인물을 습격하는 유격전이 기본이었으나, 크게 싸울 일이 있으면 흩어진 전력을 끌어모아 남의 땅에서 전면전을 펼쳤다.

그 과정에서 이상 개체를 숨기고, 전력을 감추고, 그걸 알아내려고 노력하는 정보전이 일어났으니…

"한 달 동안 다른 집단이 비밀리에 옮기는 이상 개체를 조사하는 것. 그들의 동태를 살피는 것. 처음은 멸망주의자입니다."

"어…"

이연우가 멍하니 입을 벌렸다. 상당히 위험해 보이는데? 적대 집단에 접근하는 것도 그렇고, 전쟁에 쓰일 이상 개체를 조사하는 것도 그랬다.

회사로 비유하면, 방주나 고장 난 시계를 조사하는 일 아닌가.

"저 휴가 못 씁니까? 갑자기 몸이 아픈 기분인데."

오열

회사의 선전포고가 이상 세계에 퍼졌다. 장소는 사후 세계, 참여 집단은 전부, 날짜는 한 달 후. 예외는 없었다.

지구 터지는 꼴을 보기 싫으면 전력으로 참여하라는 명령 아닌 명령에 이상 세계가 숨을 죽였다. 공연, 사업, 숭배가 멈췄다.

반대로 그림자 속에서는 은밀한 움직임이 꿈틀대며 회사의 속내를 살폈다.

스파이가 정보를 빼내고, 이상 개체가 침투하고, 특별한 효과로 회사를 염탐하고, 회사원을 설득했다.

그리고 결론을 내렸다.

– 아, 왜 또 발작하고 난리야.

– 진심이다. 진심이야. 돌겠네.

– 피해망상이야? 편집증이야? 사람도 대충 10년은 지나야 오염되기 시작하는데, 그걸 뭘 벌써 걱정하고 있어?

오염은 어느 정도 퍼진 정보라, 그들은 회사의 각오를 조금쯤은 이해했으나 차마 공감하지는 못했다.

오히려 의심하며 머리를 싸매고 더 그럴듯한, 그들이 이해할 수 있는 의도를 찾았다.

- 그냥 우리 눌러놓으려는 것 같은데?

- 사후 세계로 제한했잖아. 전쟁을 이용해 사후 세계를 지우려는 속셈 같아.

- 겸사겸사 한 번에 해치우려는 거겠지.

- 회사가 분노 조절 장애에 걸린 모양인데, 우리가 치료해 줍시다.

회사가 진심이고 전쟁을 피할 수 없다는 사실만은 확실했다.

그들의 눈 역시 돌아가버렸다.

오랜만의 전쟁이었다. 이는 기회였다. 잃거나 얻거나.

- 전쟁은 돈이 된다!

- 대규모 전쟁? 이거 완전 작품 박람회 아니냐? 영감을 받을 수 있을 거 같은데?

- 오오! 지옥의 대악마시여! 제물을, 겁나 많은 제물을 바치겠나이다!

- 좋은데? 그동안 여파가 무서워서 못 써봤던 마법 쓸 기회잖아.

전운이 감돌았다.

이상 세계가 폭풍 전의 고요에 잠겼다. 장례식을 기다리듯, 무겁고 어두운 분위기가 모든 집단에 드리워졌다. 사후 세계로 이동하고, 재료를 준비하고.

그리고 멸망주의자는 웃었다.

- 하하! 축제다!

그때, 이연우는 멸망주의자의 거점에 잠입할 준비를 하고 있었다.

마크 정의 호텔 방에 정보부의 요원이 왔다. 요원은 무슨 화장품이며 보형물 같은 것이 잔뜩 든 가방을 열고 이연우에게 다가왔다.

"웃지 마시고, 움직이지 마십쇼."

"예."

붓이 뭘 칠하니 피부색이 변했고, 눈매며 입매가 다르게 보였다. 얼굴에 점토를 붙여 윤곽 자체를 바꾸었다.

이연우가 눈동자만 대굴대굴 굴렸다.

"그래서… 멸망주의자가 무슨 음모를 꾸미고 있다고요?"

"전쟁 소식을 듣자마자, 고위 멸망주의자만 모여서 회의했습니다. 아마, 전쟁을 이용해서 무슨 사고를 터뜨릴 생각인 거 같은데…"

마크 정은 노트북을 두드리며 고개를 숙였다.

"그것까지는 알아내지 못해서, 이연우 씨가 조사하셔야 합니다. 저희가 심어놓은 스파이로 변장해서요."

"스파이… 저 연기 못하는데."

"괜찮습니다."

괜찮기는… 걸렸다가는 한바탕 싸우게 생겼는데. 이연우가 불안한 표정을 짓기 무섭게 요원이 혀를 찼다.

"가만히 있으십쇼. 분장 망합니다."

"예."

마크 정이 웃었다.

"그렇게 하시면 됩니다."

"예?"

"미리 대화나 행동 습관을 따라 하기 쉽게 설정했습니다. 예, 아니요, 그게 말의 전부입니다. 다른 말만 안 하면 됩니다."

그러면 할 만하지. 이연우는 무심코 고개를 끄덕이려다가, 볼을 스치는 붓의 감촉을 느끼고는 목에 힘을 빡 주었다.

그러고는 복화술 하듯 입술을 움직이지 않고 말했다. 어눌한 발음.

"보상은 있습니까?"

특수 조사원으로서 마땅히 할 일이긴 한데, 일이 일이다 보니 특수한 보상을 받았으면 좋겠다고 생각했다. 셸터를 새로 구해주든가, 그런 거.

마크 정은 슬쩍 이연우를 보았다. 이연우의 상담 기록은 한국 지사와 본사로 올라가, 프로파일러들이 달라붙어 낱낱이 분석했다.

그 결과를 본 마크 정은 생각했다.

'일을 맡아주는 것만 해도 다행이지.'

이연우는 생존과 안전이 제일인 사람이었다. 회사가 채워 줄 욕망도 없었고, 반대로 막 쓰다가는 회사가 해를 입을 양날의 검이었다.

이미 본사에서는 정예 요원으로 취급받는 이연우인 만큼 그들은 보상을 준비했다.

달그락.

마크 정이 철제 큐브를 꺼냈다. 복잡한 기계장치처럼 생긴 그것을 퍼즐 풀듯 이리저리 움직이기를 잠시.

"선입금입니다."

딸깍, 열린 큐브 안에는 총알 한 발이 있었다. 평범한 총알 하나.

그 순간 이연우가 벌떡 일어나며 뒤로 펄쩍 뛰었다. 요원의 붓이 얼굴을 가로질러 못난 선이 그어졌다. 요원이 한숨을 푹 쉬었다.

"아니, 분장하는데 그러시면…"

하지만 이연우는 뻣뻣하게 서서 총알을 노려봤다. 잔뜩 확장된 동공에 큐브와 총탄만이 비쳤다.

"그건…"

솜털이 삐죽 서고 본능이 땡땡 경종을 울렸다. 이건 위험하다. 잘못하면 죽는다.

마크 정이 총탄을 꺼내 손바닥 안에서 굴렸다. 총탄이 황동색으로 매끄럽게 빛났다.

"평범한 총탄입니다. 상대가 어떤 개체든 사격 한 번 분량의 피해를 주고, 어떤 간섭도 통하지 않습니다."

어떤 이상 개체의 간섭도 통하지 않아 주사위로 판정을 굴릴 수도 없고, 빗물로 상처를 재생할 수도 없다.

이연우는 그것의 위력을 알아채고 식은땀을 흘렸다. 그러고는 천천히 한숨을 내쉬었다.

'총 든 사람을 공격하면 될 일이야.'

그래도 비장의 무기로 쓸 수 있을 것 같았다. 이연우는 총을 찾았다. 저 총탄이 골드버그클럽의 권총과 호환되지는 않아 보였다.

"총은 어딨습니까?"

"여기 있습니다."

권총이었다. 마크 정은 손수 장전까지 마친 후, 탁자 위에 총을 올려놓았다. 마크 정이 이연우의 눈치를 살폈다.

"마음에 드십니까?"

"예. 뭐, 괜찮네요."

말은 심드렁했지만, 목소리와 눈빛은 달랐다. 살짝 들떴고 반짝반짝 빛났다.

무려 선입금 아닌가. 이것만 있어도 죽기 전에 적을 죽일 가능성이 대폭 올라간다.

그쯤에서 요원이 한숨을 쉬며 무슨 물병을 건넸다.

"분장 처음부터 다시 해야 하니까, 다 지우고 오십쇼."

그리고 상당한 시간이 지나서야 준비가 끝났다. 이연우는 다른 사람이 되었다. 얼굴이 달라졌고, 몇몇 도구를 이용해 체격까지 변했다.

'이 정도면 반장님도 못 알아보겠는데.'

거울을 둘러보던 이연우가 큼큼 목청을 가다듬었다. 가래가 잔뜩 낀 목소리. 요원이 먹인 약물 때문에 변한 목소리가 나왔다.

"그럼…"

"말하지 마십쇼. 습관이 위험합니다. 예, 아니요, 이것만 말하세요."

"예."

평범한 총탄이 장전된 권총과 꼭꼭 접은 에코백을 안주머니에 숨긴 이연우가 호텔을 나섰다.

'예, 아니요, 예, 아니요, 예, 아니요, 예, 아니요, 예.'

머릿속에서 말을 반복하며 찾아간 곳은 어느 캠핑장의 공중화장실이었다. 최근 들어 멸망주의자들이 모여서 머무는 캠핑장이라고 하는데, 스파이는 방금 빠져나갔다고 했다.

화장실에 핸드폰과 지갑 등을 두고서 말이다.

'다 챙겼고.'

숨겨놓은 물품을 챙긴 이연우는 최대한 자연스럽게 걸었다.

멀지 않은 곳에 텐트 몇 개가 모여 있었다. 꼬질꼬질한 인상의 멸망주의자들은 숯불에 고기를 굽고, 맥주를 마시며 도란도란 이야기를 나누다가 이연우를 보았다.

"왜 이렇게 늦게 와? 배 아파?"

"예."

"새끼, 모임 간다고 긴장했네."

"예."

집게를 들고 고기를 뒤집던 멸망주의자가 고개를 절레절레 저었다. 이 인간을 본 지 몇 년이 지났는데, 두 마디 이상 말하는 꼴을 본 적이 없었다.

하긴 멸망주의자 중 제정신이 얼마나 있을까.

"이제 갈 준비 하자. 탈취자가 포털 열어줄 시간이야."

멸망주의자들이 주섬주섬 물건들을 챙기기 시작했다. 그들은 뭐가 들었는지 모를 상자가 쌓인 수레를 확인하고, 텐트를 접었다.

이연우는 가만히 한쪽에 서서 눈을 깜빡였다.

'오늘 멸망주의자가 모인다고 했지. 우두머리급 멸망주의자들이 발표하는 자리고, 나는 정보를 빼내기만 하면 되고.'

자리가 자리인 만큼 위험했지만, 이연우는 조금은 마음을 놓았다.

'조끼랑 돌도 있고, 지폐도 있고, 주사위도 있지. 내 몸 하

나는 충분히 빼낼 수 있어.'

그 순간이었다.

돌연 푸른 문이 열렸다. 문 너머에서 탈취자가 손만 쓱 내밀었다. 손에는 스케치북이 들려 있었는데, 문자가 쓰여 있었다.

- 20분간 열어둠. 빨리 이동할 것.

10초 동안 꺼내두었던 손이 돌아갔다.

"가자!"

멸망주의자들이 움직였다. 수레가 포털을 넘어갔다. 이어 사람들이 우르르 뒤따랐다. 이연우 역시 그들 사이에 섞여 포털을 넘었다.

세상이 변했다.

어딘가의 섬이었다. 푸른 하늘과 바다가 펼쳐져 있었고, 흔적만 남은 집터를 중심으로 사람들이 우글우글 모여 있었다.

이연우는 눈도 깜빡이지 않고, 가장 안쪽에 있는 사람들을 보았다.

'저 사람들은…'

하나하나가 레드 등급의 수배자였다. 술을 마시고, 누워 있고, 담배를 피우고, 핸드폰을 보고… 늘어진 모습이었지만 이연우의 생존 본능이 경종을 땡땡 울렸다.

'태도만 저렇지, 경계하고 있어. 뭔가 공격이 느껴지면 움직일 준비를 마쳤어.'

이만큼 대놓고 모였다. 다른 집단의 주의를 끌려고 한 행동인가?

그때 한국에서 온 멸망주의자들이 부지런히 짐을 옮겼고, 이연우를 비롯한 몇은 인파 바깥에 대충 주저앉았다.

인파의 가장 안쪽에는 우두머리급의 인물이, 그다음에는 이상 개체를 지닌 자들이, 가장 바깥쪽에는 이상 개체가 없는 멸망주의자 중 나름 목소리 큰 사람들이 있었다. 그도 아닌 사람들은 일하고 있었고.

누군가 입을 열었다.

"전쟁 일어난다는데, 우리가 뭘 할지 정해줄 거 같아."

"잘됐지. 세상을 불태우면 재밌잖아."

"나는 회사만 망해도 좋아. 빌어먹을 놈들."

그들은 이야기를 나누면서도 이연우에게는 말을 걸지 않았다. 회사가 심은 스파이는 원래 대화하지 않는 성격을 연기했으니까.

시간이 지났다.

멸망주의자는 점점 많이 모여들었고, 일대의 허공에서 보이지 않는 불꽃이 튀기 시작했다.

이연우는 이미 감각이 곤두섰기에, 그것을 정확히 포착했다. 미래의 이연우가 비슷한 짓을 하는 것을 보았다.

'정보전.'

과연, 핸드폰을 보고 있던 멸망주의자가 고개를 들었다. 멸망주의자는 짜증 가득한 표정으로 목소리를 내었다.

기묘한 전자음.

"아, 더는 못 막겠다. 그냥 지금 발표하지?"

"그럽시다."

안경을 쓴 멸망주의자가 일어섰다. 확성기를 든 그가 주변을 둘러보았다. 안경이 번쩍였다. 보이지 않는 것을 보는 듯한 느낌.

삐이이, 확성기가 비명을 질렀다가 그의 목소리를 담았다.

"한 달 뒤에 사후 세계에서 전쟁이 있습니다. 우리는 한 달동안 웅크리고 있다가, 전쟁이 일어나는 순간 지구를 타격합니다. 늘 하던 대로 알아서 말입니다."

귓가에 날카롭게 박히는 목소리.

순간, 멸망주의자들의 얼굴에 광기에 가까운 희열이 담겼다. 이곳에 남은 자들은 한번 걸러진 자들이었다. 이상기후 때도 멸망을 바라던 자들.

진정으로 세상이 불타기를 원하는 자들이 기회를 잡았다.

거기에 안경 쓴 멸망주의자가 불을 붙였다.

"이상기후를 구성하던 개체 중 몇 개를 우리가 손에 넣었는데, 나눠 주겠습니다. 그거 받아 가시고, 뭉칠 사람은 남아서 뭉치세요."

그 순간 이연우는 확신했다.

'거짓말. 아니, 미끼야. 양동작전?'

덜 위험한 멸망주의자가 지구를 타격하는 동안, 위험한 멸망주의자들은 다른 것을 노리는 느낌.

저 이상기후의 구성 개체조차 미끼였다.

'고작 이 정도로 끝날 리가 없어. 진짜는 따로 있을 텐데.'

이연우의 손이 품 안으로 들어가 접힌 에코백으로 향했다.

그리고 돌을 잡았다.

118

아무래도 무턱대고 들이댔다가는 죽을 것 같았다. 위험한 인간이 너무 많았다.

이연우는 북적거리는 인파 사이에 섞여 돌을 쥐고, 형광 조끼를 꺼내 입었다. 두 개의 인식 왜곡이 시끄러운 환경에 녹아들게 해주었다.

"한국 공격할 사람 모여주세요! 우리끼리 타격 지점 정합시다."

"폭발하는 밥 짓는 밥솥 있습니다!"

"나는 질식하는 손 선풍기 있는데."

한 달 뒤를 위해 바쁘게 떠들고 모이는 사람들. 짧은 시간 안에 정리되지 않을 듯한 열기.

이연우는 천천히 걸어 다니며 우두머리급 멸망주의자를 살피다가, 안경을 쓴 멸망주의자가 어딘가로 왔다 갔다 반복하는 것을 보았다.

"이거 받아 가세요. 정보랑 무기."

한 번 오갈 때마다 손에 든 서류가 바뀌고 이상기후의 구성 개체를 들고 오는 것으로 보아, 따로 장소가 있었다.

이연우는 그쯤에서 움직였다.

'이상 개체를 훔치든 정보를 빼내든, 해보자.'

이연우는 안경 쓴 멸망주의자가 오간 길로 걸음을 옮겼다. 잔디가 깔린 섬에 자그맣게 난 오솔길을 조금 걸으니, 텐트 몇 개와 컨테이너 몇 개가 아무렇게나 놓여 있는 부지가 나왔다.

경계를 서는 사람이 몇 있었지만, 다들 바닥에 엎어져 하품하고 있었다.

"햇볕 따듯해…"

"졸려…"

이연우를 알아채지는 못했다. 혀를 내밀어 마른 입술을 핥고, 졸린 눈을 비빌 뿐.

이연우는 자연스럽게 텐트부터 들어갔다. 가장 가까운 텐트부터 하나하나.

'여기는 자는 곳이고, 여기는 밥하는 곳이고. 여기는… 일하는 곳?'

이상한 발전기로 전기를 만들고, 조명과 컴퓨터와 책장과 탁자 따위가 놓여 있는 넓은 텐트. 커피 냄새와 종이 냄새가 은은했다.

이연우는 괜히 텐트 바깥을 슬쩍 보았다가, 조심스럽게 걸음을 옮겼다. 손을 뻗어 가까운 책장의 문서부터 살짝 빼냈다.

그 이름을 본 이연우는 눈을 크게 뜨고 다른 문서들을 보았다.

'국가 멸망 시나리오? 지구 멸망 시나리오? 인류 멸종 시나리오? 전부 회사 기밀문서잖아?'

회사가 걱정하고 예방하는 위험들. 하지만 멸망주의자에게는 그들의 꿈을 이뤄줄 최선의 시나리오.

이연우는 잠깐 생각하다가 문서를 다시 책장에 밀어 넣었다. 원래 있던 모습 그대로. 문서의 순서나 앞으로 나와 있던 디테일까지 신경 써서.

'멸망주의자라면 가장 먼저 빼낼 정보긴 해. 이런 것보다는 당장 전쟁에서 무슨 짓을 저지를지를 알아내야지.'

이연우의 눈이 스탠드가 하얀빛을 내뿜는 책상으로 향했다. 줄을 딱딱 맞춰 자리 잡은 서류 따위가 한 걸음 한 걸음 다가갈 때마다 자세히 보였다. 지도였다.

검은 강 한편에 드문드문 늘어선 회사의 전력. 그리고 병력 전개를 계획한 문서.

강 반대쪽에 그려진 클럽이며 협회의 전력 예상도.

그리고 문서.

[사후 세계를 지구로 끌어 내리는 법]

찾았다. 이연우는 품에서 핸드폰을 꺼내 한 장 한 장 찍기 시작했다. 소리 없이 사진이 촬영됐다.

비어버린 지구를 공격하여 시선을 끌고, 진짜 멸망주의자는 전쟁이 한창인 사후 세계를 끌어 내려 지구를 터뜨리겠다는 계획. 파괴도 파괴지만, 핵폭탄의 방사능처럼 전쟁의 오염을 흩뿌리겠다는 계획.

오직 지구의 파괴만을 바라는, 인간의 죽음만을 바라는 악의로 가득한 계획.

'진짜 미친놈들인가? 진심으로 지구가 멸망하기를 바란다고? 왜?'

이연우는 앓는 소리를 내며 손을 살짝 떨었다. 그로서는 도저히 이해할 수 없는 사고였다.

'왜 스스로 죽으려고 하는 거지?'

그렇게 문서를 하나하나 찍을 즈음이었다.

바스락, 발걸음이 다가왔다. 확성기로 들었던 날카로운 목소리가 이어졌다.

"자고 있습니까? 지금 상황에?"

"안 자요!"

"경계 서고 있는데요?"

이연우가 휙 돌아보니, 텐트에 그림자가 드리워져 있었다. 안경을 쓴 멸망주의자가 누워 있는 경비들에게 손가락질하고 있는 그림자.

이연우는 다급하게 서류를 정리했다. 원래 있던 모양으로 돌려놓았다.

"지금 이쪽으로 신경 돌린 놈들이 얼마나 많은데. 회사도 그렇고, 다른 집단도 그렇고. 스파이도 있는데, 정신 차리십시오."

"정신 차리고 있는데요?"

"아니, 하… 알겠습니다."

천만 드리워져 있던 입구로 손이 들어왔다. 손은 바로 천을 걷었고, 안경을 쓴 멸망주의자가 걸어왔다.

역광을 받아 어두운 인영. 안경만이 반짝였다. 이연우는 벽에 바짝 붙었다. 안경의 빛이 이연우를 비췄다. 빛이 점점 강해졌다.

멸망주의자가 가까워진 탓이었다. 저벅저벅, 한 걸음씩 다가온 멸망주의자는 숨소리가 들릴 정도로 바짝 붙었고, 자연스럽게 스쳐 지나갔다.

'이걸 안 걸렸나?'

이연우가 의문을 품는 순간이었다.

쪼르륵.

멸망주의자가 커피포트에서 물을 따르며 말했다.

"그래서 그쪽 손님은 어디서 오셨는지?"

"…"

이연우는 침묵했고, 등을 보인 멸망주의자는 태연하게 두 번째 컵에 물을 따랐다. 그러고는 커피며 차 따위가 놓인 박스를 앞으로 가져왔다.

"커피? 홍차? 아니면 물? 아, 불청객한테 선택권을 주는
건 너무 자비롭나?"

멸망주의자가 돌아섰다. 안경은 정확히 이연우에게 향했
고, 컵 또한 이연우를 향해 내밀어졌다.

"물. 마셔."

인식 왜곡이 통하지 않았다.

'그래, 이럴 수도 있을 것 같았지.'

단순히 장비 두 개로 기만할 수 있을 정도로 만만한 놈들
이 아니었다. 이연우의 머리는 차갑게 식었고, 사고가 고속으
로 흘렀다.

나름대로 발각되었을 때를 대비하고 계획을 세웠다.

'싸움은 피하는 게 낫지. 여기는 적진이니까. 차라리 정신
나간 멸망주의자인 척해보자.'

이연우가 상대의 안경을 뚫어져라 쳐다보며, 진심을 담아
입을 열었다.

"그 안경, 탐나는데."

멸망주의자 중 머리 역할을 하는 그는 무심코 안경을 고쳐
썼다.

현실에 드러난 것을 분석하는 안경은 그와 하나가 되어 감
각과 인지능력을 대폭 상승시켰다.

그렇기에 이연우가 진심임을 알아챘다. 그래서 혼란스러웠다.

'뭐지? 누구지?'

회사나 다른 집단이 올 줄 알았는데, 뭔가 다른 느낌이었다.

안경의 빛이 강해졌다. 현실의 정보를 받아들이고, 낱낱이 분석했다. 날카로운 시선이 이연우의 머리부터 발끝까지 훑었다.

'분장. 목소리도 어색해. 그리고 이상 개체'

형광 조끼를 입었고, 돌을 쥐었다. 품에 숨긴 공간 확장 가방, 주머니에 넣어둔 시간을 사는 지폐와 라이터. 거의 사라졌지만 악마 냄새도 조금 났다.

잘 모르겠는 이상 개체들의 흔적도 보였다. 뭔지 모르겠는 것에 오염도 되었다.

'회사, 클럽, 악마 숭배자, 알 수 없음?'

온갖 이상 개체가 마구잡이로 섞여 있었다. 이건 차라리 멸망주의자에 가까웠다. 남들의 이상 개체를 약탈해 쓰는 멸망주의자.

그는 조심스럽게 결론을 내렸다.

'개인 활동 하는 멸망주의자인가?'

멸망주의자라고 집단으로 행동하지는 않았다. 집회를 거부하는 사람도 많았다. 그런 사람은 당연히 동료 의식 같은 것도 없었고.

그의 이마에 식은땀이 맺혔다.

'이번 집회를 기회 삼아 탐나는 이상 개체를 약탈하러 온 인간이라고?'

이연우는 눈도 깜빡이지 않고 그를 보고 있었고, 그 시선은 압박이 되어 그를 짓눌렀다.

안경 쓴 멸망주의자는 물이 담긴 잔을 책상에 내려놓았다.

"물이 싫으면… 하하, 안 마셔도 됩니다."

죽음은 두렵지 않았다. 하지만 축제가 한 달 뒤였다. 죽어도 그건 보고 죽어야지.

그 목소리가 컸다.

바깥에서 경비 서던 사람이 엎드린 상태로 슬그머니 고개를 돌렸다. 도마뱀처럼 머리만 돌아갔고, 쉭쉭 뱀의 혓소리 같은 것이 섞인 목소리가 들려왔다.

"안에 무슨 일 있어요?"

그들이 자리에서 일어났다. 텐트에 드리운 사람의 그림자가 우두둑 소리를 내며 형태를 바꾸었다.

손톱이 길어졌고, 목이 나왔다. 파충류의 머리로.

"없습니다. 이제 일 대강 끝났으니까, 당신네 대장한테 돌아가세요."

"와! 끝났다!"

한순간에 분위기가 변해, 경비 서던 사람들이 분주하게 떠났다.

이연우가 입꼬리를 내렸다.

"헛짓하네."

저렇게 부자연스럽게 경비가 돌아가면 당연히 문제가 생겼음을 알 텐데. 이건 다른 우두머리급 멸망주의자에게 알리는 짓이었다.

렙틸리언 전염병의 숙주인 멸망주의자에게.

이제 시간이 없었다. 침입이 알려지기 전에 돌아가야 했다. 탈취자가 열어둔 문을 넘어가야 했다.

'문제가 있다면, 이 인간인데.'

신분은 숨긴 것 같았지만, 만만치 않았다. 대놓고 신호를 보낸 것도 수상했다.

이연우는 망설이지 않고 에코백을 펼치며 클럽의 권총을 꺼냈고, 멸망주의자는 태연하게 의자에 앉았다.

철컥, 총이 상대를 겨눴다.

'인식 왜곡을 꿰뚫어 보고, 분장한 얼굴을 봤어. 못해도 안경은 처리해야 해.'

선명한 살기 앞에서도 멸망주의자는 고개를 저었다. 친절한 목소리가 나왔다.

"클럽의 권총? 안경을 빼앗기에는 나쁜 방법이네요. 지금 총을 쏘면 총성이 크게 울리지 않겠습니까. 문제가 생겼다고 알리는 꼴입니다."

"…그런가?"

"제 안경을 빼앗는다고 끝이 아닙니다. 조끼와 돌. 단순한 도구일 뿐 아닙니까. 무사히 빠져나갈 수 있겠습니까?"

확실히 옳은 말이었다. 몰래 도망쳐야 하는데, 총이라니. 좀비가 가득한 도시 한복판에서 스피커가 터지도록 노래를 트는 꼴 아닌가.

'그러면 역시 공구지.'

이연우는 권총을 도로 집어넣고, 전동 드릴을 꺼냈다. 여기에 지폐를 더하면 바로 상대를 처리할 수 있었다.

돌을 쥔 손이 주머니로 들어가 라이터를 꺼냈다. 라이터 끝에 지폐를 붙여놔, 불만 붙이면 바로 지폐가 타올랐다.

그 순간 멸망주의자가 고개를 저었다.

"지폐. 쓸 만하죠. 하지만 그게 전부 불타야 효과가 생기지 않습니까. 과연 제가 그게 끝까지 탈 때까지 보고만 있을까요?"

멸망주의자는 여유롭게 손을 뻗어 물컵을 쥐었다. 여차하면 흩뿌릴 자세로.

"몸싸움에 자신은 없는데, 불을 끌 정도는 됩니다."

이 또한 옳은 말이었다. 이연우는 라이터를 다시 주머니에 집어넣었다. 괜히 몸싸움 따위를 벌이면 시간만 버리는…

'…내가 왜 저 인간 말을 듣고 있지? 지금 시간을 얼마나 낭비했지?'

겨울인 한국과 달리 따뜻한 섬이었다. 그런데도 이연우는 냉기가 등골을 기어오르는 것을 느꼈다. 머리털이 삐죽 서고 동공이 확장됐다.

'심리 조작? 행동 유도?'

멸망주의자는 웃고 있었다. 안경의 빛 때문에 눈은 보이지 않았으나, 입만은 히죽 미소를 짓고 있었다.

"눈치챘군요. 하하. 안경이 전부라면 제가 왜 혼자 무방비하게 있겠습니까. 제가 당신이라면 안경은 포기하고 지금 바로 도망갈 겁니다."

119

이연우는 분장하며 요원에게 정보를 들었다. 주의가 필요한 멸망주의자와 그들의 이상 개체. 하지만 이런 정보는 없었다.

이 인간은 안경이 전부라고 들었는데.

"째깍째깍. 지금도 시간은 흐르고 있습니다. 우리 공룡 친구가 슬슬 올 텐데."

이연우의 시선을 받으며, 안경 쓴 멸망주의자가 웃었다. 이미 상황은 그의 통제 아래에 있었다.

곧 렙틸리언 보스가 올 것이었고, 멸망주의자는 그때까지 시간을 끌 자신이 있었다.

그리고 이연우 또한 자신이 있었다.

이곳에서 살아 나갈 자신, 상대가 누구든 무사히 도망칠 자신.

'나름대로 수단은 준비해놨지.'

생존 본능은 아직 경종을 울리지 않았고, 이연우는 다시 한번 말했다.

"그 안경, 탐나네."

정확히는 위험했다. 그를 탐지할 레이더는 반드시 처리해야 했다.

"예?"

멸망주의자의 얼굴이 굳었다. 이게 지금 상황에서 할 말인가? 뭔가 느낌이 이상했다. 상황이 그의 손바닥을 벗어나는 느낌.

번쩍, 안경이 빛나며 정보를 읽어 들였다. 이연우의 표정, 감정, 몸짓, 그로써 추측되는 심리.

'진심이잖아. 겁도 안 먹었고, 불안해하지도 않아. 아니, 그 정도가 아니라 날 공격…'

벌떡!

멸망주의자가 일어나는 것과 이연우가 드릴을 작동하며 달려드는 것은 동시였다.

키이잉. 맹렬하게 회전하는 드릴이 멸망주의자를 향해 직선으로 찔러 들어왔다. 몸통을 노리는 드릴의 끝. 멸망주의자는 곧바로 손바닥을 방패 삼아 내밀었다.

푸욱, 드릴이 손바닥 정중앙을 꿰뚫었다. 멸망주의자는 침착하게 손을 비틀어, 드릴을 비껴냈다.

"미쳤습니까?"

끔찍한 고통이 두뇌까지 치달았지만, 멸망주의자는 애써

표정을 다스리고 입을 열었다.

"이럴 시간에 도망치는 게 낫습니다. 제가 그렇게 쉽게 당해주지는 않습니다. 지금만 해도 시간이 얼마나 지났을까요?"

"괜찮아."

"안 괜찮습니다. 어디 보자. 경비 서던 친구들, 돌아갔을 시간은 충분히 지났네요?"

그 말대로였다. 시간이 되었다.

쾅쾅쾅, 육중한 발소리가 폭발적으로 가까워졌다. 공룡의 울음소리 같은 것이 공기를 찢었다.

거대한 그림자가 드리우는가 싶더니, 길쭉한 발톱이 텐트를 갈기갈기 찢었다. 노란 파충류의 눈이 찢어진 틈새로 들어왔다. 쉭쉭, 가느다란 혓바닥이 날름 나왔다.

"안경, 무슨 일 있나?"

렙틸리언 전염병의 숙주. 감염자를 통제하는 보스가 왔다.

"아, 그럼요. 여기 앞…"

안경 쓴 멸망주의자가 활짝 웃으며 말하는 순간. 그의 손가락이 이연우를 가리키는 순간.

이연우가 생각했다.

'주사위. 오염 약화.'

오염의 정보를 들은 후부터 준비한 완벽한 판정. 성공하면 상대는 약해진다. 실패하면 오염이 진행되어 이성을 잃고 단순한 이상에 가까워진다.

리스크 없는 판정을 걸고 주사위가 굴렀다.

데구르르.

실패!

오염 약화에 실패했다. 오염도가 높아졌다.

순간, 반 인간 반 공룡인 괴물의 눈이 희번덕거렸다. 야성이 눈동자에 들어찼고, 그르르 위협적인 울음소리가 났다.

몸 또한 변화했다. 더 파충류에, 공룡에 가깝게. 몸집이 커지고, 골격이 뒤틀렸다.

안경의 얼굴이 딱딱하게 굳었다.

"갑자기 오염이 왜."

렙틸리언 전염병이 강화됐다. 전염병의 숙주인 보스는 조금 더 괴물에 가까워졌고, 통제를 잃었다.

섬 곳곳에서 감염자의 울부짖음이 울려 퍼졌다. 늑대가 하울링하듯, 공룡의 울음이 메아리쳤다.

순간 안경이 고개를 홱 돌려 이연우를 보았다. 그가 무엇을 했다고 추측하고.

하지만 정작 이연우 역시 식은땀을 흘리며, 뒷걸음질을 치고 있었다. 당황과 공포.

'아닌가?'

아니지 않았다. 이연우가 했다.

하지만 이연우의 기대와는 달랐다. 위험이 피부로 와닿았다. 감당할 수 있는 오염이 아니었다. 렙틸리언의 한계를 넘은 인간을, 그것도 섬에 잔뜩 퍼진 감염자를 어떻게 상대할 수 있을까.

심지어 계속 감염이 퍼질 텐데.

'차라리 이전으로 돌려놔야 해. 주사위. 오염 약화, 아니, 강화.'

어쩐지 실패가 나올 것 같은 느낌에 판정을 반대로 바꿨고, 이연우의 잔머리는 실패했다.

데구르르.

성공!

오염 강화가 성공해 더 오염되었다.

우두둑, 렙틸리언 보스의 골격이 계속해서 비틀렸다. 몸은 커졌고, 피부는 완전히 공룡의 그것으로 변해 우둘투둘 솟았으며, 얼굴의 윤곽도 꿈틀대며 인간의 흔적이 사라졌다.

뚝, 뚝, 침이 흘렀다. 뾰족한 이빨이 하얗게 빛났다.

렙틸리언 보스는 이성이라고는 보이지 않는 눈을 번쩍이며, 입을 크게 벌려 포효했다.

"크어어!"

튀는 침을 피해 안경과 이연우는 후다닥 뒤로 물러났다. 체액이 침투되거나 물리거나, 할퀴어지면 감염된다.

"지금 폭주하면 안 되는데. 다른 인간들이 빨리 이놈을 막아야 하는데."

안경은 발을 떨며 초조하게 말했고.

'주사위. 오염 약화, 약화, 약화, 약화, 계속 돌려!'

이연우는 다급하게 주사위를 굴렸다.

어쨌든 성공과 실패의 확률은 비슷할 테니, 계속 돌리면 평균값은 비슷하게 나올 것 같았다. 원래대로 돌아온다는 말이었다.

데구르르.

꽝, 실패, 실패, 성공, 꽝, 실패!

하지만 귀신같이 결괏값이 한쪽으로 쏠렸다. 오염도가 상승하는 쪽으로.

이연우가 허탈하게 결과를 보았다.

'이러면 오염도가 얼마나 오르는 거지? 진짜 망했다.'

오염도가 급상승했다. 렙틸리언 보스는 이제는 공룡의 형상조차 유지하지 못했다.

꿈틀꿈틀.

거대한 알. 가죽과 고깃덩이로 이루어진 알은 고개를 꺾어 보아야 할 만큼 거대했다.

알의 표면으로 익룡의 머리와 날개, 육식공룡의 입과 앞다리, 초식공룡의 목과 뿔, 어룡의 부리와 지느러미 따위가 마구잡이로 튀어나와 꿈틀거렸다.

동시에, 섬 곳곳에서 비명과 폭음이 울려 퍼졌다. 숙주의 영향을 받는 감염자의 울음소리.

"젠장."

안경은 체념한 표정을 지었다. 이번 집회는 망했다. 잘못하면 계획조차 수포가 될 것이었다.

하지만 최악의 경우는 아직 오지 않았다.

으직, 으드득, 거대한 고깃덩이에서 길쭉한 목이 나왔다. 머리 없이 빨대처럼 목만 나온 그것은 허공을 휘젓다가, 돌연 피를 뿜기 시작했다.

푸화악!

붉은 피가 세차게 솟구치다가 비가 되어 쏟아졌다. 한 방울 한 방울에 병균이 들어 있었다.

이연우는 얼른 에코백을 활짝 펼쳐 얼굴을 가렸고, 안경은 핏물을 뒤집어썼다.

안경으로 예측하고 나름대로 피한다고 움직였지만, 몸이 따라주지 않았다.

"..."

피가 뚝뚝 흘렀다. 머리가 흠뻑 젖어 핏방울이 턱선을 타고 떨어졌다. 안경은 가만히 고개를 숙이고 손을 보았다.

전동 드릴에 뚫린 손을, 렙틸리언 보스의 피가 묻은 손을, 전염병이 활발하게 침투하는 상처를.

"아."

감염됐다.

바로 피부가 변이하기 시작했다. 우둘투둘한 가죽이 점점 번져나갔다. 골격이 뒤틀렸다. 무릎이, 팔이 일그러지며 옷자락이 팽팽하게 당겨졌다. 불쑥 솟구친 발톱이 운동화를 뚫고 나왔다.

빠각, 얼굴이 부풀고 길쭉해지며 안경이 부서졌다. 파충류의 동공이 드러났다.

"정신 차려. 정신…"

안경은 팔로, 아니, 앞다리로 머리를 감싸며 비틀거렸다. 몸만 변하지 않았다. 한계를 뚫고 진화한 전염병이 정신을 침식했다.

오직 전염병의 의지, 더 많은 감염자를 만들라는 그 의지만이 정신을 가득 채웠다.

문득, 안경을 썼던 멸망주의자가 앞다리를 내렸다. 노랗게 빛나는 파충류의 눈이 이연우를 보았다.

이성이 없는 흉포한 눈빛.

그쯤에서 이연우는 정신을 번쩍 차렸다. 심장이 쿵쿵 뛰며 활력을 전신으로 전달했고, 머리가 쌩쌩 돌아갔다.

상황은 간단했다. 지독하게 위험해진 렙틸리언 보스와 이성을 잃은 렙틸리언.

'망했다, 망했다, 진짜 망했다.'

이연우는 확 몸을 돌리고는 바람이 되어 달려갔다.

'도망쳐!'

그 뒷모습을 감염된 멸망주의자가 보았다. 안경이 부서졌어도 향상된 인지능력이 그를 사냥꾼으로 만들었다.

그는 입을 벌려 포효하고는, 성큼 뒷발을 내디뎌 안경의 잔해를 깨부수며 짐승처럼 이연우를 쫓아갔다.

그 자리에 남은 거대한 고깃덩이의 알은 꿈틀대며 더 많은 감염자를 갈구했다.

섬은 난장판이 되었다.

집회에 모인 멸망주의자와 그들 사이에 섞여 있던 렙틸리언.

숙주의 오염도가 상승하는 순간, 보스 아래의 렙틸리언들도 영향을 받았고, 끝내는 완전히 이성을 잃어버렸다.

"으아악! 왜… 왜 물어!"

"이 새끼들 미쳤다!"

"키아악!"

인간으로 변신해 있다가 본체를 드러낸 렙틸리언들이 사납게 날뛰며 주변 사람을 할퀴고 깨물었다.

공격당한 사람들은 비틀대다가 렙틸리언으로 변이해 다시 주변을 공격했다. 전염이 기하급수적으로 퍼져나갔다.

물론, 멸망주의자들이 가만히 당하고 있지만은 않았다.

"죽여!"

곳곳에서 이상 개체가, 무기가 선명한 위력을 뿜냈다.

주먹밥이 날아가더니 수류탄이 되어 폭발했고, 총성이 울렸다. 그들이 약탈한 개체, 번개 뱀이며 나태의 악마가 모습을 드러내기도 했고, 그림이 현실로 뛰쳐나오기도 했다.

그럼에도 전염되는 속도를 따라가지 못했으니, 아수라장이었다.

"뭐야?"

가장 안쪽에 모여 있던 우두머리급 멸망주의자들이 벌떡 일어섰다. 상황 파악이 빨랐다.

"렙틸리언들 왜 저래? 그 새끼 미쳤어?"

"완전히 먹힌 거 같은데."

"아니, 와. 반은 넘게 죽겠는데?"

아수라장을 보기도 했고, 렙틸리언 보스가 변이한 방향을 노려보기도 했고, 낄낄 웃으며 박수를 치기도 했다.

그러기를 잠시. 그들은 동시에 말했다.

"돌아가야겠다. 안녕!"

"더 있다가는 나도 위험할지도…"

수상함을 느끼고 안경을 찾아간 렙틸리언 보스가 저 꼴이 됐다. 이곳은 그들에게도 위험했다.

"사후 세계 강하 작전은 어떻게 되는 거지?"

"이 상황에 무슨 작전이야. 사람이 모자라서 못 하지. 늘 하던 대로 각자 알아서 하자고."

그들이 돌아가기 시작했다.

핸드폰을 쥐고 있던 사람은 녹색으로 빛나는 0과 1의 문자열로 변해 핸드폰 화면으로 들어갔고, 담배를 피우던 사람은 검은 연기로 흩어졌으며, 술을 마시던 사람은 대놓고 인파를 가로지르며 푸른 문을 찾았다.

다른 사람들도 분분히 흩어지며, 탈출할 길을 찾았다.

렙틸리언 전염병이 퍼지는 섬. 푸른 문을 제외하면 고립된 섬. 감염자와 사람 사이의 목숨 건 전투가 이어졌다.

120

안경이 변이한 렙틸리언은 끈질기게 이연우를 쫓아왔다. 안경이 부서진 만큼 인식 왜곡을 완전히 꿰뚫어 보지는 못했지만, 위화감과 흔적은 찾을 수 있었다.

"키이익."

파충류의 동공이 바닥을 훑어봤다.

깊게 남은 발자국과 꺾인 잔디. 이연우의 몸에 묻은 고깃덩이 알의 피가 일직선으로 떨어져 있었고, 그 냄새가 공기 중에 남았다.

렙틸리언이 혀를 날름거렸다. 공기 중의 온도가 변화한 것까지 감지했다.

"키에에엑!"

찾았다. 렙틸리언이 입을 쩍 벌리고 달려들었다. 발톱이 삐져나온 운동화가 땅을 박차며 흙먼지를 일으켰다.

붕, 허공을 가로지르는 포식자의 몸체.

"아니."

그리고 이연우는 과할 정도로 몸을 던졌다. 아직 몸에 묻은 피, 전염병이 득실거리는 피도 닦아내지 못했다.

이연우가 힐긋 몸을 내려다봤다.

렙틸리언 보스의 피를 뒤집어썼다. 얼굴은 에코백으로 가렸지만, 팔이며 다리가 흠뻑 젖었다.

'상처라도 입으면 바로 감염인데.'

상황이 안 좋았다.

"키에엑!"

렙틸리언은 곧바로 이연우를 쫓아 발톱을 휘둘렀고, 이연우는 다시 한번 몸을 굴렸다.

쐐액, 공기를 찢은 발톱이 아슬아슬하게 옷깃을 스치고 지나갔다. 날카로운 칼로 자른 듯 너덜거리는 옷소매.

'그냥 상처만 입는 거면 맞아도 괜찮은데. 빗물이 감염도 막아줄지 모르겠네. 안 되겠다.'

지폐로 공격해야겠다.

이연우는 바닥을 데구르르 구르며 주머니에서 라이터를 꺼냈다. 터보라이터였다. 딸깍, 누르기 무섭게 푸른 불꽃이 솟구쳤다. 라이터에 묶여 있던 지폐가 타올랐다.

그 순간 렙틸리언의 움직임이 멈췄다. 열기와 탄내.

희미하게 남아 있던 안경의 정신이 직관적으로 위험을 감지했다.

"끼엑!"

렙틸리언은 그대로 몸을 돌리고 도망쳤다. 쾅쾅쾅쾅, 잽싸게 발을 놀리며 돌풍처럼 질주했다.

이제 상황이 바뀌었다.

"도망치겠다고? 안 되지."

이연우는 불이 꺼지지 않게 손바닥으로 불타는 지폐를 가리고는 냅다 렙틸리언을 쫓아 달렸다. 렙틸리언이 대놓고 도주하고 있었기에 추적은 쉬웠다.

신체 능력의 차이로 거리가 점점 멀어졌지만, 완전히 놓치기 전에 지폐가 완전히 불타 없어졌다.

다음 순간, 렙틸리언의 몸에 드릴 구멍 수십 개가 뚫렸다.

구멍마다 솟구치는 피. 렙틸리언은 단말마의 신음을 내뱉으며 쓰러졌다.

"끼이익."

피 웅덩이에 누워서 죽었다. 움직임이 없었다.

이연우는 한숨 돌렸지만, 표정은 좋지 않았다. 그가 고개를 돌려 집회 장소를 보았다.

연기가 솟고 섬광이 번쩍거리는 그곳.

펑, 펑, 터지는 소리가 요란했고, 끼엑, 으아악, 렙틸리언과 인간의 고함과 비명이 계속해서 메아리쳤다.

'이 상황에 푸른 문이 계속 열려 있을까?'

동료 의식이나 협동심 따위는 존재하지 않는 멸망주의자
가 남아 있을까?

그때였다.

우웅, 우우웅, 핸드폰이 진동했다. 이연우가 서둘러 확인하
니 마크 정의 화상 통화였다. 받기 무섭게 마크 정의 다급한 표
정이 보였고 빠른 목소리가 들려왔다.

- 지금 그쪽 상황 어떻게 됩니까? 지금 렙틸리언들이 미
쳤습니다!

"예?"

어리둥절한 말에 마크 정은 핸드폰을 돌려 노트북 화면을
보여줬다.

분할된 화면에서는 세계 각국의 상황이 나왔다.

한창 콘서트 중이던 가수가 고음을 높이던 중, 갑자기 렙
틸리언으로 변해 관중을 향해 달려들었다.

어느 나라의 의회에서는 의원이 변신해 주변 의원을 물었
고, 어느 기업에서는 CEO가 직원들을 물었다.

곳곳에서 긴급 속보가 흘렀다. 전 세계에 렙틸리언 전염병
이 전파되고 있었다.

- 렙틸리언 보스가 숨겨놓은 렙틸리언들이 폭주하고 있습
니다!

"어어, 그게…"

이연우는 눈을 대굴대굴 굴렸다. 그러고는 핸드폰을 움직

오염

여, 멀리서도 보이는 거대한 고깃덩이 알을 카메라에 담았다.

"그게… 이유는 모르겠는데, 보스가 갑자기 폭주했습니다. 여기도 난장판입니다."

셀카 찍듯 핸드폰을 다시 움직여, 비명과 폭발이 난무하는 집회 장소를 멀리서 잡았다.

이런 일이 지금 전 지구적으로 일어나고 있었다.

'이거 내가 오염시켰다고 말하기는 좀…'

아무래도 솔직히 말하기에는 사태가 지나치게 심각했다.

그때 마크 정의 고함이 터졌다. 무언가를 봤다.

- 위! 하늘 위! 조심하세요!

이연우의 위로 흐릿한 그림자가 드리웠다. 이건 위험했다. 이연우는 확인도 하지 않고 앞으로 굴렀고.

쾅!

충격파에 휘말렸다. 익룡의 날개를 단 렙틸리언이 머리부터 추락한 것이었다.

"이건 또 뭔…"

이연우는 멍하니 주저앉아 변이한 렙틸리언을 보았다.

팔은 길게 뻗었고, 팔과 몸통 사이에 얇은 피막이 펼쳐졌다. 얼굴도 기괴하게 바뀌어, 입술이 부리처럼 쭉 나왔다.

- 변이… 전염병이, 감염자가 변이하고 있습니다!

이연우는 무의식적으로 핸드폰 화면을 보았다. 노트북이 실시간으로 송출하는 현장.

세계적인 가수의 얼굴과 목이 육식공룡처럼 바뀌더니, 포효를 내질렀다. 포효를 들은 관객들은 뱀 앞의 쥐처럼 굳어 렙틸리언에게 얌전히 몸을 내주었다.

렙틸리언으로 변한 의원들은 서로 잡아먹더니 웬 이상한 키메라 공룡이 되었고, CEO 렙틸리언은 부하를 이끌고 무리 사냥을 시작했다.

"어…"

이연우의 이마에서 식은땀이 흘렀다.

멸망주의자가 변한 렙틸리언만 해도 위험한데, 변이까지 한다고?

이연우는 떨리는 눈으로 집회 방향을 보았다.

폭음과 비명이 점점 잦아들었고, 공룡의 울음이 점점 많아졌다. 사방으로 도망치는 소수의 인간과 인간을 추적하는 다수의 렙틸리언이 작은 점처럼 보였다.

눈을 가늘게 뜨고 보니, 시체를 머리의 뿔에 건 렙틸리언도 있었고, 길게 늘어난 목과 머리를 질질 끌고 걸어가는 놈도 있었고, 지느러미를 달고 바다로 뛰어드는 놈도 있었다.

딱 봐도 심상치 않았다.

'이러면…'

푸른 문이 열려 있어도 거기까지 무사히 도망칠 수 있을까?

돌과 조끼도 렙틸리언의 감각과 야성 앞에서는 썩 잘 통하지 않는 느낌인데?

이연우가 시야를 넓게 둬 주변을 경계하며, 마크 정에게 말했다.

"저는 후퇴하겠습니다. 계획 정보는 얻었습니다. 푸른 문이 아닌 퇴로를 알려주십시오."

적의 본거지에 잠입했다. 당연히 회사는 다양한 퇴로를 준비해줬다.

마크 정은 마우스를 딸깍거리더니, 이 섬 주변의 해도를 띄웠다. 배 몇 척이 상당한 거리를 두고 섬으로 달려오고 있었다.

─ 회사 요청으로 근처 국가의 해군이 움직이고 있습니다. 그 섬을 폭격할 계획이고, 이연우 씨를 모실 상륙정 하나가 이 위치로 갈 예정입니다.

섬의 귀퉁이에 붉은 핀이 꽂혔다.

그곳에 찍힌 시간은 세 시간 후.

또한, 섬 곳곳이 붉게 물들며 폭격 예상 시간까지 나왔다. 그 또한 세 시간 후였다.

"세 시간."

이연우는 곧바로 이동할 채비를 갖췄다. 천천히 걸어도 넉넉한 시간이었지만, 가는 도중에 무슨 일이 생길지는 모르지 않나.

그때 마크 정이 망설이다가, 힘들게 말을 꺼냈다.

─ 이연우 씨, 혹시… 렙틸리언 보스의 샘플을 채취할 수 있

습니까? 필수는 아닙니다. 지금 사태는 회사가 움직이지 않고 각 국가를 움직이는 것으로 대처할 수 있습니다만, 아무래도 샘플이 있으면…

마크 정의 입이 다물어졌다. 이연우가 기다렸다는 듯 바로 옷자락을 카메라에 들이민 탓이었다.

본의는 아니었지만 샘플은 이미 챙겼다. 이연우는 피가 묻은 옷자락과 피를 잔뜩 담은 에코백을 흔들었다.

"이 정도 피면 충분합니까?"

– 아, 예! 충분합니다!

치료제를 만들든, 연구에 사용하든 충분했다.

"그러면 나중에 봅시다."

마크 정은 조금 밝아진 얼굴로 고개를 끄덕였고, 이연우는 심호흡을 반복하며 아수라장을 가로지를 준비를 마쳤다.

나름대로 몸에 묻은 피를 닦아내고.

'가자.'

이연우는 발자국을 깊게 남기며 떠났다.

멸망주의자 몇이 나무 뒤에 숨어 몸을 웅크렸다. 손 선풍기와 테이저건, 밥솥 따위를 끌어안은 그들은 주변에 쓰러진 렙틸리언을 보았다.

"이놈들은 왜 갑자기 돌아버려서."

"다 렙틸리언 됐다. 이제 멀쩡한 놈 얼마 없을 텐데, 어쩌냐."

그들은 한탄하기도 했고, 불평을 토로하기도 했다.

"탈취자는 뭐 합니까? 이놈들 대도시에 떨어뜨리기만 해도 장난 아닐 텐데."

"걔? 가장 먼저 튀었어."

나름대로 지식을 지닌 멸망주의자들은 렙틸리언 보스의 폭주를 보자마자 전부 도망갔다.

갑자기 극한까지 오염된 이유, 알 수 없는 위험을 피해 자기 살길을 찾은 것이었다.

그때 밥솥을 안은 멸망주의자가 고개를 기울였다. 그러고는 천천히 일어나 렙틸리언의 시체를 향해 다가갔다.

다른 사람들은 미심쩍은 눈으로 그를 보았다.

"뭐 하냐."

"별건 아니고, 나도 렙틸리언 되려고."

"뭐? 미쳤어?"

철컥, 척, 온갖 무기가 밥솥을 안은 멸망주의자를 겨눴다. 하지만 상대는 침착했다. 밥솥을 열어 주먹밥을 꺼냈다.

"솔직히 우리가 테러해봤자 뭘 얼마나 죽이겠냐고. 차라리 렙틸리언 돼서 전염병 뿌리는 게 낫지."

"아니, 돌았어? 애초에 이 섬은 어떻게 빠져나갈 건데!"

푸른 문도 없고, 배도 없어 고립된 섬.

상대는 느긋하게 주먹밥 여러 개를 두 손 가득 쥐었다.

"저기 봐. 렙틸리언이 되면 나갈 수 있어."

멸망주의자들은 눈을 돌리지 않았다. 당장 눈앞에 미친놈이 있는데, 그걸 경계해야지.

결국, 주먹밥을 쥔 멸망주의자는 말로 설명했다.

"날개 달린 렙틸리언이 다른 렙틸리언 쥐고 날아가고 있다고. 그러니까, 다 같이 렙틸리언이 되자."

진득한 미소와 함께 주먹밥이 흩뿌려졌다. 멸망주의자들이 총을 쏘고, 테이저건을 쏘고, 손 선풍기를 켰지만, 늦었다.

주먹밥이 렙틸리언의 시체 위로 떨어졌다.

쾅!

폭발. 밥알 하나하나가 단단한 파편이 되어 흩뿌려졌고, 시체가 폭죽처럼 터졌다. 그 살점과 피. 피할 수 없었다.

"아악! 이, 이… 정신 나간 놈이!"

"호호."

밥솥을 안은 멸망주의자는 웃음을 흘렸다. 온다. 전염병이 온다. 변이한다. 더 뛰어난 몸으로, 더 위험한 몸으로.

다른 멸망주의자는 얼굴을 일그러뜨렸다. 밥알이 박힌 상처 위로 렙틸리언의 살점이며 피가 묻었다. 당장 피부가 가죽으로 변하기 시작했다.

"크으으, 키이익!"

그리고 마침 근처를 지나던 이연우는 멍하니 주변을 둘러보았다.

"끼에에엑!"

"끼아악!"

폭발음을 듣고 렙틸리언들이 몰려오고 있었다. 하늘에서, 땅에서, 바람을 가르고 흙먼지를 일으키며 달려왔다. 인식을 피하더라도, 질주에 휘말려 밟혀 죽게 생겼다.

'아, 지폐 아까운데.'

이연우는 피에 젖은 지폐 다발을 꺼내 토치로 지졌다.

'목표 지점까지 달리기.'

상륙정이 온다는 목표 지점은 섬 귀퉁이의 해변이었다. 모래사장이 펼쳐져 있고, 푸른 바다가 너울거리며 파도가 몰려오는 해변.

'시간이 두 시간 남았나?'

이연우는 나무가 우거진 수풀 아래에 엎드려 핸드폰을 보았다. 지폐를 아끼지 않고 불태워가며 달려왔기에, 충분히 일찍 도착했다.

이제 두 시간 동안 조용히 숨어 있기만 하면 됐다.

이연우가 슬쩍 하늘을 보았다.

반 익룡 반 인간으로 변이한 감염자들이 하늘을 빙빙 돌며 사람들을 찾았고, 또 다른 감염자를 쥐고 섬을 빠져나가고 있었다.

거기에 마크 정이 보여줬던 것까지 생각하면.

"아…"

사고 진짜 크게 쳤다. 이연우는 머리를 벅벅 긁으며 난처한 표정을 지었다.

원래 위험한 세상이라고 하더라도, 안전한 도시에서 평화롭게 일상을 누리다가도 갑자기 튀어나온 이상에 몰살당하는 세상이라고 하더라도, 이건 자기 손으로 방아쇠를 당긴 꼴이지 않나.

'마음에 좀 걸리는데…'

나름 위기 상황에서 생존에만 매몰되어 있던 정신이 여유를 찾았다. 생존과 관계없던 소식들이 천천히 소화되었다.

난장판이 된 세상.

사람들은 적지 않게 죽을 테고, 음모론이 득세할 것이었다. 렙틸리언은 진짜였다고. 셀럽 중에 렙틸리언이 있다고.

주사위의 실패가 몇 번이나 겹쳐 만들어진 재앙은 전 세계로 뻗어나갔다.

'그래도 샘플은 채취했으니까…'

이연우가 슬그머니 에코백을 보았다.

보스의 피를 챙겼으니, 회사가 치료제나 백신을 만들지 않을까? 이 정도면 조금이나마 책임을 진 게 아닐까?

'아, 모르겠다. 회사가 적절한 징계를 내리겠지.'

시말서를 쓰든, 월급을 삭감하든, 사태 수습을 위해 주사위를 이용하든 말이다.

이연우는 복잡한 생각은 뒤로 밀어두고, 돌을 꽉 쥔 채 숨을 죽였다. 어쨌든 아직 탈출하지 못했다.

근처를 지나가는 렙틸리언은 가만히 보내고, 그의 흔적을 찾은 렙틸리언은 지폐를 이용해 죽이기를 얼마나 지났을까.

시간이 되었다.

콰아아아!

전투기가 소닉붐을 일으키며 날아들었다. 전투기의 기관포가 총탄을 쏟아부었고, 날개 달린 렙틸리언은 낙엽이 되어 떨어졌다.

"끼에에에엑!"

반대쪽 해안가에서는 포격이 시작됐는지, 굉음과 함께 섬 곳곳이 검은 연기를 내뿜기 시작했다.

또한, 이연우를 데려갈 상륙정이 하얀 포말을 일으키며 해안가로 다가왔다.

보호의와 방독면을 쓴 군인들이 사방을 경계하며 뭐라 뭐라 외쳤다.

'영어 같은데, 모르겠네. 일단 타자.'

배가 멈춘 틈을 타, 이연우는 힘겹게 배에 올랐다. 에코백을 머리 위로 높게 들고.

보호의를 입은 군인들은 이연우를 눈치채지 못했다. 그저 이연우가 쌓아놓은 렙틸리언의 시체를 보며 크게 소리쳤다. 전투기와 익룡 렙틸리언의 전투를 보며 흥분한 듯도 했다.

저게 뭐냐고 펄쩍 뛰고, 방독면을 고쳐 쓰며 눈을 의심하고.

그쯤에서 이연우는 돌을 에코백에 넣고, 조끼를 벗어 존재감을 드러냈다.

철컥, 철컥!

군인들은 순식간에 반응했다. 수상한 이연우를 향해 총을 겨눴다. 이연우는 항복하듯 두 팔을 들어 올렸다.

당장 총성이 터져도 이상하지 않은 분위기.

"이연우 특수 조사원?"

보호의를 입은 사람 하나가 나섰다. 총 대신 주사기나 유리병 따위를 쥔 사람이었다.

방독면을 뚫고 나온 어설픈 한국어에 이연우는 고개를 끄덕였다.

"회사원이십니까?"

"예. 샘플은 어디 있습니까?"

"이 가방에 있습니다."

이연우가 에코백을 건넸다. 연구원은 가방 속에 손을 넣고 휘젓는가 싶더니, 묘한 목소리를 내었다.

"공간 확장? 이건 회사도 계속 연구하는 기술인데."

"샘플만 챙기십쇼."

"예. 뭐… 저는 이상공간학 전공은 아니니까. 우선 소독부터 마치겠습니다."

연구원이 가방의 피를 채취하면서 외국어로 뭐라 말하자,

군인들이 이연우를 둘러싸고 소독하기 시작했다.

핏물이 남은 옷을 회수하고, 무슨 액체를 뿌리고, 비닐 텐트 같은 것을 씌웠다.

'끝났다…'

이연우는 가만히 절차를 거치면서 섬을 바라보았다.

상륙정이 천천히 움직이며 멀어지는 섬. 익룡은 전투기 앞에서 몰살되었고, 공군이 지배한 하늘 위로 폭격기가 날아들었다.

비가 되어 쏟아지는 폭탄. 폭탄은 지상에 닿기 무섭게 폭발과 화염을 일으켰다.

끼에엑, 렙틸리언의 비명만이 섬을 채웠다. 섬 하나가 황무지로 돌아가고 있었다. 공룡조차 있기 전의, 암석만이 존재하는 황무지로.

그 후의 일은 빠르게 지나갔다.

이연우는 수송기를 몇 번 옮겨 탔고, 촬영한 계획 문서를 보내고는 잠만 자다 보니 한국에 돌아왔다.

이연우는 그를 맞이하러 나온 마크 정을 보았다.

마크 정은 활짝 웃으며 손을 흔들었다.

"오셨습니까? 이번 일은 아주 훌륭했습니다. 본사는 아주 만족하고 있습니다."

진심이었다. 여러모로 회사가 원하는 방향으로 사건이 진행되었다.

"아, 그게…"

그 반가움에 이연우는 망설이는 표정을 지었다.

나 때문에 오염이 일어났다, 그래서 렙틸리언 보스가 폭주했다, 솔직히 말하려고 했지만, 막상 고백하려는 때가 오니 망설여졌다.

'이거 내가 감당 가능한가?'

세상이 뒤집어졌는데?

어쨌거나 마크 정은 이연우의 어깨를 두드리고는 앞서 걸었다.

"자세한 이야기는 차에서 하시죠. 잡아둔 호텔로 모시겠습니다."

마크 정의 차로 걸어가는 길.

이연우는 마음을 먹었다.

'그래, 솔직히 말하자. 내 나이가 몇 살인데 거짓말로 책임을 피해. 그리고 주사위가 실패한 일이잖아. 이건 사고지.'

하물며 특수 조사원이 임무를 수행하다 일어난 일인데, 회사가 선을 넘지는 않을 것 같았다.

이연우는 마크 정의 차에 타자마자 말했다.

"오염은 저 때문에 일어난 일 같습니다."

"압니다."

"예?"

마크 정은 안전벨트를 매며 대수롭지 않게 넘겼다. 부지런히 손가락을 놀려 내비게이션에 호텔 위치를 찍기 바빴다.

"이연우 씨가 가시지 않았습니까. 그 정도 사고는 일어나겠죠."

"아니, 그게 아니라…"

이연우는 이마를 탁 쳤다가, 마크 정이 액셀을 밟기 전에 얼른 말했다.

"제가 오염시켰다고요. 주사위 굴려서. 물론, 다시 되돌리려고 해봤는데, 다 실패해서 그 지경까지 갔습니다."

"…주사위로 오염도까지 돌릴 수 있다는 말입니까?"

마크 정은 이상한 부분에서 놀랐다. 사고의 수습이나 피해 규모 같은 것이 아니라.

놀란 눈으로 이연우를 보기를 잠시, 마크 정이 눈살을 찌푸렸다.

"아, 이러면 관심 가질 연구소가 많은데. 혹시 실험 몇 번 하실 생각 없습니까?"

"없습니다. 그보다 렙틸리언 전염병이…"

"그건 잘됐습니다. 딱 타이밍이 좋았습니다."

마크 정이 액셀을 밟았다. 자동차가 속도를 높였다. 빠르게 스치는 풍경.

"회사가 전쟁에 정신 팔린 사이, 세계 각국의 정부들이 딴 짓 못 하게 만들 계획이었는데. 이제 렙틸리언 전염병에 대응하느라 딴짓할 여력도 없겠죠."

이연우는 잠깐 말을 잃었다. 물론 징계나 질책 없이 넘어가는 건 좋은데, 이게 맞나?

"그래도 피해가 적지 않을 텐데."

"저도 처음에는 되게 위험한 줄 알았는데, 아니더라고요. 렙틸리언 전염병은 대처하기 어렵지 않습니다."

잠복기도 없고, 감염되는 즉시 눈에 확연히 보이는 증상.

전파력이 상당하긴 했지만, 진짜 전염병 유행에 비하면 정부의 힘으로 충분히 대처할 수 있었다.

혼란을 수습하는 데 시간은 좀 걸리겠지만.

어딘가 사람 보는 감각이 무뎌진 본사의 판단에 이연우는 입을 벌렸다.

'이게 맞아? …아, 본사구나.'

이연우가 문득 깨달았다.

지역 경찰 느낌인 지사와 달리 세계적인 위험에 집중하는 본사라 그런가. 멸망 시나리오급이 아니면, 몇십억 죽는 게 아니면 신경도 안 쓰는 느낌이었다.

과연 마크 정은 씩 웃고 있었다.

"차라리 잘된 일이지 뭡니까. 멸망주의자 중 렙틸리언 보스가 가장 지능적이었거든요."

감염자를 부하로 부리는 보스.

어디 군벌을 감염시켜 군수물자를 공급받고, 각계각층의 중요 인물을 감염시켜 정보를 수집하며 사회에 영향을 끼치던 인물.

"그게 전부 드러났으니, 멸망주의자의 팔 하나둘쯤은 부러진 겁니다. 거기에…"

마크 정은 살짝 눈을 굴려 이연우를 엿봤다.

수송기를 타고 오는 동안 잘 먹고 잘 잤는지, 아주 상태가 좋았다. 전염병 사태를 신경 쓰는 점이 특히 좋았다. 인간적이라서.

마크 정은 가볍게 말했다.

"사후 세계 강하 계획도 이번 일로 망했고요. 이제 진행 못 합니다."

다 잘됐다. 그야말로 일석삼조였다. 이연우 하나 던졌더니, 골칫거리 세 개가 사라졌다.

멸망주의자에게 괴멸적인 피해 주기, 사후 세계 강하 계획 저지하기, 집단 간의 전쟁을 틈타 이상에 눈독 들이던 세계 정부 견제하기.

이연우도 대강 상황을 파악하고는 몸을 느슨하게 조수석에 기댔다.

"예. 그렇다면 제가 더 할 말은 없네요."

회사원으로서 회사의 결정에 이의를 제기하기도 그렇지 않나.

일개 회사원인 이연우는 생각을 멈췄고, 창밖으로 스쳐 지나가는 풍경을 보았다.

오염

호텔은 이상 조사반의 사무실 근처에 있었다. 주차장에서 마크 정이 손을 흔들었다.

"푹 쉬십시오. 며칠 뒤에 새로운 업무를 드리겠습니다."

"또요? 이번 일 같은 거로요?"

이연우는 빠르게 걸어가다가 걸음을 멈췄다. 얼굴에 질색하는 표정이 드러났다.

이번 업무만 해도 원래라면 하지 않을 일이었는데. 아무리 특수 조사원이어도, 조사원이 할 일도 아닌 느낌이었다.

이연우가 문득 주먹을 쥐며 비장하게 몸을 돌렸다.

'이건 아니지. 이번 일도 위험했는데.'

이건 항의해야겠다.

그런데 막상 본사에 항의하자니 뭔가 쪼그라드는 느낌이었다. 아무래도 냉혹한 인상의 본사 아닌가.

결국, 이연우는 우물쭈물하며 물었다.

"그… 이런 일은 되도록 피했으면 좋겠는데요."

"단순한 일입니다. 몇몇 집단은 우리 뜻대로 움직일 수 있어 보이는데, 그 공작을 조금만 도와주시면 됩니다."

마크 정은 하하 웃으며 차에 시동을 걸었다.

"전쟁이 얼마 안 남았습니다. 그때까지만 열심히 일하면 장기 휴가를 드리겠습니다."

"그 정도면… 알겠습니다."

"그럼 쉬십시오."

마크 정의 차가 주차장을 빠져나갔다. 그 뒷모습을 우두커니 서서 보던 이연우가 결의가 서린 표정을 지었다.

'아무래도 내가 어쨌든 좋은 결과를 내서 일을 계속 맡기는 것 같아. 몇 번 망치면 이런 일은 안 시키지 않을까?'

회사도 매운맛을 보면 중대한 일은 안 맡길 것이라고, 이연우는 생각하며 호텔 방으로 걸음을 옮겼다.

나무

122

이번 일을 보고서로 제출한 다음 날, 호텔 방.

이제 한가롭게 쉬는 일만 남았건만, 정작 이연우는 짜증 가득한 표정으로 핸드폰을 붙들고 있었다.

– 이연우 조사원 맞습니까? 저는 물류혁신센터 소장인데, 다름이 아니라 공간 확장 가방을 연구 목적으로 빌릴 수 있는지 여쭤보려고…

"안 해요!"

신경질적으로 전화를 끊기 무섭게, 핸드폰이 또다시 진동했다.

이연우는 돌아버릴 것 같은 표정으로 다시 전화를 받았다.

"예, 이연우…"

– 아까 연락드렸던 제독 분야 연구팀입니다! 전화 끊지 마시고, 한 번만 더 생각해주십시오! 주사위 결과만 잘 나오면…

"아, 제발. 저 당장 내일부터 업무 나가야 한단 말입니다. 쉬는 시간에는 가만히 두십시오, 좀."

핸드폰 건너편에서 상대는 뭐라 더 말하려 했지만, 이연우는 진저리를 치며 아예 핸드폰을 꺼버렸다.

'무슨 연락이 이렇게 와.'

쉬는 내내 온갖 연구소와 부서에서 쉴 새 없이 전화가 왔다. 그나마 빗물은 들키지 않아서 다행이라고 생각할 정도로 열렬한 요청들.

뜨거워진 핸드폰을 휙 던지자, 푹신한 침대에 안착했다.

이연우는 넓은 방을 빙빙 돌며 짜증을 식히다가, 대충 침대에 누웠다. 핸드폰은 마비됐고, 텔레비전도 보기 싫었고, 컴퓨터도 하기 싫었다.

텔레비전에서는 렙틸리언 사태에 대해 계속 방송하고 있었는데, 무슨 청와대 테러와 엮여 푸른 꽃과 번개 뱀은 렙틸리언의 공격이었다는 소리를 하지 않나.

컴퓨터도 비슷했다. 인터넷은 활활 불타고 있었고, 회사 메신저에서는 실험 협조 요청이 끝도 없이 들어오고 있었다.

'뭐 하지. 낮잠을 자기도 애매한데.'

이연우는 가만히 누워 멀뚱멀뚱 천장을 올려다보았다.

'핸드폰도 컴퓨터도 안 하니까 할 게 없네. 내가 취미가 이렇게 없었나?'

그렇다고 뭔가 하자니 겨울이라 날도 춥고, 손가락 하나

까딱이기도 싫은 기분인데.

'괜찮은 취미 없을까'.

이연우가 눈을 감고 뭘 해볼까 고민하는 동안 시간이 지났다.

방문자가 찾아왔다. 마크 정이었다.

"아니, 핸드폰은 왜 꺼두셨습니까."

이연우가 열어준 문으로 들어오며 마크 정은 투덜거렸고, 이연우는 뚱한 표정을 지었다.

"에코백이랑 주사위 빌려달라고 전화가 계속 오니까요."

"아, 연구원들이…"

마크 정이 패딩을 벗다가 어색한 표정을 지었다. 아무래도 에코백과 주사위의 정보가 관련 분야의 연구원에게 퍼진 모양이었다.

한 사람당 한 번만 전화해도 그걸 합치면…

"일단 임무 중이라고, 연락 차단해두겠습니다."

"그러면 좋죠. 지금 진짜 핸드폰을 아예 못 할 지경이라서."

이연우의 표정이 밝아졌다. 거의 핸드폰이 울리는 환청이 들릴 지경이었다.

마크 정은 눈동자를 대굴대굴 굴렸다. 머릿속에서 여러 생각이 스쳤다.

'그래도 실험에 참여해주면 좋을 텐데. 아니지, 괜히 연구소나 부서만 날려먹을지도 몰라. 그건 안 되지'.

마크 정은 결론을 내렸다.

"실험 참여하실 생각은 없죠? 실험 요청도 전부 차단하겠습니다. 앞으로 계속."

"예, 예. 그런데 저는 왜 찾아오셨는지…"

이연우가 물었다. 귀찮은 전화만 멈춰줘도 좋았다. 그러나 그보다는 마크 정이 찾아온 이유가 중요했다.

이연우가 침대에 걸터앉는 동안, 마크 정은 노트북 가방에서 노트북을 꺼내고는 추위에 얼어붙은 손을 싹싹 비비며 말했다.

"다음 업무가 정해져서 기본 정보 드리려고요."

"위험한 일입니까?"

이연우는 진지한 표정을 지으며, 슬그머니 노트북이 보이는 자리로 움직였다.

딸깍, 딸깍, 마우스 클릭하는 소리가 이어지더니 문서가 열렸다. 녹색의 문양, 나무가 위로 가지를 뻗은 문양 아래에 녹색협회 소개서라고 쓰여 있었다.

"녹색협회? 처음 듣는데."

"위험하지는 않습니다. 우호 집단이기도 하고, 크게 사고 치는 친구들은 아니라서요."

마크 정은 드르륵, 마우스 휠을 굴려 문서를 넘겼다.

"업무를 말씀드리기 전에 우선 뭐 하는 집단인지부터 설명해드리겠습니다."

세 개의 원이 조금 겹쳐진 그림.

이연우는 묵묵히 마크 정의 설명을 기다렸다. 무슨 일인지는 몰라도 정보 하나하나가 중요했다.

"녹색협회는 세 부류의 인간이 마구잡이로 섞인 집단입니다. 환경 운동가, 식물 연금술사, 녹색교단."

마크 정은 문서를 차근차근 넘기면서, 차분하게 설명했다.

환경 운동가.

이상 개체로 환경 파괴를 막고 환경을 보호하겠다며 활동하는 환경 운동가.

식물 연금술사.

물과 햇빛과 흙만으로 꽃을 피우고 열매를 맺는 식물이야말로 연금술의 정수라며, 식물 형태의 이상 개체를 연구하는 연금술사.

녹색교단.

식물은 신이다, 식물이 없으면 다 죽을 동물들은 식물을 섬기고 식물의 노예가 되어야 한다고 주장하는 종교인.

'와. 진짜 하나같이 엮이기 싫은 인간들인데.'

이연우는 혀를 내둘렀다. 잘못 엮이면 죽거나, 실험동물이 되거나, 비료가 될 느낌.

그러다가 이연우는 표정이 굳었다. 이런 인간들 상대로 투입된다는 거니까…

"안 위험한 거 맞습니까?"

"높은 확률로요. 가서 회사 대표로 말 몇 마디 하고, 살짝 조사하고 돌아오시면 됩니다."

그렇게 간단한 일일까? 이연우의 눈동자가 흔들렸다.

"정확히 무슨 일입니까? 우호 집단이라면서요? 제가 갈 일이 뭡니까?"

"딴마음을 품었다더군요."

딸깍, 마크 정이 사람 한 명의 사진을 띄웠다.

머리는 초록색으로 염색했고, 잡초밭에 물을 뿌리며 경건한 표정을 짓는 사람.

"녹색교단의 교주인데, 이 사람이 제보했습니다. 연금술사 파벌과 환경 운동가 파벌이 못된 계획을 세웠다고요."

"어떤 계획을 세웠길래…"

마크 정이 골치 아프다는 듯 미간을 찌푸렸다.

그는 아예 몸을 돌리고 이연우를 마주 봤다.

"연금술사 파벌은 전쟁을 비료 삼아 위험 레벨 높은 나무를 싹 틔우겠다고 하고, 환경 운동가는 더 많은 인간을 죽이려고 한답니다."

위험한 나무를 키우겠다는 연금술사나, 인구 감소야말로 환경보호를 위한 길이라고 하는 환경 운동가나, 어느 쪽이든 회사의 뜻과는 반대되는 행동이었다.

오염도를 줄이기 위한 전쟁, 어쨌든 인류를 위한 전쟁인데…

상황을 파악한 이연우가 턱을 매만졌다.

"그럼, 제가 할 일은…"

"녹색협회 사람 몇을 만나 헛짓거리하지 말라고 말씀하시면 됩니다. 겸사겸사 그 나무란 게 뭔지도 조사하시고요."

마크 정은 가볍게 말했지만, 이연우는 눈살을 찌푸렸다.

"그게 조사가 되겠습니까? 작정하고 숨겼을 텐데."

회사는 물론, 당장 녹색교단의 교주조차 정확한 정보를 모르는 듯한데… 이건 이연우도 찾을 자신이 없었다.

하지만 마크 정은 대수롭지 않게 고개를 까딱였다.

"단서나 흔적 정도만 찾으셔도 됩니다."

그쯤에서 마크 정이 노트북을 닫았다. 전할 말은 거의 다 전했다는 식이었다. 마크 정이 떠날 시간이었다.

부스럭거리며 마크 정이 노트북을 챙기고 패딩을 껴입었다. 그는 마지막으로 쪽지 한 장을 건네며 말했다.

"회사에서 차량을 제공할 겁니다. 이날 이때까지 주차장으로 내려오시면 됩니다."

"알겠습니다."

"그럼 저는 이만 가보겠습니다. 쉬십시오."

마크 정이 떠났다. 적막한 호텔 방에 홀로 남은 이연우는 가만히 쪽지를 내려다보았다.

마크 정은 떠났지만, 이연우의 생각은 멈추지 않았다. 오히려 침대에 누워 고민에 빠져들었다.

이번 업무와 그만의 계획.

'이번 일은 실패해야 하는데, 어느 정도로 실패해야 할까.'

회사의 신뢰와 맡기는 업무가 부담스러웠다. 그래서 이연우는 슬슬 기대감을 깎아내기 위해 업무에 실패할 생각이었다.

'그래도 너무 거창하게 망하면 안 되고.'

이연우의 생각이 깊어졌다. 감은 눈의 어두운 장막 위로 여러 과거가 떠올랐다.

인간자격시험부터 지금에 이르기까지.

렙틸리언 보스처럼 큰 사고는 바라지 않았다. 자신까지 위험에 빠질 수 있었다. 그리고 이연우에게도 애사심이 있었다.

회사에서 스카우트해준 덕에 공시생 생활을 청산하고 어엿한 회사원이 되지 않았나. 아무래도 고의로 회사에 피해를 주고 싶지는 않았다.

이연우가 주머니에 손을 넣어 괜히 쪽지를 꾹꾹 구기며 생각을 이어갔고, 곧 눈을 떴다.

"적당히 하자."

계획이라고 할 만한 것도 필요 없었다.

마크 정이 말한 대로 가서 회사의 의사를 전하고, 나무 조사는 대충 실패하면 될 일이었다. 간단했다.

이연우는 지루함을 잊어버리고 편하게 쉬며 임무를 준비했다.

일하는 날이 찾아왔다.

이연우는 회사가 준비한 차에 탄 후, 힐긋 운전자를 보았다. 정장에 선글라스를 쓴 건장한 요원 느낌.

'이 사람도 본사 소속인가? 아니면 한국 지사 사람인가?'

사소한 궁금증을 품고 바라보자, 요원은 낮은 목소리로 말했다.

"목표 지점으로 모시겠습니다."

"예. 그… 어디입니까?"

"녹색협회의 한국 지부입니다. 책임자 셋이 기다리고 있습니다."

그 말에 이연우는 안도의 한숨을 내쉬었다.

'한국 지부면 마음 놔도 되겠네.'

연금술사 파벌이 숨기고 있을 나무가 이런 곳에 대놓고 있을 리 없었다. 어디 비밀 장소에 숨겨놨겠지.

여러모로 쉬운 일이었다. 업무를 수행하기도, 실패하기도 쉬운 일.

그렇게 차는 한참을 달렸고, 녹색협회의 한국 지부에 도착했다.

아스팔트 없이 흙뿐인 주차장.

"저는 주차장에서 대기하겠습니다. 다녀오십시오."

"예."

이연우는 차에서 내려 숨을 깊게 들이마셨다.

넓은 평야였다. 사방에 논이며 밭이 펼쳐져 있었고, 아무렇게나 흩어진 비닐하우스 안에서는 농부들이 바쁘게 움직이며 특이한 작물을 기르고 있었다.

목가적이고 평온한 분위기.

이연우를 마중 나온 사람들 역시 부드러운 분위기였다.

"어서 오세요. 녹색협회 한국 지부입니다. 저는 녹색교단의 김포도입니다."

파마한 머리를 녹색으로 염색하고, 일 바지를 입은 사람이 손을 내밀었다. 방금까지 일을 했는지 흙이 묻은 손.

"인류보호회사 특수 조사원 이연우입니다. 다른 분은…?"

이연우는 손을 마주 잡으며 다른 두 사람을 보았다.

흙먼지가 잔뜩 묻은 연구원 느낌의 사람이 웃었다.

"식물 연금술사, 제임스 박입니다. 저기 고양이가 맺혀 있는 나무 보이시죠? 제가 개량한 고양이 나무입니다."

"어… 예."

제임스 박의 손가락을 따라 눈을 돌린 이연우는 진짜로 고양이가 열려 있는 나무를 보았다. 뭔가 기괴했다.

마지막으로 대학생 같은 여자가 눈을 피하며, 살짝 떨리는 목소리로 말했다.

"환경 운동가 이채린이에요."

"예. 세 분 모두 녹색협회를 대표해서…"

"아닙니다. 세 파벌을 각각 대표하는 사람들입니다."

이연우는 입을 헤벌리려다가, 사람 앞임을 의식하며 애써 다물었다.

'이게 정상적인 집단인가? 뭔가, 뭔가 많이 이상한데.'

첫 만남부터 정신이 아찔해지는 기분.

그때 김포도가 박수를 짝짝짝 쳤다.

"환영합니다! 안 그래도 우리 모두 회사와 대화하기만을 바라고 있었거든요. 자, 안으로 들어가시죠."

이연우는 정신을 붙잡으며, 그들을 따라 초가집으로 걸어 들어갔다.

123

초가집에 들어가 모두가 둘러앉았는데도 대화는 쉽게 시작되지 않았다. 세 파벌의 대표는 서로를 견제하며 먼저 입을 열지 않았다.

결국, 이연우가 자그마한 상에 손을 올리며 입을 열었다.

"회사의 입장을 말해드리겠습니다. 지금 녹색협회에서, 아니, 어떤 파벌들에서 딴마음을 먹었다는 첩보가 들어왔는데…"

그 순간이었다.

언제 입을 다물었냐는 듯, 세 사람이 동시에 우다다 말을 쏟아내기 시작했다.

"맞습니다! 이놈들이…!"

"다 이간질입니다! 우리가 미쳤다고…"

"아니에요, 아니에요! 진짜, 진짜!"

벌집을 건드리면 이럴까. 세 명 모두 얼굴을 붉히며 격하게 소음을 터뜨렸다. 손을 휘젓고, 남을 삿대질하고, 울먹이고.

이연우는 순간 머리가 멈췄다. 이게 무슨 상황이지? 어쨌든 같은 집단 아닌가.

'뭐지, 진짜. 개판인데…'

머리가 아파왔다. 중구난방인 소리들 때문에 어지러울 지경이었다. 저들은 이제 이연우는 안중에도 없고, 서로의 멱살을 잡을 기세로 말싸움을 시작했다.

"하, 우리가 모를 줄 알고! 식물께서 속삭여주셨는데!"

"말도 안 되는 소리! 회사 손을 빌려 우리를 쳐내려는 속셈이 뻔한데!"

"저놈들한테 속지 마세요!"

이연우는 손바닥으로 얼굴을 쓸어내린 후, 상을 쾅쾅 내리쳤다.

세 사람이 목소리를 낮추더니, 언쟁을 멈췄다. 그들은 가만히 이연우를 보았고, 이연우는 피곤한 표정을 지었다.

"당신들 내부 사정에는 관심 없습니다. 저는 경고하러 온 겁니다. 전쟁을 틈타 헛짓하지 말라고요."

우호 집단의 내부 조율이나 협조는 이연우의 업무가 아니었다. 애초에 하고 싶어도 할 줄 몰랐다. 차라리 다 터뜨리는 일이면 몰라도.

'아, 벌써 피곤해.'

짜증 조금과 귀찮음이 많이 섞인 표정.

녹색협회의 세 사람은 그런 이연우를 보고는 흠칫 놀라 서로를 보았다.

그러고는 눈빛만으로 무슨 협의에 이른 듯, 제임스 박과 이채린이 일어났다.

"우리가 한자리에 있으면 아무래도 진행이 안 되겠죠. 한 사람씩 대화를 나누는 게 어떻습니까?"

"예, 그렇게 합시다."

이연우는 천천히 고개를 끄덕였다.

두 사람이 나가고, 초가집 안에는 김포도와 이연우만 남았다. 김포도는 쓴웃음을 지었다.

"엉망이죠? 말이 협회지, 어쩌다가 하나로 묶인 사람들이라 여러모로 문제가 많습니다."

"그럴 수도 있죠. 그보다 연금술사랑 환경 운동가가 딴마음을 품었다면서요. 그거부터 설명해주시죠."

이연우는 빠르게 본론으로 들어갔다.

김포도가 얼굴을 붉혔다. 언성이 높아졌다.

"저, 저 못된 놈들! 식물을 모독하는 연금술사와 식물을 모실 인간을 죽이겠다는 환경 운동가! 그놈들이 결국…"

"짧게 본론만 말해주세요."

"아, 예…"

김포도는 흥분을 가라앉히고, 천장을 올려다보며 잠깐 생각하다가 말을 꺼냈다.

"식물 연금술사들은 사후 세계에 위대한 나무를 심고, 전쟁을 양분 삼아 나무를 키우겠다는 계획입니다."

"환경 운동가는요?"

이연우는 의욕 없이 짧게 물었다. 어차피 경고만 하고 대강 조사하는 척만 하다가 돌아갈 생각이었으니까.

"사람이 죽어야 환경이 산다고, 멸망주의자 같은 행동을 할 계획이라는데… 자세한 내용은 교단도 파악하지 못했지만…"

김포도는 열의를 가지고, 이연우를 꼭 설득하겠다는 기세로 말을 이어갔다.

"두 파벌 모두 회사의 정책을 거스를 준비를 하는 건 분명합니다. 특수 조사원님이 꼭 매콤한 맛을 보여주십시오."

"아, 예. 알았습니다. 다음 사람 불러주세요."

이연우는 손을 내저었고, 김포도는 공손하게 고개를 숙이고 방을 나갔다.

잠깐의 시간이 지난 후, 제임스 박이 들어왔다. 무슨 과일 바구니를 끌어안고.

"저 정신 나간 놈을 상대하느라 고생하셨습니다. 세상에, 식물이 신이고 인간은 노예라니. 이게 말이나 됩니까."

서로 헐뜯는 것이 습관이 된 사람들도 익숙해졌다. 이연우는 흘려들으며 과일 바구니에 담긴 아름다운 과일을 보았다.

고운 빛을 뿜내는 포도며 사과며 딸기 따위. 눈으로 봤을 뿐인데도 맛있어 보였다.

"이 과일은 뭡니까?"

"우리들의 주요 수입원이죠. 드셔보시죠. 이상 개체 아니고, 맛있게 개량한 과일들입니다. 명품으로 비싸게 소량만 파는데도 인기가 좋습니다."

제임스 박은 직접 포도 알 하나를 따서 입에 넣어가며 과일이 무해하다는 것을 보여줬지만, 이연우는 고민하다가 과일 바구니를 슬쩍 밀었다.

진짜 달고 과즙도 많고 신선해 보였지만, 어쨌든 뭔가 음모를 꾸미는 상대 아닌가.

'안심하고 먹기는 조금 그렇지.'

밀려난 과일을 본 제임스 박이 서운한 표정을 지었지만, 이연우는 곧장 본론으로 넘어갔다.

"그쪽 연금술사 파벌이 전쟁을 비료 삼아 무슨 위험한 나무를 키우겠다고 했다던데, 설명해보세요."

그 순간, 자리에 앉으려던 제임스 박이 펄쩍 뛰어오르며 소리쳤다.

"아닙니다! 교단, 그 미치광이의 말은 듣지 마십시오!"

그 고함과 요란한 몸짓.

저도 모르게 움찔 놀라며 에코백의 권총에 손을 가져간 이연우가 제임스 박을 빤히 노려보았다.

제임스 박은 어설픈 미소를 지으며 바닥에 앉았다.

"물론, 사후 세계에서 식물을 조금 키울 생각이긴 합니다. 맨드레이크를 아십니까?"

"그냥, 이름만 들어본 정도?"

"사형장에서 자란다는 전설의 식물인데, 저희에게 비슷한 식물이 있습니다. 마침 사후 세계가 전장이겠다, 조금만 재배할 계획일 뿐입니다."

이연우는 잠깐 고민하다가 말했다.

"위험한 겁니까?"

"위험하긴 한데, 총이나 수류탄과 비슷한 급입니다. 회사가 걱정할 만한 그런 건 진짜 아닙니다. 위험한 나무는 말도 안 됩니다!"

이어, 제임스 박은 손을 휘저으며 격하게 말했다.

"그보다는 녹색교단과 환경 운동가가 정신이 나갔습니다!"

"녹색교단이요?"

이건 회사가 파악하지 못한 정보인데? 이연우는 무심코 물었고, 제임스 박은 얼른 고개를 끄덕였다.

"녹색교단은 회사의 손으로 다른 파벌을 숙청할 계획입니다! 거짓말로 트집 잡아서요!"

"환경 운동가는 인간을 학살할 생각이고?"

"네! 둘 다 미쳤다니까요!"

이연우가 관자놀이를 꾹꾹 눌렀다.

일이 도대체 어떻게 된 건지 알 수가 없었다. 뭐가 진실이고 거짓인지 짐작도 가지 않았다.

'이거 처음부터 내가 뭐 조사할 수 있는 게 아닌 거 같은데.'

문득 이연우가 손을 내렸다. 맑은 눈이 드러났다. 생각해보면 이런 걸로 머리 아플 필요가 없었다.

'일부러 실패하지 않아도 되겠네. 그냥 이야기만 듣고 돌아가자.'

해결하지 못할 일, 내 담당이 아닌 일. 빨리 적절한 담당자한테 넘기는 게 맞았다.

이연우가 손을 휘저었다.

"그… 환경 운동가 불러주세요."

"예! 꼭 좀 지혜로운 판단 부탁드립니다. 기어오르는 녹색교단은 짓뭉개고, 환경 운동가는 날려버리고…"

"알아서 하겠습니다."

제임스 박이 과일 바구니를 상에 두고는 후다닥 나갔다.

잠시 후, 환경 운동가 이채린이 창호지 문을 열고 조심스럽게 들어왔다. 그녀는 이연우가 어떻게 반응하기도 전에 무릎부터 꿇으며 눈물을 뚝뚝 흘렸다.

"살려주세요! 저희는 진짜 딴마음 안 품었어요! 제발 살려만 주세요!"

"…네?"

이연우는 당황을 감추지 못했다.

이채린은 들어오자마자 눈물 콧물 흘려가며 엎드렸다. 갑자기 이게 무슨 일인지 알 수 없었다.

그 본의 아닌 침묵에, 이채린은 아예 엉엉 울기 시작했다.

"이번에 멸망주의자 집회를 쑥대밭으로 만든 정예 요원이시잖아요! 경고 삼아 한국 지부 정리하러 온 거잖아요! 저희 진짜…"

"아니, 일단 진정하세요."

이연우는 진짜 당황해 손을 허우적거렸다.

'아니, 얼마 전 일을… 알 수도 있긴 한데.'

딱히 보안 조치한 작전도 아니었고, 녹색협회 입장에서는 감찰 나온 회사원 신상을 파악할 수도 있었다.

하지만 이채린의 두려워하는 반응 때문에, 앞의 두 사람이 매콤한 맛을 보여주라느니, 짓뭉개라느니 하던 소리 때문에 이연우는 어리둥절했다.

'이 사람들한테 내가 어떻게 보이는 거지? 물론 내가 저지른 일이긴 한데, 나도 피해자고 살아남기 급급했는데.'

그쯤에서 이채린은 고개를 살짝 들어 이연우의 눈치를 살피다가 더 큰 소리로 울기 시작했다.

이연우는 한숨을 내쉬며 짧게 물었다.

"환경 운동가가 사람들을 학살하겠다는 이야기가 들리던데, 그건 무슨 소리입니까?"

"아니에요! 저희가 미쳤다고!"

이채린이 몸을 벌벌 떨며 간신히 머리를 들었다. 통통 부은 눈이 이연우를 보았고, 절실한 목소리가 나왔다.

"극단적인 사람이 조금 있긴 해요. 그런데 차마 진짜 행동으로 옮기지는 못해요. 그런 짓 하면…"

이채린이 침을 꿀꺽 삼켰다. 눈동자가 아래로 굴러 방바닥을 내려다봤다.

"회사 손에 다 죽잖아요. 적대 등급 올라가고, 전담 부대 편성되고, 온갖 공작을 당하고."

"확실합니까?"

"진짜예요. 우리는 나약한 집단이잖아요. 위험 레벨 6? 그런 것도 없는데, 저희는 진짜 회사랑 등 돌릴 생각 없어요."

환경 운동가 파벌만이 아니라, 녹색협회 자체가 중소 집단이었다.

정상급 집단으로 인정받으려면, 핵폭탄과 비견되는 위험 레벨 6의 이상 개체를 지녀야 했으니까.

골드버그클럽의 황금만능주의나 자유예술가협회의 협회장같이.

'위험 레벨 6이 없으면 집단을 걸고 이상한 도박은 안 할 거 같긴 한데. 아, 모르겠다.'

어찌 되었든 상황은 어지럽게 돌아갔고, 이연우는 생각을 포기했다. 대충 일하고 빨리 돌아갈 생각뿐.

"녹색교단이나 식물 연금술사는요?"

"그놈들은 진짜 음모를 꾸미고 있어요!"

이채린이 돌연 고개를 빳빳이 들었다.

"교단은 녹색협회를 장악…"

"그리고 식물 연금술사는 위험한 나무를 키우고요? 다 들었으니까 이만 나가시고, 다른 사람까지 다 불러주십시오."

"네. 제발 살려만 주세요. 저희는 진짜, 진짜, 적대 집단이 될 만한 짓은 안 해요."

이채린은 끝까지 울먹이다가, 도망치다시피 방을 벗어났다.

홀로 남은 방에서 이연우는 에코백을 어깨에 걸치고는 떠날 준비를 했다.

"들어가겠습니다."

세 명이 들어왔다. 김포도는 바로 자리에 앉았고, 제임스 박은 한 입도 먹지 않은 과일을 보며 아쉬운 표정을 지었으며, 이채린은 최대한 이연우에게서 떨어진 자리에 앉았다.

그들이 입을 열었다.

"이야기는 다 들으셨을 겁니다. 아마 이놈들 때문에 혼란스러우실 텐데, 감찰을 원하시면 특수 조사원님이 지목하는 사람을 데려오고, 공간도 안내해드리겠습니다."

"그럼요. 얼마든지 협조하겠습니다. 뭐 양심에 찔릴 짓을 했어야지. 거짓말이나 일삼는…"

"공정한 판단 부탁드려요!"

귀가 아플 정도로 떠드는 소리들.

이연우는 고개를 절레절레 저었다.

"어쨌든 이야기는 잘 들었고, 제가 할 말은 하나뿐입니다. 이상한 짓 하지 마세요."

"…이걸로 끝입니까? 바로 가시려고요?"

김포도가 문득 어두운 안색으로 이연우를 보았다. 다른 두 명 또한 그랬다.

그들의 똑 닮은 시선 속에서 이연우는 에코백을 고쳐 메며 떠날 의향을 확고하게 보여줬다.

"예. 저는 이만 가보겠습니다."

세 명이 동시에 말했다.

"안 되는데."

"안 되는데."

"안 되는데."

124

뭔가 이상했다. 뭔가 잘못됐다.

이연우의 동공이 확장되며 빛을 잔뜩 받아들였고, 의식적으로 시야를 넓게 두어 세 명을 한눈에 담았다.

세 명 모두 같은 눈빛, 같은 낯빛, 같은 분위기로 이연우만을 주시했다.

이상한 긴장이 흐르는 초가집. 문득 세찬 바람이 불며 창문이 덜컹거렸고, 꿈에서 깨듯 그들이 퍼뜩 정신을 차렸다.

"특수 조사원님, 아직 조사한 것도 없지 않으십니까. 이대로 돌아가시면 저희는 불안해서 못 삽니다."

"맞습니다. 저희는 결백합니다. 며칠 머물며 감사하시죠."

김포도와 제임스 박은 언제 다퉜냐는 듯한 목소리를 내었고, 이채린은 다시 엉엉 울며 이연우에게 다가왔다. 이연우의 발을 붙잡고 빌기 위해 쭉 뻗은 손과 절박한 목소리.

"살려주세요! 저희 진짜 아무 잘못도…"

그리고 이연우는 순식간에 반응했다.

벌떡 일어서서 벽에 등이 붙을 정도로 물러나는 것과 에코백에서 권총을 꺼내 이채린의 머리를 겨누는 것이 찰나에 이루어졌다.

철컥.

거무튀튀한 권총이 엎드린 이채린의 뒤통수를 정확히 겨눴다. 방아쇠에 걸린 손가락.

"…"

"…"

"…"

침묵. 모두의 움직임이 멈췄다. 김포도와 제임스 박의 입술이, 이채린의 울먹임이.

오직 이연우만이 눈도 깜빡이지 않으며, 긴장된 목소리를 내었다.

"지금 돌아가야겠다면요?"

긴장과 의심과 조금의 희망이 어지럽게 섞인 목소리. 이연우는 마음속으로 비명 같은 소리를 내질렀다.

'아니지? 아니지? 또 터지는 거 아니지?'

이상 세계의 집단에 속한 사람들이 이상할 수도 있지 않나.

하지만 본능은 이미 망했다며 경종을 땡땡 울리고 있었고, 이연우 또한 상황이 좋게 풀리기를 기대하지 않았다.

과연, 세 사람이 연기를 집어치웠다.

"역시 회사에서 경고하러 나온 사람답습니다. 잔수작은 안 통해요."

"그래도 당신과 싸울 준비는 했으니…"

"당신 못 나가요."

돌아가면서 말을 내뱉은 사람들이 천천히 몸을 일으켰다.

김포도의 녹색 머리가 잔디처럼 흔들리더니 머리에서 꽃이 피고 피부가 나무껍질로 변하였다. 제임스 박은 품에서 민들레를 꺼냈다.

이채린은 느긋하게 일어나, 머리를 쫓아오는 총구를 똑바로 보며 옷자락을 잡았다.

"저희는 세 파벌의 대표로 나온 사람이 아니에요."

이채린이 윗옷을 거칠게 벗었다. 옷 아래의 복부에는 얇은 폭발물들이 있었다. 언뜻 보면 두꺼운 내복으로 보이는 폭발물.

김포도가 화사하게 웃었다.

"대표는 맞는데, 협상이 아니라 당신을 상대하러 나온 사람들이지."

"돌겠네."

작정하고 싸우러 온 인간이 셋. 하나하나가 위험했다. 폭탄도 그렇고, 정체 모를 이상의 효과도 그렇고.

탈출하자니, 등 뒤는 벽이고 앞은 세 사람이 막았고.

그래도 아직 극한까지 몰리지는 않았다. 협상을 하든, 주사위로 도박을 하든, 지폐를 태우든, 살길은 있었다.

이연우는 마른 입술을 한 번 핥았다.

"목적이 뭡니까? 회사에 등 돌리면서 나한테 이러는 이유가 있을 거 아닙니까?"

"그건 말이죠."

김포도는 손을 모았다. 그의 손짓에 따라 초가집의 기둥이, 대들보가, 마루가 뒤틀리며 끼이익 비명을 내질렀다. 당장이라도 무너질 것처럼.

이연우는 주춤 몸을 웅크렸다.

집이 무너질 지경인데도 제임스 박은 평온하게 민들레를 입 앞으로 가져왔다.

"무슨 말이 더 필요하겠습니까."

그 입김에 날아오르는 민들레 씨앗.

그리고 세상이 붉게 물들며 이연우의 시간 감각이 늘어지기 시작했다. 발끝부터 정수리까지 섬뜩한 한기가 솟구쳤다.

'아니, 잠…'

느닷없이 공격이 터져 나왔다.

이채린이 입은 폭탄이 불꽃을 일으키며 터졌고, 집이 와르르 무너졌고, 민들레 씨앗이 증식하며 좁아지는 공간을 가득 채웠다.

본능이 달아오르기 전에, 상대를 파악하기도 전에, 폭력이 폭발했다.

이연우가 그토록 걱정했던 암살에 가까운 자폭 공격.

'주사위 한 번 굴릴 시간도 부족…'

죽음이 선명했다. 이연우는 핏발 선 눈을 번들거리며, 느려진 시간 속에서 가까스로 움직였다.

에코백의 입구를 펼쳐 얼굴 앞을 막고, 다른 손으로는 머리를 감싸며 웅크렸다.

그뿐이었다.

콰콰콰쾅!

충격파가 내장까지 두드렸다. 무너진 건물의 대들보며 지붕 파편이 머리를 후려쳤다. 민들레 씨앗이 드러난 피부 위에 뿌리를 내렸다.

이연우는 흐려지는 정신을 가까스로 붙잡으며 마지막 말을 남겼고.

'주사위, 죽으면 부활 돌려!'

그대로 까무룩 기절했다.

온몸이 아팠다. 내장이 울렁거렸다. 답답했다. 죽을 것 같았다. 이연우는 눈꺼풀을 파르르 떨다가 기억을 떠올렸다.

미친 녹색협회 인간들이 자폭 공격하던 장면. 무너지는 집과 터지는 폭발과 피부에 뿌리 내린 민들레 씨앗.

'살았나…'

진짜 아파서 죽을 것 같았지만, 일단 살아 있었다. 확률을 헤아린 감각이 없는 걸 보아, 애초에 안 죽은 모양이었다.

어질어질한 혼란과 흐릿한 의식이 생존 본능에 밀려났다. 사고가 흘렀다.

'지금 상황이 어떻게 되는 거지. 답답한 걸 보니, 묶여 있는 것 같긴 한데.'

이연우가 눈을 살짝 떴다. 곁에서 보면 여전히 감은 것처럼 보일 정도로 가늘게 뜬 눈. 좁은 시야는 새로운 장소를 흐릿하게 비추었다.

지하의 토굴.

태양을 닮은 노란 조명이 환하게 들어오는 지하. 딱 봐도 회사는 아니었다.

이연우가 자연스럽게 고개를 숙이니, 몸을 꽁꽁 묶은 나무뿌리와 쇠사슬과 철선에 연결된 부비트랩 따위가 보였다.

심지어 부비트랩이 하나도 아니고, 종류도 다 달랐다. 정석적인 폭발물부터 폭탄처럼 생긴 과일까지.

'진짜 미친 인간들. 내가 진짜… 아냐, 아냐. 우선 빠져나가야지. 살아야지.'

이연우는 솟구치는 분노를 애써 억눌렀다. 당장 복수하고 싶은 마음이었지만, 다 터뜨리고 싶었지만, 일단은 탈출부터 해야지.

'도박이지만, 주사위로 이동을 굴려야겠어.'

대실패가 떠봤자, 위험한 이차원으로 이동될 뿐이었다. 지금처럼 강제로 잡힌 상황보다는 나았다.

그렇게 이연우가 주사위를 부르려는 순간.

목소리가 들렸다. 김포도의 지친 목소리가.

"도망칠 생각은 마시죠. 당신 몸에 씨앗을 심었거든요. 어디든 이동하는 순간 씨앗이 당신을 비료 삼아 자라날 겁니다. 당신 죽는다고요."

깨어난 걸 들켰다. 이동도 사전에 차단됐다. 엄중하게 격리된 이상 개체에 가까운 취급이었다.

이연우는 더는 연기하지 않고 눈을 떴다. 질척하게 가라앉은 눈동자가 김포도를 보았다.

몸이 엉망인 김포도가 이연우 앞으로 다가와, 털썩 주저앉았다.

"이렇게 빨리 깨어날 줄은 몰랐는데. 몸도 평범한 인간 수준이 아니네요?"

"…"

"아, 그렇다고 저한테 뭘 굴릴 생각은 마시고요. 저한테 무슨 일 생기면 그 부비트랩 터집니다. 제가 잠들거나 설득되더라도요."

완전히 파악당해서 약점만 찔린 느낌. 습격당했고, 몸은 묶였고, 지금껏 썼던 주사위 판정에는 상대가 대비했다.

하지만 무력감이나 절망을 느끼기에는… 이연우는 그런 인간이 아니었다.

'상관없어'.

어떻게든 살길을 찾는다.

생존 본능이 꿈틀대고 기이한 감각이 곤두섰다. 머리가 맑아지며, 사고가 확장되었고 생각이 고속으로 흘렀다.

이연우가 문득 말했다.

"내 정보, 지나칠 정도로 잘 아는데."

존대는 때려치웠다. 예의를 차릴 기분이 아니었다.

"그렇죠. 골드버그클럽에 황금을 잔뜩 지불해가며 샀으니까요. 당신이 쓴 보고서, 회사가 보관하는 영상 자료, 잠도 안 자고 뜯어보면서 준비했습니다."

주사위가 너무 만능이라 어려운 일이었다고, 이연우가 오기로 정해진 날부터 짧은 시간 동안 힘들었다고 김포도가 탄식했다.

이연우 또한 상황을 파악했다.

'전담 부대…'

이들은 오직 이연우만을 위해 준비된 전담 부대였다. 주사위의 딜레이를 노리는 동시 공격, 이상할 정도로 예민한 생존 본능을 경계한 기습, 이연우를 상대하기 위한 함정.

이들은 이연우 자신보다 이연우의 위험성을 더 잘 알고 있었다.

그럼에도 죽이지 않고 살려둔 이유는…

'나한테, 혹은 주사위한테 원하는 게 있어'.

그렇다면 이들을 이용할 수 있다.

"일단 이채린과 제임스 박이 다시 열릴 때까지는 시간이 조금 남았으니, 대화나 합시다. 저기 나무 보이시나요?"

김포도의 손짓에 따라 이연우가 빡빡하게 묶인 목을 간신히 돌렸다.

조명이 따스한 그곳에는 사람이 열리는 나무가 있었다. 폭탄을 터뜨린 이채린과 제임스 박이 열매처럼 몸을 웅크리고 매달려 있었다.

"녹색협회의 핵심 개체인 하나의 나무입니다. 지부마다 하나씩 있죠. 우리가 파벌끼리 그렇게 싸워도 갈라지지 못하는 이유이기도 합니다."

하나의 나무에서 다시 태어나는 가족. 하나의 나무로 이어진 정신.

김포도가 답답하게 묶여 있는 이연우를 보았다.

"당신도 저 혜택을 누릴 수 있습니다. 회사는 그만두고 우리 쪽으로 넘어오세요. 우리 가족이 되면, 죽음은 끝이 아닙니다."

이제 와서 설득이었다. 이연우는 아무런 반응을 보이지 않았다.

'못 믿지. 넘어가고 싶은 마음도 없고.'

사람을 이 지경으로 만들었는데. 이연우는 가만히 주사위를 불렀다. 차라리 정보를 얻자.

'뭘 굴릴까. 그래, 저 나무에 자연발화가 좋겠어.'

데구르르.

성공!

그때였다.

김포도의 얼굴이 딱딱하게 굳었다. 하나의 나무에 갑자기 불이 붙었다. 불이 날 이유가 전혀 없는데. 하나의 나무가 활활 타오르기 시작했다.

그의 귀에 이연우의 목소리가 들려왔다.

"불이 났네?"

"당신!"

김포도가 벌떡 일어나 이연우를 노려봤다. 이연우의 주사위가 아니고서는 불이 날 리가 없었으니까.

분노 섞인 시선에도 이연우는 눈도 깜빡이지 않고, 김포도의 얼굴을 주시했다.

김포도의 감정, 표정을 인지했다.

"안 가봐도 괜찮을까?"

"…내가 자리를 비우면 당신이 무슨 짓을 할 줄 알고! 어차피 다른 가족들이 끌 겁니다!"

나무 바로 옆에 소화기가 널려 있는데도, 김포도는 이연우를 감시하는 쪽을 택했다.

'핵심 개체의 피해보다 나를 감시하는 게 중요하다고.'

그렇다면 핵심 개체보다 더 중요한 것을 바란다는 뜻이리라.

이연우의 두뇌 속에서 번개가 스쳤다. 번개가 구불구불하게 내리쳤다. 지금껏 듣고 보았던 정보와 단편적인 단서를 꿰뚫으며.

'핵심 개체보다 중요한 무언가. 회사를 적대할 만한 무언가. 나에게 바라는 무언가. 회사가 내게 조사하라고 말한 나무.'

모든 것이 이어졌다. 이연우가 문득 입꼬리를 끌어 올렸다.

"위대한 나무? 위험 레벨 6이겠지. 주사위로 그걸 키울 생각이구나?"

위험 레벨 6.

핵폭탄의 존재와 비견되는, 핵폭탄 하나가 아니라 핵폭탄으로 인해 초래되는 핵전쟁의 위험성을 내포하는 개체.

회사와 대등하게 이야기를 나눌 수 있는 최소한의 조건.

'이건 도대체…'

김포도의 표정이 창백해졌다. 상처를 입고 피를 흘려서가 아니라, 이연우 때문에. 엄중하게 속박되고, 씨앗까지 심어진 이연우 때문에.

전쟁터에서 나무를 키우면 죽을 게 뻔해서 이연우 하나를 이용하는 게, 주사위의 확률에 기대는 게 더 가능성 높다고 생각했는데.

이연우가 웃었다.

"내가 당신들 협박할 수 있어 보이는데."

이연우는 속삭이듯 나직한 목소리로 말했다.

"나는 죽어도 부활할 수 있지만, 당신들은 이번 기회로 끝이잖아."

나무를 키우지 못하면 회사가 녹색협회를 해체할 테니까.

많은 중소 집단은 자그마한 소망이 있었다.

통제되고, 위험이나 대가를 감당할 수 있고, 우리 집단의 콘셉트에 맞는 위험 레벨 6의 이상 개체를 가지고 싶다!

그런 점에서, 녹색협회는 운이 좋았다.

조건에 맞는 위대한 나무의 씨앗을 구했으니까. 그 위대한 나무를 싹 틔울 기회를 얻었으니까.

그런 점에서, 녹색협회는 운이 없었다.

그 기회란 것이 이연우라서.

'완전히 구속했어. 이연우가 쓸 만한 판정에 전부 대비했어. 이연우의 목숨도 우리 손아귀에 있고. 그런데⋯'

김포도가 꿀꺽 침을 삼켰다. 그는 이연우를 보았다.

이상 개체와 아날로그와 전자 기기. 서로 다른 방식으로 꽁꽁 묶이고, 목숨을 위협받고, 감시당하고 있는 이연우는 얼굴만이 빼꼼 나왔다.

그 무력한 상황에서, 이연우는 이야기의 주도권을 되찾았다.

기세나 논리만이 아니라, 실제로.

"어쩌면 애초에 죽지 않을지도 모르지."

이연우의 눈이 깊게 가라앉았다. 감각이 육신의 한계를 벗어났다. 벌레의 더듬이같이 삐죽 솟아 성공하기 쉬운 판정을 찾았다.

'주사위.'

이연우의 어두운 눈동자 안에서 무언가가 꿈틀대는 듯했다.

확률이었다. 가능성이었다. 이연우가 판정을 굴릴 때마다 주사위를 중심으로 꿈틀거리는 확률. 머릿속에서 주사위가 굴렀다.

데구르르.

한순간에 꿈틀거리는 확률이 멈췄다. 하나의 가능성이 현실로 끌어 내려졌다.

성공!

폭탄처럼 생긴 과일이 갑자기 말라붙었다. 과일 건조기에 한참 돌린 것처럼 수분과 생기를 잃고 숨이 죽었다.

'남은 부비트랩은 둘.'

하나는 폭발물이었고, 하나는 이상한 액체가 담긴 양동이였다. 이연우가 구속에서 벗어나는 순간, 이연우와 연결된 끈이 끊어지는 순간, 화약이 폭발하고 독극물이 쏟아지는 구조.

'어떻게 처리할까. 이동? 아냐, 실패할 거 같아. 양동이 파괴? 이것도 실패할 느낌이야.'

이연우의 감각이 바쁘게 까딱이는 그쯤에서 김포도는 퍼뜩 정신을 차렸다.

'안 돼! 이대로 끌려가면 안 된다!'

하나의 나무로 이어진 정신들이 그를 도왔다. 그가 손을 모으며, 무슨 단추 위에 엄지손가락을 올렸다.

"그만! 헛짓거리하면 바로 터뜨리겠습니다!"

"터뜨려봐."

"당신 몸에 심은 씨앗도 동시에 자랄 겁니다! 당신은 못 막아요! 목숨이 아깝다면…"

"터뜨리라고."

이연우는 입가에 비웃음을 걸었다.

위대한 나무가 뭔지는 모르겠는데, 그걸 키울 기회를 이렇게 포기할까? 이미 일은 벌어졌고, 나무를 키우지 못하면 망하는 미래밖에 안 남는데?

'못 터뜨리지.'

생각과 감각이 이끌어낸 묘한 확신.

과연 김포도는 돌아버릴 것 같은 표정을 지었다. 어떻게든 이연우를 이용해야 하는데.

그가 두 손을 꽉 모았다.

으득, 으지직.

이연우를 묶은 나무뿌리 중 일부분이 꽈아악 조여들었다. 그 압박감. 뼈가 구부러지다 못해 균열이 생기는 감각.

김포도는 살벌하게 말했다.

"부활. 주사위겠죠. 실패할 확률이, 죽을 확률이 높은 일을 당신이 저지를 리가 없어요."

생존주의자가 목숨을 걸고 도박을 할 리가 없었다. 허세였다. 주도권을 가져가고, 살길을 찾으려는 허세였다.

둘 다 공멸하는 끝으로 달려 나갈 리가 없었다.

"주사위, 더는 굴리지 마세요. 폭발물, 양동이, 나무뿌리, 씨앗, 이 중 하나라도 더 건드리면 같이 죽는 겁니다. 하지만…"

하지만 강 대 강으로 부딪치면 살짝 불리한 것도 사실이라, 김포도가 뒤로 물러났다. 꽉 잡았던 손이 떨어지고, 뿌리가 압박을 멈췄다.

"순순히 협력한다면 당연히 살려드리겠습니다. 씨앗은 빼낼 것이고, 부상도 다 치료해드릴 겁니다."

나무만 키울 수 있다면 뭐가 두려울까. 이연우의 주사위는 위험했지만, 양날의 칼이었고, 복수심에 사로잡혀 자신을 위험에 던지는 일은 없을…

그때 침묵하고 있던 이연우가 웃었다.

"나한테 시간을 너무 많이 줬어."

주사위를 충분히 굴릴 시간을 주었다. 남들의 말뿐인 약속을 믿지 않고, 스스로 살길을 찾을 시간을.

대화하는 동안 주사위가 구르고 구르고 굴렀다.

폭발물의 신관은 고장 났고, 양동이를 밀어낼 용수철은 녹슬어서 망가졌고, 몸에 심어진 씨앗은 불량품이 되었다.

이제 그를 위협하는 것은 나무뿌리뿐.

그리고 마지막 나무뿌리마저 갑자기 제멋대로 움직이며 흙바닥 아래로 돌아갔다.

"안 돼!"

김포도는 본능적으로 반응했다. 확실하게 위협해야 했다. 그가 합장하자 이연우의 몸에 심은 씨앗이 꿈틀거렸다.

이연우가 기절한 사이 삼킨 씨앗은 뿌리를 뻗었다. 위장의 벽으로, 내장으로. 사람을 양분 삼아 자라기 위해. 그리하여 사람 안에서 자라나는 꽃은…

'…뭐지? 왜 안 자라지?'

꽃이 자라지 않았다. 결함 있는 씨앗이었다. 뿌리를 조금 뻗더니 힘이 다했다. 이대로는 그냥… 이연우의 배 속에서 소화되는 거였다.

"빌어먹을 연금술사!"

분명 가장 확실한 물건을 준비하라고 했는데!

이럴 시간이 없었다. 이연우를 묶어둔 쇠사슬 고리 하나가 부서지더니, 철컹철컹 흘러내리기 시작했다.

저것의 구속이 풀리고 있었다. 저것을 협박할 수 없었다. 저것을 이용할 수 없었다.

'계획은 망했어. 저것이라도 죽여야 해! 그리고 다들 도주해야 해!'

희미하게 연결된 정신으로 경보를 보내고, 김포도는 곧장 버튼을 눌렀다. 폭발물을 격발하는 버튼이 꾹 눌리고.

틱.

힘없는 소리가 들렸다.

"이것도 망가졌다고? 언제?"

김포도는 폭발물을 망연히 보다가, 깨달았다. 망가진 게 아니었다. 씨앗도 결함이 있는 게 아니었다.

이연우가 한 것이었다. 주사위가 구른 것이었다.

김포도는 멍하니 양동이를 보았다. 이연우가 구속에서 풀려나며 끈이 당겨졌는데도, 양동이를 쏘아 보내는 장치가 작동하지 않았다.

김포도의 시선이 이연우에게 향했다.

한번 몸수색을 마쳤는데도, 이연우가 옷 어딘가에 숨긴 라이터와 지폐가 나와 타오르기 시작했다.

마치 행운이 그를 축복하는 듯했다.

우연히 삼킨 씨앗에 결함이 있었고, 폭발물이며 기관 장치가 망가졌고, 쇠사슬이 부서진 것을 말하는 것이 아니었다.

"어떻게 이렇게까지 성공할 수 있지? 오염? 짧은 시간에 이 정도 수준까지 오염될 리가 없는데?"

여러 판정을 굴리면 몇 개는 실패하기 마련인데. 성공할 때까지 굴릴 수 있을 정도로 긴 시간을 준 것도 아닌데.

하지만 이연우는 답하지 않았다.

'성공할 거 같은 판정이 느껴져. 정보가 유출되면 진짜 불리해.'

전담 부대의 쓴맛을 보았다. 솔직히 이들이 자신을 생포할 생각이 아니었다면, 오로지 죽일 생각이었다면 그 초가집에서 죽었을 것이었다.

화르르, 지폐가 불타고, 저들이 압수한 에코백과 핸드폰과 권총이 발 앞에 놓였다.

이연우는 자연스럽게 그것들을 챙기며 눈살을 찌푸렸다. 권총의 무게가 가벼웠다. 평범한 총탄이 빠졌다.

'지폐도 이상 개체라 평범한 총탄은 못 가져왔나.'

아깝지만 그걸 찾을 시간은 없었다.

이연우는 재빠르게 에코백에서 지폐 다발을 꺼내, 다시 불을 붙였다. 목표는 도주.

"나는 갑니다. 회사가 얼마나 화낼지 기대하세요."

이놈들하고는 더 엮이기도 싫었다. 이렇게 피해를 입은 건 또 처음인데.

복수? 회사에 이르면 알아서 해줄 것이었다.

"잠깐! 협상! 협상합시다! 돈이든, 이상 개체든 협상…"

김포도가 다급하고 절실하게 이연우에게 다가왔지만, 지폐 다발이 전부 탔다. 이연우가 처음부터 없었던 사람처럼 사라졌다.

김포도는 절망한 표정으로 무릎을 꿇었다.

그는 뒤늦게 화재를 진압하기 위해 다가온 가족들을 향해 소리쳤다.

"도주한다! 바로 도주해!"

사라진 이연우가 산자락에 모습을 드러냈다.

'여기가 어디지? 아니, 그보다는 먼저…'

마크 정에게 전화를 걸었다. 마크 정은 바로 전화를 받았다.

– 이연우 씨? 무슨 일입니까? 운전한 친구랑 당신이랑 다 연락이…

"그게 중요한 게 아닙니다! 지금 녹색협회가…"

이연우는 또박또박 중점만 요약해 말했다. 그들이 위험 레벨 6의 나무를 키우려고 한다고. 전쟁터 대신 자신을 선택해서 습격받았다고.

이연우는 기대했다. 이렇게 말했으니, 본사든 한국 지사든 뭔가 조치를 취하지 않을까? 자그마치 위험 레벨 6 아닌가.

하지만 마크 정은 담담하게 말했다.

– 그럼, 일단 나무는 망했군요. 전쟁터에서 키우는 방법만 남았을 텐데, 모습을 드러내는 순간 없애버리겠습니다. 다 자라게 둘 수는 없죠.

"지금 바로 보복 안 하십니까?"

이연우의 실망한 목소리에 마크 정은 난처한 듯 말을 끌었다.

- 그게, 지금 전쟁 준비가 한창이라 본사는 여력을 낭비하기가 좀…

"한국 지사는요? 특전대 있지 않습니까?"

- 출동하고 도착하는 시간 생각하면 이미 다 도망치지 않았을까요. 일단 출동 요청은 해보겠습니다.

실망스러웠다. 다 때려 부숴줄 줄 알았는데.

하지만 회사의 상황이 상황이라, 이연우는 이해하며 복수심을 누르고 이야기를 돌렸다.

"어쨌든 저 부상이 심각합니다. 폭탄 맞고, 집 무너져서 깔리고, 뼈 부러지고. 의료 지원이든 뭐든 보내주십시오."

고통이 슬슬 올라오는 느낌. 그 목소리에 마크 정이 깜짝 놀랐다.

- 그 정도로 다치셨다고요? 아니, 어떻게… 현재 위치는 어디입니까?

"그건 잘 모르겠습니다. 산이긴 한데, 지폐 태워서 도망쳐서."

- 그러면 핸드폰 위치 추적해서 보내겠습니다. 그 자리에서 기다려주십시오. 헬기가 갈 겁니다.

슬슬 연락을 끊을 즈음.

이연우가 문득 생각난 것을 말했다. 그가 유일하게 회수하지 못한 것.

"맞다. 저 평범한 총탄 잃어버렸습니다. 지폐로 못 찾아서 그냥 빼앗긴 채로 도망…"

- 뭐, 뭘 잃어버렸다고요?

마크 정의 목소리가 뒤집어졌다. 우당탕, 뭐가 넘어지고 깨지는 소리가 들려왔다.

이연우는 의아한 표정으로 답했다.

"평범한 총탄이요. 이놈들이 저 기절한 사이에 압수했습니다."

그냥 회사의 이상 장비 중 하나 아닌가? 제한적으로 사용하는?

하지만 마크 정은 숨이 넘어가려고 했다.

- 그거 넘어가면… 아니, 거기 어디… 어디입니까!

"저 모른다고 방금…"

- 아! 그러면 이게, 일단! 거기 산에서 빨리 내려오십시오!

그러고는 전화를 획 끊었다.

이연우는 돌연 엄습하는 불안한 느낌에 다시 지폐 다발을 태워 산에서 멀리 도망쳤다.

몇 분 후, 하늘 끝에서 유성이 떨어졌다.

위성이었다. 인공위성에서 떨어진 것이었다. 작은 별처럼 빛나며 추락한 그것은 충격파 없이 산을 둘러싸듯 내리꽂히더니, 투명한 역장을 만들어 산을 격리했다.

입원

의료 헬기는 금방 왔다. 이연우의 머리 위에서 멈춘 헬기가 들것과 사람 하나를 내렸고, 이연우는 들것에 실려 천천히 날아갔다.

산이 멀어질 때까지 이연우는 멍하니 산을 보았다.

투명한 역장에 격리된 산. 근처의 군부대와 경찰이 개미처럼 움직여 산 주변의 통행을 통제했다.

또한, 안전 문자가 날아왔다. 무슨 우주 쓰레기가 추락했다고.

이연우는 눈을 깜빡였다.

'우주 쓰레기는 아닌데. 위성 무기? 궤도 폭격? 공간 격리?'

회사라면 쓸 수 있겠다고 생각했다. 하지만 위대한 나무도 뒤로 미루던 사람들이 갑자기 왜? 고작 총탄 하나 때문에?

'그게 뭐길래'.

신기하고 대단하긴 했지만, 저렇게까지 회수할 무기는 아닌 거 같은데.

'어쨌든 탈출했으면 됐지'.

이제 안전해졌다는 느낌에 머리가 둔하게 느려졌고, 아드레날린을 비롯한 호르몬이 멎어가며 고통이 엄습하기 시작했다.

이연우의 낯빛이 창백해졌다. 눈동자가 쉴 새 없이 떨렸다. 입이 벌어지고 침이 흘렀다.

"아, 아악!"

"움직이지 마십시오! 부상 심해집니다!"

"끄윽, 아프… 아프다고요! 살려주세요! 아아악!"

"안 죽…"

구급대원이 뭐라고 말했지만, 하나도 들리지 않았다.

배 속은 꿀렁거렸고, 온몸에서 고통의 번개가 날뛰며 전신을 지지고 있었고, 머리는 고통으로 꽉 차 다른 생각을 할 겨를이 없었다.

온 세상이 하얗게 물들다가 까맣게 꺼졌다. 의식이 어둠 아래로 가라앉았다.

다시 눈을 떴을 때는 1인용 병실 안이었다.

무슨 진통제를 맞았는지, 감각이 둔하고 의식이 흐릿했다. 이연우는 멍하니 천장을 보며 눈을 깜빡이다가, 몸을 뒤척였다.

붕대 같은 것으로 둘둘 말린 몸이 갑갑하게 움직였다.

그때, 타다다닥 키보드를 연타하는 소리가 멈췄다. 또한, 나직하게 대화하던 목소리들도 멈추었고, 두 명의 시선이 느껴졌다.

"연우야, 일어났냐."

반장이었다. 그리고 마크 정이었다.

반장은 평소 같은 표정이었고, 마크 정은 한참을 시달린 사람처럼 초췌한 얼굴이었다. 반장이 말했다.

"너 이번에 죽을 뻔했다."

"아니, 죽지는 않았을 겁니다. 진짜 치명상이었으면 녹색 협회가 치료했을 겁니다. 어쨌든 주사위를 바로 쓰려면 이연우 씨가…"

마크 정은 변명하듯 말하다가 입을 꾹 다물었다.

이연우가 대굴대굴 굴린 눈동자와 마크 정의 시선이 마주쳤다. 이연우가 잠긴 목소리로 말했다.

"진짜 죽을 수도 있었습니다."

물론 회사원에게 이런 일은 일상이니, 뭐라 따지거나 불평할 생각은 없었다. 또한, 다소의 위험은 입사하는 날부터 각오했다.

중요한 건, 이런 일이 다시는 일어나지 않게 만드는 것.

이연우가 말했다.

"제 정보가 유출됐습니다. 그 정보를 분석해서 제 약점을 노렸습니다."

"전담 부대처럼 말입니까? 하지만 이연우 씨의 정보는 보안 처리가 됐는데."

식물이나 키우는 녹색협회가 얻을 수 있는 정보가 아니라고, 마크 정이 눈살을 찌푸리며 말했다. 거기에 이연우는 설명을 더했다.

"골드버그클럽에 황금을 내고 정보를 샀다고 합니다."

이연우의 목소리에 끈적한 열기가 타올랐다. 돈을 빼 간 클럽, 정보를 유출한 클럽. 돈이야 적당한 기회가 오면 되찾을 생각이었어도, 정보는 이대로 넘어갈 수 없었다.

그의 정보는 당장 목숨을 위협하는 칼로 벼려지니까.

"클럽."

"염병할 놈들. 그놈들은 돈이라면 가리는 게 없어."

두 사람의 반응은 무시하고, 이연우는 본론으로 넘어갔다.

"클럽이든 뭐든, 제 정보를 완전히 감출 수 있습니까?"

"그건 불가능합니다."

단호한 대답.

이연우는 대수롭지 않게 넘겼다. 그가 생각해도 이건 불가능해 보였다.

'세상에 이상 개체가 몇 개인데.'

서로 다른 현상을 일으키는 이상 개체로 이루어지는 정보 공격을 어떻게 모조리 막을 수 있을까.

그렇기에 이연우는 다른 방법을 떠올렸다.

"그러면 클럽의 가장 중요한 자원은 뭡니까? 그놈들한테 뭐가 중요합니까?"

정보를 팔 수 없게 만들면 됐다. 정보를 팔아서 얻을 이득보다 손해가 크면, 누가 감히 정보를 팔까?

마크 정이 대답했다.

"사회에 통용되는 모든 종류의 자산입니다. 화폐, 주식, 부동산, 인적 자산, 노동. 가장 중요한 건 황금이지만요."

이연우가 눈을 감았다. 정신 한편의 주사위가 느껴졌다. 그조차도 한계를 모르는 주사위.

'골드버그클럽을 건드리는 김에 한계를 시험해봐야겠어.'

주사위의 범위는 어디까지 가능한가. 어느 정도 판정까지 가능한가. 어느 정도의 원거리에서 사업장을 건드릴 수 있나 같은 것.

그쯤에서 반장이 손을 내저었다.

"그게 지금 생각할 문제냐. 일단 푹 쉬어라, 어. 몸부터 회복해야지."

"아, 알겠습니다."

"밥 잘 먹고. 잘 자고. 아무튼, 나는 이제 간다. 다음에 지유랑 재민이랑 오마."

살았으면 됐다는 듯, 반장이 훌쩍 떠났다.

마크 정은 그가 떠나자, 한숨을 내쉬고는 이연우를 보았다.

"이연우 씨가 기절한 사이, 녹색협회에 조치를 취했습니다.

위대한 나무의 씨앗을 압수했고, 그들은 전쟁에 전부 참여하게 되었습니다."

평범한 총탄을 잃어버렸다는 연락을 받자마자 숨 가쁘게 행동한 결과.

이연우가 납치됐던 산을 격리하고 녹색협회를 잡아들인 후, 수색하고 수색하고 수색했다. 가장 중요한 평범한 총탄을 회수하기 위해.

"총탄도 간신히 회수했습니다."

그 목소리에 고생이 절절하게 묻어 있었다. 그도 나가서 총알 찾기에 동참했다.

녹색협회가 치를 대가에 만족하던 이연우가 의아한 감정을 품었다.

"평범한 총탄이 뭐길래, 위성 무기? 그런 거까지 쓸 정도로 반응한 겁니까?"

이상을 무시하는 게 대단한 것이기는 했지만, 방탄복만 입어도 막을 수 있는 건데.

"그건… 어떻게 말해야 할까요."

마크 정은 말을 골랐다. 감출 정보는 없었다. 이미 평범한 총탄을 넘겨줬는데.

오히려 정보를 다 주지 않아 일이 이렇게 됐다.

곰곰이 생각하던 마크 정이 말했다.

"회사가 말입니다. 오직 이상만 배제하는 무기를 만들었습니다. 이상으로부터 인류를 지키겠다는 회사가요. 이게 다른 집단에 알려지면 무슨 일이 벌어질까요?"

그리고 그들은 무슨 생각을 할까요?

마크 정의 질문에 이연우는 탁한 머리를 힘겹게 굴렸고, 고심 끝에 대답을 돌려줬다.

"회사가 또 이상한 무기를 만들었구나?"

"아닙니다. 회사가 꿈꾸는 세상에는, 회사가 목표로 하는 세상에는 이상이 없구나. 저들은 끝내 우리를 모두 지울 생각이구나. 그럴 힘을 계속 연구해 결국 만들어냈구나."

이연우가 눈살을 찌푸렸다. 슬슬 뭔가 위험하겠구나, 직감이 들었다.

"그때는 규칙도, 최후의 선도 없는 전쟁이 날 겁니다. 세상이 회사와 회사가 아닌 자들로 나뉘어, 한쪽이 멸망할 때까지 싸울 겁니다."

지금 예정된 전쟁과는 다르다.

나름대로 규칙이 있고, 지구는 건드리지 않으며, 서로 정정당당하게 전면에서 싸우는 전쟁. 차라리 구시대적인 결투에 가까운 것.

그것이 생사를 건 멸망전이 된다면.

"큰일 날 뻔했네요."

이연우가 손끝을 떨었다.

일이 잘못됐으면, 제1차 세계대전의 시작과 같던 사라예보의 총성을 자신이 울릴 뻔했던 것 아닌가.

마크 정이 한숨을 푹푹 내쉬었다.

"진짜 이건 잃어버리면 안 됐습니다. 반드시 회수했어야 해요. 처음부터 경고하지 않았던 제 잘못이 크지만요…"

설마 이연우가 잃어버릴 것이라고는 상상도 못 하고 대충 넘겨준 결과가 이렇게 될 줄은 꿈에도 몰랐다.

"그것 때문에 이사님한테, 아…"

마크 정은 지친 눈으로 허공을 보았다. 예전에 신입 시절에 큰 사고를 친 적을 제외하면, 이렇게 탈탈 털린 적이 없는데.

이연우가 슬며시 눈치를 살폈다. 일의 심각성은 깨달았다.

"그… 저는 어떤 징계를 받는지…?"

"퇴원한 뒤에 시말서 하나만 쓰십시오. 회복력이 굉장히 좋으셔서 몇 주면 털고 일어나실 겁니다."

마크 정은 빗물에 대해 캐묻지 않았다. 징계도 굉장히 가벼웠다.

안도하는 이연우를 뒤로하고 마크 정이 노트북을 닫았다.

"저는 이만 가겠습니다. 아, 회수한 평범한 총탄은…"

"됐습니다. 저는 그런 거 책임지기 싫어서. 그보다는…"

평범한 총탄은 받고 싶지 않았다. 이연우는 진심으로 그런 멸망전의 시발점 같은 것과 엮이기 싫었고, 지금은 더 중요한 것이 있었다.

이연우가 마크 정을 보았다.

"골드버그클럽 정보 주십시오. 주식이나 작업장과 창고 위
치로요. 그리고 주사위에 대해 추측한 보고서도요."

아무리 이연우가 회사원이더라도 회사는 이연우의 주사
위를 분석했을 것이다. 이연우가 보여준 모습을 바탕으로.

마크 정이 침묵하다가 고개를 끄덕였다.

"그러겠습니다. 자료 모아 오려면 며칠 걸릴 겁니다. 쉬십시
오."

입원하니 시간이 남아돌았다.

1인용 병실은 밖에서 돌아다니는 소리도 들리지 않아 적
막했고, 희멀건 색감과 맛없는 병원 밥 때문에 시간이 지독하
게 안 갔다.

이연우는 병문안을 온 유지유와 최재민을 맞이할 때를 빼
면 혼자 핸드폰으로 시간을 보냈지만, 그마저도 질렸다.

이연우는 핸드폰을 매만졌다.

'할 게 없네. 엄마랑 아빠한테 연락하긴 좀 그런데.'

일하다가 사고를 겪어 죽을 뻔했다고 연락하자니, 마음에
걸렸다. 안 그래도 눈치가 빠른 엄마라면 바로 문제를 알아차
릴 것 같았다.

이연우는 통화는 포기하고, 노트북을 꺼냈다.

"오랜만에 게임이나 할까."

시간을 잘 보낼 만한 게임을 찾다가, 눈길을 끄는 게임 하

나를 찾았다.

[아카데미 서바이벌]

- 멸망이 다가오는 세상의 아카데미에 입학하여, 매력적인 조연들과 멸망을 막아보세요!

- 최후의 플레이어 한 분은 게임 속 세상 캐릭터로 빙의시켜드립니다!

빙의시켜주겠다는 어처구니없는 멘트.

이연우는 흘려 넘겼고, 마우스를 바쁘게 움직였다. 홍보 영상을 보니, 게임성은 몰라도 일러스트가 굉장히 아름다웠다.

'해볼까?'

이연우는 마지막으로 플레이어의 평가를 찾았다. 망겜, 이게 게임이냐, 클리어한 사람이 없다 등등. 절대 하지 말라는 평가들.

이연우가 고민하는 순간.

게임이 사라졌다.

애초에 없었던 것처럼 페이지 자체가 사라졌다. 대신 떠오른 것은 짧은 공지와 전화번호.

[게임에 문제가 발견되어 임시로 내렸습니다. 플레이하신 게이머 여러분은 이곳으로 전화해주십시오]

기묘한 게임과 비정상적인 차단.

이연우는 미묘한 표정으로 그것을 보다가, 혹시나 하는 마음으로 그 번호로 전화를 걸었다.

- 예, 아카데미 서바이벌입니다. 혹시 게임을 플레이하셨나요?

"아뇨. 다운로드하려다가 페이지가 사라져서요."

- 그러셨군요. 지금 오류를 수정하는 중인데, 언제 끝날지 몰라서… 구입하셨다면 우선 환불을…

그때였다. 타닥타닥, 타자를 치는 소리가 멎었다.

상대는 전화를 걸어온 플레이어의 번호를 추적하다가 그 신상을 보았다.

- 어. 조사원이셨네요. 조사 안 하셔도 됩니다. 저희 부서에서 움직였습니다.

"역시. 이게 이상 개체였습니까?"

- 예. 뭐… 플레이한 시간이 길어질수록 최후의 플레이어는 빙의할 수 있다고 믿게 만들고, 자기가 최후의 플레이어가 되겠다고 다른 플레이어 찾아서 죽이게 만드는 개체입니다.

이 게임을 담당한 회사원은 바쁘다며 전화를 끊었다.

- 거의 마무리되었습니다. 살인을 저지르고 잠적한 몇 빼면 다 찾아서요. 수고하세요.

"예."

이연우는 통화가 끊어진 핸드폰과 노트북을 애매한 표정으로 보았다.

'진짜 세상이 뭔…'

게임 하나도 마음 놓고 못 할 세상이다.

잘 먹고 잘 쉬다 보니 몸이 꽤나 회복됐다. 이연우는 병상에서 내려와 슬슬 몸을 풀었다. 굳은 관절을 빙빙 돌리고, 팔과 다리를 쭉쭉 펴고.

병실로 들어오는 햇빛에 이연우의 눈이 반짝 빛났다.

'이제 슬슬 클럽을 건드려도 될 것 같아.'

진통제의 부작용도 없었다. 졸음에 취하던 머리는 맑아졌고, 사고는 부드럽게 흘렀다.

컨디션이 최상은 아니었어도, 상당히 돌아왔다.

계획 또한 나름대로 세웠다.

'내 정보를 판 인간, 그 인간만 건든다.'

아마 자기만의 사업을 운영하는 고위 회원일 것이다. 그 인간의 모든 사업을 주사위로 건드린다. 정확히는 주사위의 실험 대상으로 삼을 것이었다.

이연우가 힐긋 병실 문을 보았다.

'이제 마크 정이 정보만 가져오면 되는데.'

그동안 통화로 계획을 말했고, 서로 머리를 모아 그럴듯하게 다듬었으며, 필요한 정보를 마크 정이 수집해서 온다고 했다.

"올 때가 됐는데."

아니나 다를까.

"접니다."

똑똑, 문을 두드리는 소리가 났다. 평소에는 벌컥 들어오던 마크 정이 문밖에서 불편한 목소리를 내었다.

"손님 한 분 계시는데, 들어가도 되겠습니까?"

"손님이요?"

이연우는 고개를 갸우뚱 기울이다가, 직접 움직여 문을 열었다.

문 너머에는 마크 정과 웬 노인 하나가 있었다.

마크 정은 피곤에 절은 눈으로 이연우를 보았고, 노인은 고급스러운 지팡이로 딱딱 바닥을 짚으며 안으로 들어왔다.

이연우는 얼떨결에 뒤로 물러났다가, 마크 정을 보았다. 저게 누구냐고.

"골드버그클럽. 한국을 담당하는 클럽장입니다. 선생님, 이쪽이 그 특수 조사원 이연우입니다."

"음, 그래. 정보로 본 그대로군."

마크 정이 서로를 소개하는 자리.

이연우는 기겁했다. 갑자기 클럽장이?

행동은 빨랐다. 에코백에서 돌을 꺼내 쥐고, 권총을 꺼냈다. 그 찰나가 지나간 후에도 이연우는 멈추지 않았다.

다른 손에는 권총을 쥐고, 언제든 지폐를 태울 준비를 갖췄다.

'선공당하면 답이 없다!'

녹색협회한테 뼈저리게 배운 교훈.

마크 정도 뭔가에 당했다고 가정하는 그때였다. 이연우가 방아쇠에 손가락을 올리기 무섭게, 노인이 한 손을 치켜들었다.

"항복. 싸우러 온 게 아니야."

"못 믿습니다."

"음, 목소리가 잘 안 들리는데."

노인은 사람 보기를 돌같이 하는 돌을 쥔 이연우를 찾아 허공을 더듬어 보았다.

그러고는 정확히 이연우를 찾았다. 세월의 흔적이 느껴지는 눈이 이연우를 보았다.

"정말로 싸우러 온 게 아니야. 애초에 클럽의 공격은 이렇게 이루어지지 않아."

"이연우 씨, 협상을 위해 온 사람입니다. 그 정보를 판 인간의 대리인이자 클럽의 대표로서요."

마크 정은 이연우를 찾아 고개를 휙휙 돌렸고.

이연우는 노인과 눈싸움을 하다가 천천히 물러났다. 병실의 문밖으로.

"통화로 합시다."

"안 되지. 계약서에 서명하려면 본인이 있어야 해."

"계약이 뭔지는 몰라도…"

"자네 정보 안 팔겠다는 계약이야."

이연우의 걸음이 멈췄다. 이연우는 고민했다.

'한국 지부 클럽장이라는 인간이 이렇게 나오는 이유를 모르겠는데.'

뭔가 수상했고, 납득이 가지 않았다. 아무리 유혹적인 제안이어도, 상대는 그 클럽이 아닌가. 자본주의의 화신 같은 것.

철컥.

이연우가 총을 고쳐 잡았다.

"그래서 클럽이 얻는 이익은 뭡니까?"

"주사위에 제약을 걸려고 하네."

노인은 태연하게 말했고, 이연우와 마크 정이 발작했다.

"말도 안 되는 소리를…"

"본사의 조율자로 말하는데 협상은 없던 일로…"

그 순간이었다. 노인이 지팡이로 바닥을 꽝 내리찍었다. 그 쩌렁쩌렁한 소리.

마크 정과 이연우가 입을 다물었고, 노인은 평온하게 말했다.

"젊은 친구들, 계약 내용은 듣고 말하지? 성격이 급해도 너무 급한 것 아닌가."

이연우가 퍼뜩 정신을 차렸다. 상대가 노인이고 또 클럽장이라 존중했지만, 이 이상은 끌려갈 생각이 없었다.

주사위의 유용함을 제약한다?

"계약이 뭐든 제약은 말이 안 됩니다."

"1조를 줘도? 달러로 말이야."

이연우의 머리가 순간 멈췄다. 1조 달러? 원으로 환산하면 얼마지? 어마어마할 텐데? 이 정도면 이야기는 당연히 들어야…

노인은 갑자기 껄껄 웃으며, 이연우의 병상에 앉았다. 무릎을 툭툭 두드렸다.

"농담이야."

"아니, 선생님. 본사와 클럽이 협상하는 자리인데."

이연우와 마크 정은 황당한 눈초리로 노인을 보았다. 명성 높은 한국의 클럽장이라는 인간이…

노인은 미소를 잃지 않았다.

"젊은 사람들이 여유가 없어. 그래, 이야기를 들을 준비는 됐나? 어쨌든 제약과 같은 값을 지불할 생각이거든."

진심으로 협상할 생각으로 온 모양이었다.

이연우가 조심스럽게 에코백에 손을 넣었다. 돌은 놓았지만 여차하면 바로 쥘 수 있게끔.

"계약 내용이 정확히 무엇입니까?"

"솔직하게 말하지. 클럽은 리스크 관리 차원에서 주기적으로 위기를 감지하네. 미래를 엿본다고 해도 상관없어."

노인은 주변을 두리번거리다가, 이연우가 받은 병문안 선물인 포도를 뚝 따 먹었다.

뺏어 먹는 음식이 제일 맛있다면서.

그냥 돈 받고 대리인으로 나온 자리인지라, 별 관심이 없는 모습이었다.

"그런데 얼마 전에 경제적 위기를 감지했어. 대공황이었지. 세계경제가 주저앉고, 모든 값어치 있는 것들이 지푸라기처럼 변했지. 그 이유가 뭔지 아나?"

"설마…"

마크 정이 의심스럽게 이연우를 보았다.

이연우는 눈을 깜빡이다가 알아챘다.

'나 때문이라고? 대공황이 왜 나 때문… 아, 대실패나 대성공 뜨면…'

주사위로 공격하다가 결과가 잘못 나오면, 그게 겹치면 가능해 보이기는 하는데.

노인이 지팡이로 이연우를 가리켰고, 이연우는 지팡이 끝을 피해 슬며시 옆으로 움직였다.

"경계심 한번 참… 좋군. 어쨌든, 우리는 황금을 소모해가며 알아봤고, 상황을 파악했네. 그 정보상 놈하고 자네. 그래서 내가 온 거지."

노인이 지팡이를 내렸다. 병상에 비스듬히 걸친 지팡이.

대신 품에서 계약서를 꺼냈다.

"계약은 간단해. 그쪽 특수 조사원은 세계적 경제 문제를 일으킬 목적으로 주사위를 굴리지 않는다. 골드버그클럽은 특수 조사원의 정보를 제공하지 않는다. 어떤가?"

계약서를 본 이연우는 생각에 잠겼다.

솔직히 썩 나쁜 제안은 아니었다. 그가 대공황을 일으켜달라고 굴릴 일은 없었다. 대공황은 그도 바라지 않았다.

어차피 하지 않을 행동의 대가로 클럽의 정보 유출을 막으면 이득 아닐까.

거기에 노인이 말을 더했다.

"우리는 적이 아니지. 적을 만들면 손해만 보지 않나. 클럽은 공존을 원해. 생각해보게."

이연우가 슬쩍 눈을 굴리니, 노인이 지팡이 끝으로 선을 마구 긋는 행동이 보였다.

"모든 집단이 이익으로 얽히면, 공존이 이익이라면, 누가 싸우려고 하겠나? 그런 평화야말로 클럽의 목표야."

이연우의 표정이 안 좋아졌다.

평화? 공존? 말은 좋았다.

"그건 관심 없습니다. 클럽에서 유출한 정보 때문에 죽을 뻔했는데."

"정보상 놈은 개인이야. 클럽의 의지를 대표하지는 못하지. 그러니 그 정보상은 클럽의 규칙에 따라 징계를 받을 거야."

클럽에 크나큰 손해를 입힐 뻔한 회원을 가만히 둘 리가 없었다.

"바이러스로 빼앗긴 돈은 그냥 제값 치렀다고 생각하고. 자네가 탐사팀한테 강탈한 자원만 중고로 팔아도 그만한 값은 나오니까."

하긴, 절도를 먼저 시작한 사람은 이연우라 딱히 할 말은 없긴 했다.

솔직히 괜찮은 계약인데…

'그래도 이쪽 방면에서 전문가인 클럽이잖아. 속임수가 있다면 나는 알아챌 수 없어.'

이연우는 계약서를 슬쩍 마크 정에게 넘겼고, 마크 정은 계약서를 다시 이연우에게 돌려줬다.

"계약하실 겁니까? 계약하실 거면 특수 법률사무소에서 검토할 겁니다."

"고민 중인데…"

이연우의 얼굴에 고심의 빛이 서렸다.

노인은 그런 이연우를 보다가 지팡이를 콱 쥐었다. 지팡이가 바닥을 짚고, 노인이 일어났다.

"천천히 생각하게. 시간은 많지 않나. 나도 하루 만에 체결될 거라고 생각하지는 않았어."

노인이 마지막으로 이연우를 유심히 보았다. 그러고는 고개를 저으며, 딱딱 병실 바깥으로 나갔다.

"과일 잘 먹었네. 결론 내리면 연락하시게."

그렇게 클럽장이라는 노인이 떠났다.

마크 정과 이연우는 가만히 그의 기척을 살피다가, 그가 떠났음을 확인한 뒤, 토론하기 시작했다.

"아무래도 의심이…"

"조항부터 확인해야…"

그리고 한창 대화하던 이연우는 문득 벽을 느꼈다.

'이게 정상급 집단인가.'

시간과 공간을 넘나들며 수를 주고받는 자들. 미래를 도화지 삼아 그림을 그리는 자들. 미래의 이연우나 되어야 그들의 게임에 참가할 수 있지 않을까?

하루하루 살기 바쁜 이연우는 살짝 침울해졌다.

노인은 안전성으로 이름 높은 차에 몸을 실었다. 운전사가 물었다.

"어디로 가시겠습니까?"

"글쎄, 이 도시나 한번 돌아보지."

정신이 다른 곳에 집중된 듯한 반응. 운전사는 눈치껏 액셀을 부드럽게 밟았고, 차는 도시를 배회했다.

노인은 가만히 풍경을 보았다.

'회사가 발작하길래 안심했더니만…'

미지의 위험으로서 존재하던 회사의 발작이 현실로 찾아온 뒤, 클럽은 자본 관리에 집중했다. 손실을 줄이기 위해서만이 아니라, 이 상황에서도 이익을 얻기 위해.

영원한 호황도 불황도 없었으나, 어떤 상황에서도 이익을 보는 사람은 있었고, 그건 클럽이었으니까.

그를 위해 주기적으로 황금을 투자하던 황금만능주의가 끔찍한 손실을 예견했다.

'주사위라. 회사식으로 말하면 위험 레벨 5는 되나? 보여준 게 부족해서 6은 잘 모르겠고.'

솔직히 노인도 짐작이 안 갔다. 그것의 한계가 어디인지. 지나치게 거대한 판정은 이연우가 지레 겁먹고 굴린 적이 없어서 애초에 가능하기는 한 건지 알 수가 없었다.

그리고 그런 미지야말로 이상 개체가 가득한 이 세계에서 경계해야 할 것인데.

'넉넉하게 6이라고 생각해야 할 것인데.'

노인은 혀를 쯧 찼다.

"정보상 놈. 팔 정보, 못 팔 정보 분간 못 하더니."

운전사는 능숙하게 못 들은 척 핸들을 돌렸고, 노인은 잔소리를 하기 시작했다.

"저 회사 좀 보라고. 젊은데 능력 있는 친구 많잖아. 그런데 우리는 왜…"

운전사가 식은땀을 흘렸다.

128

이연우와 마크 정은 한참 동안 대화를 나누었다.

계약을 맺을까, 말까? 맺으면 조항을 어떻게 수정할까? 안 맺는다면 정보 제공을 막기 위해 어떻게 행동할까? 협상과 별개로 뭔가 뜯어먹을 수는 있지 않을까?

이연우는 지친 얼굴로 머리를 꾹꾹 눌렀다. 복잡하고 난해한 조항들과 클럽의 계약 사례를 읽다 보니, 두뇌가 과열됐다.

그런데도 결론이 나오지 않았다.

"솔직히 어느 쪽이든 마음에 드는 부분도 있고, 마음에 안 드는 부분도 있습니다."

계약을 맺으면, 주사위가 제한된다는 점이 제일 마음에 안 들었다.

그렇다고 계약을 거부하고 클럽에 머리를 들이박자니…

"황금만능주의? 그게 진짜입니까?"

"예. 클럽의 핵심 개체입니다."

"세상에, 뭔 그딴 이상이…"

적절한 양의 황금만 바치면 뭐든 이뤄준다? 대실패 같은 위험도 없고, 진짜 만능 아닌가. 심지어 클럽은 황금을 잔뜩 비축하고, 지금도 사들이고 있다는데.

황금만능주의와 그것을 최대한 활용하기 위해 구축된 시스템.

이연우가 두려움에 몸을 부르르 떨다가 퍼뜩 정신을 차렸다. 아무리 그래도 황금만능주의 때문에 지레 겁먹고 불리한 계약을 체결하는 것도 좀 그랬다.

'안 되겠다. 이대로는 괜찮은 결론을 내리지 못하겠어.'

잡생각도 많았고, 처음으로 생각해보는 이상 계약에 머리가 어지러웠다.

찬물을 뒤집어쓰듯, 정신을 차릴 필요가 있었다.

이연우가 병상 한쪽에 던져둔 권총을 향해 손을 뻗었다. 그는 권총을 곧장 마크 정에게 쥐여줬다.

"그 총으로 저 좀 겨눠보세요."

"예? 아."

어리둥절하게 권총과 이연우를 번갈아 보던 마크 정이 깨달았다.

위험을 연출해 정신을 차릴 생각이라고.

마크 정이 잠시 머뭇거리다가, 권총을 놓았다. 거절은 아니었다. 그 대신 정장 안주머니로 손이 들어갔다.

"이왕 할 거면 제대로 하죠."

"이 권총이면 충분…"

그리고 이연우의 동공이 확장됐다.

마크 정이 꺼낸 손에는 얼마 전까지만 해도 이연우가 지녔던 권총이 들려 있었다.

평범한 총탄을 장전한 권총이.

마크 정이 진지하게 이연우를 노려보았다. 두 손으로 권총을 붙잡아 모범적인 사격 자세를 취하면서.

"이연우 씨가 마음을 바꿔 다시 달라고 할까 봐, 제가 지니고 있었습니다. 하하. 제가 지금 방아쇠를 당기면."

죽는다. 진짜 죽는다.

빗물? 총상을 재생하지 못한다. 부활? 평범한 총탄으로 인한 상처는 그대로다.

이연우의 눈동자에 핏발이 섰다. 솜털이 일어서고, 등줄기를 타고 한기가 기어올랐다. 쿵쿵거리는 심장박동이 두뇌를 두드렸다.

'생각해, 생각해, 생각해.'

빠르게 휘도는 피가 머리에 산소를 공급했다. 두뇌에서 사고가 반짝였다.

'주사위로 저 인간을 기절시키거나, 심장마비를 일으키거나, 권총을 망가뜨리거나. 아니, 이게 아니라…'

생존으로 확 기울어지던 생각을 가까스로 바로잡고, 골드
버그클럽과 맺을 계약과 정보 문제에 대해 생각했다.

"…"

"…"

침묵이 내려앉은 병실.

마크 정은 마른침을 삼켰다. 이연우가 핏발 선 눈으로 지
그시 노려보는데, 무서웠다.

'갑자기 나 공격하는 거 아니야? 불안한데.'

마크 정의 눈동자가 흔들리고, 권총의 끝도 흔들렸다. 이
대로 팔을 내리고 싶었다. 그래도 딱히 뭐라 말도 하지 않았는
데, 그만두기도 그랬다.

그렇게 마크 정이 이러지도 저러지도 못하고, 불안감에 벌
벌 떤 지 얼마나 지났을까.

이연우가 문득 말했다.

"정보를 보호하는 건 사실상 불가능하죠. 그러면 말입니
다. 정보가 유출됐다는 건 알아챌 수 있습니까?"

"그건 가능합니다. 즉각적으로 알아차리기는 힘들어도, 알
수는 있습니다. 자원을 더 투자하면 알아내는 데 걸리는 시간
도 줄어들고요."

"좋습니다. 강제 계약은 안 맺습니다."

이상 개체를 이용해 강제력을 부여하는 계약에 너무 얽매
였다. 강제력이 없어도 괜찮은데.

이연우는 침착한 목소리로 말했고.

마크 정은 한숨 돌리며 권총을 다시 품에 넣은 후, 이연우를 보았다.

"그러면 어떻게 하실 생각인지?"

"그 클럽장이라는 어르신이 말했죠. 이익으로 얽힌 공존."

이연우는 손가락을 마구 그어가며 복잡한 실타래를 그렸다.

"클럽 입장에서 생각해봤습니다. 돈이 우선인 클럽이니, 저는 놈들하고 손해와 이익으로 엮일 겁니다."

"어떻게…?"

마크 정은 의아한 표정으로 물었다.

이연우가 주먹을 쥐었다. 그러고는 어설프게 휘두르는 시늉을 했다.

"내 정보를 팔면 끔찍한 손해를 본다."

다른 것도 아니고, 주사위였다. 상황이 잘 풀린다면, 운이 충분히 좋다면, 감각이 극한까지 곤두선다면, 황금만능주의와도 몇 수 주고받을 수 있었다.

이는 클럽도 무시하지 못할 위협이었다. 노인이 괜히 협상을 위해 찾아온 게 아니었다.

'상황이 극한까지 치달아봐야 손해만 보니까.'

마크 정은 부정적으로 보았다.

"글쎄요. 위협할 수는 있습니다. 하지만 대놓고 협박하면 클럽이 어떻게 반응할지…. 제거하려고 할 수도 있습니다."

"이익으로도 얽히면 됩니다."

주사위는 이연우 자신만을 대상으로 굴릴 수 있는 것이 아니었다.

이연우가 데구르르, 주사위 굴러가는 소리를 입으로 냈다.

"주사위 이용권을 팔 생각입니다. 저한테 대가를 바치면 주사위를 굴려주는 거죠."

주사위를 굴릴 기회를 판다. 이건 거부 못 할 상품이었고.

또한, 이연우를 위협하는 요소를 하나 줄이는 것이기도 했다.

"이건 단순히 클럽한테만 파는 게 아닙니다. 이용을 원한다면 누구에게든지 팔 생각입니다."

평범한 총탄 앞에서 치열하게 생각한 결과.

'주사위만 아니면 나를 노릴 이유가 거의 없는데?'

이연우는 간과했던 점을 떠올렸고, 이런 제안을 만들었다.

'주사위를 이용할 기회를 팔면, 주사위를 노리겠다고 나를 공격할 사람도 줄어들겠지.'

녹색협회만 해도 그랬다.

만약 주사위 이용권을 파는 중이었다면, 굳이 습격하지 않았을지도 몰랐다. 이용권을 사서 정체 모를 씨앗 하나를 싹 틔워달라고 부탁했을지도 모를 일.

마크 정은 피곤한 상황에서도 명민하게 맥락을 파악했다. 그가 고개를 끄덕였다.

"이런 계약보다는 괜찮네요."

이연우를 적으로 돌려서 얻는 것. 최소 재산 손실에서 최대 대공황. 어쩌면, 결과를 알 수 없는 주사위와 황금만능주의의 전투.

이연우를 파트너로 삼았을 때 얻는 것. 그 주사위를 이용할 기회.

손을 잡으면 둘 다 이익을 얻는 관계였다.

"손익이 확실합니다. 이러면 클럽도 정보를 팔 생각은 안 하겠죠. 주사위를 노리는 인간도 거래를 우선 생각할 것이고요. 그런데…"

마크 정이 서류를 하나 꺼냈다.

"그 정보상은 어떻게 할 겁니까? 이런 건 전부 클럽과의 협상 아닙니까?"

"아, 그거요. 그… 뭐야… 상품 홍보를 위한 대상으로 삼을 겁니다. 주사위로 이런 게 가능하다고. 보상은 보상대로 받고요."

정보상의 대리인이라는 노인도 정보상에 대해서는 별말 안 하고 돌아갔다. 어떻게 처리하든 간섭 안 하겠다는 뜻 아닐까?

'내 정보를 판 대가는 치러야지.'

이연우가 눈을 반짝이며 서류를 받았다.

서류는 두 종류였는데, 하나는 정보상의 자산과 사업 현황이었고, 다른 하나는 회사가 분석한 주사위 연구 기록이었다.

　이연우는 주사위 연구 기록부터 보았다.

아니, 제발, 연구 과제를 줄 때는 말이나 되는 걸로 주십시오!

주사위를 분석하라고요? 보고서 몇 개랑 촬영 기록만 가지고요?

　실험실에서 주사위를 굴려보지도 못하는데? 전문 관측 장치도

　쓰지 못하고, 실험도 못 하는데?

이런 걸로 무슨 결과를 냅니까! 결과라고 해도, 신뢰성 0의 가설, 가

　설도 못 되는 쓰레기지!

좋습니다. 제 소견을 말해드리겠습니다.

주사위는 현실 조작일 수도 있고, 행운과 불운을 다루는 것일 수도

　있고, 가능성과 확률을 다루는 걸 수도 있고, 운명을 뒤트는 것

　일 수도 있고, 아무튼 뭐든 가능합니다!

지금으로써는 데이터가 없는데 뭔지 어떻게 알겠습니까.

그나마 비슷한 사례를 찾아보자면, 축복받은 아이나 예술가협회장

　과 조금, 정말 조금 비슷하긴 합니다.

기괴할 정도로 운이 좋은 축복받은 아이, 세계에게 사랑받는 협회장.

총으로 쏘려고 하면 총이 스스로 망가지고, 암습하려는 자는 갑자기

　심장이 멎고, 가둬두면 문이 저절로 열리고, 목이 마르면 비가

　오고, 배가 고프면 열매가 열리는 그 이상 개체들 말입니다.

주사위는 비슷한 결과를 대실패, 실패, 꽝, 성공, 대성공으로 구분하

　고 확률적으로 구현하지 않을까, 생각합니다.

그냥 가설조차 안 되는 이야기로 여기세요.

확실한 결과를 원하면, 주사위랑 그 사용자를 이곳으로 데려오시라
고요.

연구 기록의 탈을 쓴 소견서를 보며 이연우는 눈을 깜빡였다.

'내가 판정을 정하면 랜덤하게 가능성이나 확률을 구현하
는 것 같은데.'

어쨌든 회사도 감을 못 잡는 걸 보니 좋았다.

딜레이나 그런 단편적인 정보는 유출되었어도, 근본적으
로 주사위를 카운터 칠 준비는 하지 못한다는 소리였으니까.

그보다는 정보상의 정보였다. 사락, 이연우가 종이를 넘겼
고, 의외로 젊은 사람의 사진이 보였다.

"이 사람이 정보상입니까? 내 정보를 판?"

"예. 회사가 정보를 잘 빼앗기기는 하는데, 정보를 빼내는
건 더 잘합니다."

마크 정이 어딘가 불안한 표정으로 이연우의 눈치를 살폈
다. 당장 클럽에서 대공황을 예견했다고 하지 않나.

"이연우 씨, 여파가 커질 판정은 자제하셔야 합니다."

"저도 압니다. 방금 아이디어를 얻은 게 있는데, 그걸 굴리
려고요."

이연우는 다른 서류는 힐긋 보고 넘겼다.

주식과 화폐에 집중된 정보상의 자산. 아마 이걸 건드렸다

가 대실패나 대성공이 나온 듯했다.

그보다는 연구 기록에서 본 사례를 비틀어보려고 했다.

"행운의 반대말이 불운이죠? 불운을 부여해보려고요."

"실패하면 운이 좋아지는 거 아닙니까?"

"그럼 홍보되는 거죠. 주사위가 이걸 할 수 있다. 그리고 정보상한테는 행운의 대가를 받고요."

보상을 뱉을 때까지 계속 주사위로 괴롭히면 됐다.

이연우는 가볍게 주사위를 불렀다.

"주사위. 이 사람한테 불운 부여."

주사위는 가만히 있었다. 대상을 찾지 못한 듯, 제자리에 멈췄다.

처음 보는 반응에 이연우가 당황했다.

'어… 눈앞에 없으면 못 하나? 아니면 나랑 직접 관련되지 않아서? 아니면 주사위가 할 수 있는 판정이 아니라서?'

아니었다. 이연우는 직관적으로 알아차렸다.

'가능성. 확률.'

멀어서 그랬다. 조작할 가능성과 확률이 이곳에 없어서.

순간 이연우의 눈이 가라앉았다. 예전에 무슨 조각가를 괴롭히겠다는 허세가 떠올라서가 아니었다. 주사위의 약점을 깨닫고, 그 한계를 뚫기 위해서였다.

'주사위의 한계는 내 생각의 한계야. 그렇다면 지금 구현할 가능성은…'

도미노를 무너뜨리듯, 이곳에서 구현한 가능성이 현실의 무수한 가능성을 거쳐서 적에게 닿아야 했다.

이연우는 판정을 골랐다. 단순한 주사위 놀음에서 벗어나, 조금 더 주사위의 본질에 가까운 판정을.

'내 적이 불운을 겪을 가능성.'

주사위가 굴렀다.

데구르르.

성공!

이연우를 중심으로 확률과 가능성이 변동했다. 이연우에게서 시작된 결과가 뻗어나갔다.

129

자정을 넘긴 밤이었다.

골드버그클럽 한국 지부의 임시 거처인 펜트하우스는 전부 압류되었기에, 노인과 정보상은 새로 구한 호텔 방에서 만났다.

노인이 지팡이를 딱딱 짚으며 들어오자, 정보상은 느긋하게 고개를 들었다.

"영감님, 협상은 어떻게 됐습니까?"

"이제 제안 넣었어. 뭘 바라나? 그럴듯한 내용이 나오려면 아직 한참 멀었어."

노인은 시선 한번 주지 않고 외투를 벗었으며, 정보상은 손가락으로 테이블을 툭툭 두드렸다.

정보상은 그와 원한을 맺은 사람을 생각했다.

"그… 이연우? 어떻습니까? 돈을 얼마나 내야 무마할 수 있을까요?"

"자네는 얼마 정도 생각하는데?"

외투를 옷걸이에 걸쳐놓은 노인이 정보상 앞에 앉았다.

정보상은 어설프게 웃었다. 눈치 보듯 툭 던지는 목소리.

"녹색협회한테 받은 돈 정도?"

"도둑놈의 심보로군. 더 써. 자네, 돈도 많지 않나?"

"다 주식이랑 달러예요."

정보상이 어깨를 으쓱였다.

"나스닥은 무적이고, 달러는 신이잖아요. 지금 빼기는 아까운데…"

그는 돈을 버는 족족 달러로 바꿨고, 나스닥 지수를 추종하는 ETF를 사들였다. 대충 미국 주식시장이 상승세면 똑같이 값이 오르는 ETF에.

노인은 눈살을 찌푸리고는 잔소리를 뱉기 시작했다.

"죽고 싶은가? 그 돈도 다 못 쓰고 묻히고 싶어? 자네가 적절한 대가를 치르지 않으면, 저쪽에서 강제로 대가를 뜯어 갈 텐데?"

"에이, 영감님, 조사원입니다. 워낙 해결한 사건이 많아 돈은 조금 번 모양인데, 진짜 큰돈은 못 만진 사람이에요."

정보상이 얻은 정보에는 이상기후를 해결했다는 업적과 보상이 없었다.

이연우가 감춰달라고 요청한 그건 회사가 심혈을 기울여

보호했으니까.

그렇기에 정보상은 녹색협회에서 받은 돈만 줘도 조사원인 이연우가 만족할 거라고 판단했다.

"가치는 상대적이잖아요. 충분히 만족하지 않을까요?"

정보상이 어깨를 으쓱였다.

노인은 버럭 고함을 내지르려고 숨을 들이마시다가, 무언가 떠올리고는 힘없는 한숨을 내쉬었다.

'정보상이란 놈이 정보를 볼 줄을 몰라.'

가치는 상대적이었다. 생존주의자의 목숨을 위협한 대가가 과연 돈으로 해결될까?

그리고…

'예지가 뭘 의미하는지도 모르고.'

예지는 미래를 보는 것이 아니었다. 미래를 바꾸는 것이었다. 무수한 갈래로 나뉘는 미래의 가능성을 제한하는 것이었다.

조언을 들을 자세도 안 된 애송이 때문에 힘을 낭비하기도 싫었다. 저러다 죽으면 자연사다.

노인은 귀찮다는 듯 손을 내저었다.

"자네 마음대로 하게."

어차피 그의 주 업무는 클럽의 대리인으로서 주사위를 지닌 자와 계약하는 것이니.

정보상은 히죽 웃으며, 몸을 앞으로 당겼다. 테이블에 팔꿈치를 얹고, 손깍지를 꼈다.

"그러면 일단 녹색협회한테 받은 돈을 제안해주십시오. 이게 지금은 황금으로 있는데, 적당히 지폐 같은 이상 개체로 바꾸길 원하면 가격 조금만 후려치고…"

노인은 한 귀로 듣고 한 귀로 흘렸고, 정보상은 재잘재잘 말하다가 목이 말랐는지 말을 멈췄다.

그가 물병을 잡았다.

"잠깐 물 좀."

그리고 이연우가 고르고 주사위가 구현한 가능성이 닿았다.

불운.

벌컥벌컥 들이켜던 물이 목에 걸렸다. 정보상은 푸학 물을 뱉으며 몸을 숙였다. 거친 기침 소리가 나왔다.

"케엑, 켁!"

"물 마시다가 사레가 들린다고? 성격이 왜 이리 급한가?"

노인이 흘겨보았다. 요즘 젊은 사람은 다 이런가 싶었다. 하지만 노인의 표정은 금방 굳어졌다.

정보상이 손을 휘저었는데, 불운하게도 팔꿈치가 테이블 모서리를 쿵 찍었다. 그 짜릿한 충격.

"끅!"

정보상이 펄떡펄떡 뛰어올랐다. 그리고 뭘 잘못했는지 바닥을 잘못 디뎠다.

뿌득, 발목이 겹질렸다. 몸이 뒤로 넘어갔다. 의자가 그대로 넘어지며, 정보상은 휙 뒤로 자빠지다가 발가락으로 테이블의 각진 모서리를 후려쳤다.

뻐억!

발톱과 발가락 살 사이로 테이블 외곽이 파고들었다. 그 끔찍한 고통.

"끄아아악!"

머리가 고통으로 물들었다. 정보상은 떼굴떼굴 굴러다니며 비명을 내질렀다. 그 위로 물병이 떨어져 축축하게 젖었다.

노인은 추한 모습의 정보상을 가라앉은 눈으로 내려다보았다. 있을 수 없는 불운의 연속.

'이건… 주사위인가? 판정 하나하나를 따로 굴린 것 같지는 않고. 불행? 거리가 상당할 텐데, 거리 제한은 없나?'

노인은 정보상을 바라보며 생각했다.

한편 정보상은 한참 동안 고통에 시달리다가 간신히 정신을 차렸다. 어리둥절한 마음 반, 짜증 나는 마음 반이 섞인 눈.

"갑자기 이게 무슨… 영감님, 저 공격당한 겁니까?"

"아마. 그보다 자네 주식 확인해봐."

순간, 정보상의 얼굴이 핼쑥해졌다. 피가 쭉 빠진 사람처럼 창백한 낯빛.

"아니, 설마… 아니, 아니죠?"

정보상이 손을 벌벌 떨어가며 핸드폰을 꺼냈다. 그조차 마음대로 되지 않았다.

터치도 제대로 안 되고, 로그인에 거듭 실패해 계정이 잠기고, 핸드폰을 떨어뜨렸는데 화면에 금이 가고, 뭐에 베였는지 손가락 위로 핏방울이 맺히고.

그럼에도 정보상은 이를 빠득빠득 갈아가며 핸드폰을 두드렸고, 마침내 보았다.

"어… 어…"

그가 지금껏 꾸준하게 사들인 주식이 가파른 곡선을 그리며 급락하는 광경을.

정보상은 멍하니 추락하는 그래프를 보았다. 냉정하게 현실을 부정했다.

"이 정도는 떨어져도 괜찮습니다. 안 그래도 계속 상승세라 조정이 올 법했죠. 그래도 평균 단가 생각하면 아직 이익이에요. 오히려 추가 매수 타이밍입니다. 어쨌든 결국 오를 거 아닙니까. 클럽도 가만히 안 있을 거고요."

횡설수설하는 정보상을 보고, 노인은 고개를 저었다. 그러고는 꽝 지팡이를 내리쳤다.

"그래, 경제 위기는 클럽에서 막을 거야. 회사도 도울 예정이고."

고정된 미래인 대공황이 왔다고? 황금만능주의에 황금을 먹여서 막으면 됐다. 다른 수단, 다른 힘도 많았다.

경제 위기가 오면 금값이 오르는 편이라, 클럽도 손익을 계산해서 위기를 막을 것이었다.

회사도 비슷했다.

단순한 경제 위기면 이게 우리가 알 바인가, 본 척도 안 하겠지만.

'이건 주사위의 결과와 황금만능주의가 고정한 미래가 합쳐진 사고야.'

말하자면 위험한 이상 개체 둘이 일으킨 이상 개체로 인한 경제적 재앙이었다. 이런 일은 회사도 가만히 있지는 않았다.

문제는 정보상이었다.

노인이 지팡이로 정보상을 가리켰다. 이런 것도 까마득한 후배라고…

"그런데 자네 목숨은? 이만한 사고를 일으킬 수 있는 상대가 자네를 원수로 보고 있어."

"어…"

"클럽은 자네를 굳이 지켜줄 생각 없어."

이딴 애송이 하나보다는 황금만능주의와 대적할 수 있고, 또 시너지를 일으킬 수 있는 이상 개체가 더 중요하니까.

이번 계약을 시작으로 때로는 이익을 퍼주고, 때로는 손해를 막아주고, 차근차근 서로 엮이다 보면 결국 친구가 되는 것 아니겠나.

'이게 클럽이지.'

무식하게 적대하고 죽이기보다는 세련된 방법 아닌가.

그걸 모르는 어리석은 후배들이 많지만 말이다.

그쯤에서 정보상이 상황을 깨달았다. 그는 입술을 파르르 떨다가 가까스로 입을 열었다.

"주식과 달러, 전부 처분하겠습니다. 뭘 얼마나 보상해야 할까요?"

"이제 이야기를 들을 준비가 되었군. 듣게."

노인이 지팡이 위로 두 손을 포갰다.

"돈보다는 업무와 생존에 도움 되는 장비. 그리고 별개로 10억 원. 다시는 주사위나 그 인간과 관계된 정보를 팔지 않겠다는 강제 계약서."

처음부터 뛰어난 사람은 없다. 노인은 정보상이 이번 일로 교훈을 배웠기를 바라며, 낮은 목소리로 조언했다.

그때, 병실 안에서 이연우와 마크 정은 노트북 화면을 같이 보며 팔다리를 달달 떨었다.

주사위가 어떤 가능성을 구현했을까, 혹시나 하는 마음에 펼친 주식 화면. 급격하게 추락하는 나스닥 주식.

"이거, 대공황 전조 아닙니까? 아니, 왜?"

"뭐… 뭘 굴린 겁니까? 불운이라고요? 경제 위기 굴린 거 아닙니까?"

"진짜 불운만 굴렸고, 고작 성공입니다. 이만한 사고 못 일으킨다고요."

이연우가 억울하다며 목소리를 높였다.

'그냥 성공인데 왜 이만한 사고가 일어나냐고. 이건 불행

한 정도가 아니잖아.'

하지만 주사위를 굴리고 벌어진 일이었다.

마크 정이 손을 마구 휘저어 머리를 헝클어뜨렸다.

"이연우 씨, 이건 진짜 아닙니다. 물론 본의는 아니겠지만, 대공황이라뇨. 주사위 결과 때문에 고통받을 사람이… 아."

셀 수도 없었다. 이상 개체 때문에 고통받을 사람이 말이다.

나름대로 사명 의식이 투철한 마크 정은 머리를 부여잡고 끙끙 앓았다.

이연우도 할 말이 없었다. 역사책에서나 보던 대공황을 자신이 일으켰다고? 거기에…

'지금 내가 일으킨 사고가 몇 개지? 렙틸리언 보스 폭주, 평범한 총탄 분실. 이것까지 하면…'

지금까지는 상황도 잘 맞아떨어지고 회사에 이득도 되어서 어떻게 잘 넘어갔지만, 세 번째 사고도 사고로 넘어갈까?

이연우의 눈동자가 사정없이 떨렸다.

'본사도 나 의심하는 거 아니야? 일부러 사고 터뜨린다고?'

비틀어서 생각해보면, 렙틸리언 전염병을 퍼뜨리고, 평범한 총탄을 적대 집단에 넘기고, 경제 위기를 부른 거다.

'…이거 내가 생각해도 멸망주의자 같은데? 회사원이 아니라?'

발등에 불이 떨어졌다.

이연우는 기겁하며 일어나 마크 정의 어깨를 잡고 앞뒤로

입원

흔들었다.

"당신, 이사 아래에 있다고 했습니까? 빨리 연락해서 말하세요! 불운 굴렸는데 난리가 났다고!"

"아, 예! 어깨 좀!"

획획 흔들리던 마크 정이 핸드폰을 꺼냈다.

이연우는 병실 문 앞까지 물러나, 감각을 곤두세웠다.

통화가 이어졌다.

"예. 지금 주사위 결과 때문에… 아, 아십니까? 클럽이요? 예지가… 알겠습니다. 그렇게 전하겠습니다."

통화가 끊어졌다. 이연우는 잔뜩 긴장해 마크 정을 보았다. 혹시나 평범한 총탄으로 쏴버리라는 명령을 내렸을까 봐.

마크 정이 말했다.

"이연우 씨, 당신 잘못 아니랍니다."

"확실합니까?"

이렇게 끝날 문제가 아닌 거 같은데?

이연우의 의심이 깊어졌다. 찰칵, 병실 문손잡이를 돌려 문을 열고, 문 뒤에 숨었다.

"저도 잘 몰랐는데, 예지란 게…"

마크 정이 한숨 돌린 표정으로 설명했다. 예지가 고정한 미래. 이연우의 결과는 기울어진 미래를 향해 굴러떨어졌을 뿐이라고.

이연우도 이해했다. 오라클 시스템 같은 것.

"그러니까 다 대응할 수 있다는 거죠? 전부 클럽 잘못이 고?"

주사위도 감당 못 해 터진 오라클 시스템인데, 설마 회사가 예지 하나 못 막을까.

과연, 마크 정은 노트북 화면을 보고는 고개를 끄덕였다.

"네, 다시 오르네요."

대규모 심리 조작을 썼는지, 어떤 이상한 이상 개체를 썼는지는 모르겠지만.

"그냥 사소한 사고로 끝나겠습니다. 그리고 이사님이 말씀 하셨는데…"

이연우가 귀를 쫑긋 세웠다.

"이런 일 있으면 말하라고 하십니다. 복수든 뭐든 회사가 대신 처리해줄 테니까, 주사위는 제발 업무 나갔을 때만 굴려 달라고…"

밖에서 터질 폭탄이 집 안에서 터지는 경우를 간접적으로 체험한 이사 또한 기겁했다는 말이었다.

전쟁

130

시간이 지났다.

본의는 아니라지만 사고를 칠 뻔했던 이연우는 주사위 쪽으로는 눈길 한번 보내지 않았고, 이상 없이 평온한 일상을 보냈다.

불안해질 정도로 평온한 일상을.

'이렇게 푹 쉬는 게 얼마 만이지?'

병실 침대에 걸터앉은 이연우는 손톱을 딱딱 물어뜯었다. 다리가 달달 떨리며, 슬리퍼가 딱딱딱 바닥을 때렸다.

병실에 들어온 지 몇 주.

일 없이, 사고 없이 먹고 자고 노는 일상.

처음에는 한껏 늘어지던 몸과 정신이 도리어 불편함을 호소하기 시작했다. 잠들 무렵에 불안하다가, 이제는 시도 때도 없이 불길한 생각이 머리를 떠돌았다.

'이러다가 업무 나가면 적응 못 하는 거 아냐? 클럽하고 협상은 왜 또 느리고? 전쟁은 이제 곧 아닌가? 별일 없이 끝나나?'

뜨득.

마지막 손톱이 뜯겼다. 이연우는 퍼뜩 정신을 차리고 손가락을 보았다. 손톱을 깎지도 않았는데, 열 손가락의 손톱이 바짝 우둘투둘하게 뜯겼다.

"어…"

이연우가 눈살을 잔뜩 찌푸렸다. 뭔가 잘못됐다.

이연우는 정신 상태를 점검했다. 아무래도 정상이 아니었다. 극한 업무에 시달리다가 PTSD라도 온 것 같았다.

"상담 선생님 만나봐야 하나."

고민하는 그때였다.

벌컥.

병실 문이 확 열리며 마크 정이 들어왔다. 몸을 벌벌 떨며 들어온 그는 불평을 늘어놓았다.

"날씨가 뭔… 이상기후 없어진 거 맞나 모르겠습니다. 겨울이어도 그렇지, 이렇게 춥고 폭설 내리는 게 맞습니까?"

신발에 묻은 눈이 녹아내리며 철퍽철퍽 바닥에 물기를 묻혔다.

이연우는 여전히 다리를 떨며, 마크 정을 올려다봤다.

"클럽하고 협상은 잘됐습니까? 전쟁은요? 별문제 없습니까?"

"다 순조롭게 진행 중입니다. 전쟁은 내일 개전 예정인데…"

마크 정이 의자 위에 앉았다. 그는 기대도 안 했다는 듯, 가볍게 말했다.

"가라고 해도 안 가실 거죠? 솔직히 이연우 씨 투입하고 싶은 마음이 있긴 한데…"

"당연히 안 가죠!"

이연우가 펄쩍 뛰었다. 불안감이 이것 때문이었구나!

전쟁터로 가라고? 말도 안 되는 소리! 위대한 나무인지 뭔지, 위험 레벨 6의 그것도 거기서는 자라기도 전에 죽는다는데!

마크 정은 대충 손을 내저었다.

"그럼 됐습니다. 그냥 여기서 관전이나 하세요."

참관인 느낌으로 멀리서 전쟁터 상황을 볼 수 있다고 설명한 마크 정이 서류를 몇 개 꺼낼 때였다.

이연우는 고개를 도리도리 저었다.

"참관 꼭 해야 합니까?"

"예? 하기 싫으면 안 하셔도 되는데, 보는 것만으로도 도움될 텐데요? 이상 개체의 파괴력이나 적대 집단의 이상 개체나 그런 거."

그건 또 그런데.

"화면 너머로 영향받으면 어떻게 합니까."

보는 것만으로 죽거나, 기억에 담는 것만으로 정신이 이상해지거나.

마크 정은 실없는 웃음소리를 내었다.

"그 정도는 당연히 대비했죠. 필터가 걸러줄 겁니다."

"그러면 뭐…"

이연우가 마지못해 작게 고개를 끄덕였고, 마크 정은 서류를 흔들었다.

"그보다 협상이나 조정합시다. 크게 두 가지 협상이 있는데…"

하나는 이연우와 회사.

"이연우 씨는 참 정직한 사람이죠. 주사위가 있는데 그걸 사리사욕을 위해 쓰지 않으니까요. 본사가 당신을 좋게 평가하는 이유 중 하나인데, 이거에 관해 이야기합시다."

주사위로 돈을 벌려고 하지도 않았고, 사람을 해하려고 하지도 않았고, 사회를 뒤집으려고 하지도 않았다.

주사위 같은 걸 가졌으면 욕망대로 쓸 법도 한데 말이다.

마크 정의 칭찬 아닌 칭찬에 이연우가 떨떠름한 표정을 지었다.

'나 살려고, 내 목숨을 위해서 쓰는 건데. 평소에 쓰자니 실패가 무섭기도 하고.'

이연우의 표정이 어떻든, 마크 정은 서류 한 장을 내밀었다. 이연우가 보니 진짜 단순한 글줄이었다. 차라리 편지에 가까운 것.

"주사위의 결과는 예상하기 힘들고, 그 여파도 조절하기 힘들지 않습니까. 그래서 이사님이 제안하셨는데…"

이왕이면 업무에 나갔을 때만 주사위를 굴릴 것. 평소 생활 중에는 자제할 것.

일상 중 목숨이 위험한 일은 상관하지 않으나, 귀찮은 일이 있다면 주사위를 굴리지 말고 회사에 알릴 것. 회사가 대신 처리해줄 테니까.

누가 썼는지, 손 글씨로 구구절절하게 쓰인 제안들이었다.

이연우는 나쁘지 않은 표정으로 말했다.

"귀찮은 일이라면?"

"주사위로 해결하고 싶은 일 말입니다. 이번에 정보상에게 보복한 것 같은 건 대신 해주겠다는 말입니다."

진짜 나쁘지 않았다.

'주사위는 좀 불안하지.'

적당히 성공하면 문제없었다. 하지만 실패하면 의미 없었고, 대실패나 대성공이 나오면 무슨 일이 일어날지 알 수가 없었다.

차라리 회사에 부탁하면 원하는 결과만 얻을 수 있지 않나.

이연우는 순순히 고개를 끄덕였다.

"그렇게 하겠습니다. 어차피 진짜 위험할 때 아니면 안 굴려서…"

마크 정이 안도하며 두 번째 서류를 꺼냈다. 이 또한 회사의 제안이었다.

"저번에 주사위 이용권 팔겠다고 하셨지요. 그거로 이런저런 토의를 해봤는데, 이연우 씨."

마크 정이 이연우를 보았다. 이연우는 서류에 정신이 팔려, 그곳에 적힌 글자를 보았다. 부서 신설 기획.

"조사원 그만두시겠습니까? 아예 새로운 부서로 독립하시는 건 어떻습니까?"

주사위 이용권 거래를 업무로 삼는 부서.

부서장은 이연우며, 부서의 직원도 이연우 하나뿐이다.

이연우는 당황했다.

"아니, 이렇게 본격적으로 하겠다고요? 이럴 생각까지는 없었는데."

"본격적으로 해야 합니다. 주사위 쓰려는 사람이 얼마나 많은데요."

결과가 불확실해서 그렇지, 주사위로 할 수 있는 것은 많았다. 그리고 굴리다 보면 성공은 나오기 마련 아닌가.

당장 회사만 해도 연구에 돌아버린 인간들이나 결과 하나를 위해 미친 자들이 많다며, 마크 정이 손을 휘저었다.

"물론 특수 조사원 직위는 유지됩니다. 그리고 이것도 조사원 일하고 비슷하고요. 의뢰받으면 나가서 주사위 굴리는 거니까요."

"이건…"

이연우가 침을 삼켰다. 고민이 깊었다.

'조사 대신 주사위 굴려주는 일만? …조사원보다는 안전하

겠지.'

아무것도 모르고 맨몸으로 미지의 이상 개체와 마주치는 조사원보다는 낫지 않을까.

이연우가 고개를 끄덕였다.

"그렇게 하겠습니다."

일단 몇 달 해보고 아니다 싶으면 취소하면 될 것 같았다. 조사원으로 돌아가겠다는데 설마 막지는 않을 것이다.

"좋습니다. 그러면 이것도 세부 사항 만들어보겠습니다."

마크 정이 다음 서류를 꺼냈다.

"클럽과 협상입니다. 이연우 씨 의사는 전했고, 클럽은 받아들였습니다."

"바로요?"

이연우는 고개를 기울였다. 그가 던진 제안은 협상이라기보다는 협박에 가까웠다.

강제 계약? 안 해. 정보 팔겠다고? 팔아봐. 주사위로 복수할 거니까. 대신 주사위 이용권 팔게.

이연우는 협상이 몇 번 더 이어질 거라고 생각했는데, 클럽은 뜻밖에도 바로 수용했다.

"수상한데요."

"회사도 약간 압력을 행사했습니다. 클럽도 당신을 적으로 만들고 싶어 하지는 않았고요. 클럽 지침을 생각해보면…"

마크 정은 고민하다가, 말을 꺼냈다.

"아마 주사위 이용권 몇 번 구매하고, 계약 몇 번 맺으면서 친분을 쌓으려고 할 겁니다. 회유하고, 회유하지 못한다면 최소한 적의는 없는 관계를 맺으려고 하겠죠."

싸워서 얻는 이득은 적었다. 친구로 만드는 것이야말로 이득이었다.

이연우는 클럽의 눈에 들었으니, 친구로 만들기 위해 작업할 것이었다.

이연우가 애매한 표정을 지었다.

"괜찮네요. 저도 적을 만들고 싶지는 않아서…"

클럽의 지침은 이연우와 겹치는 부분도 있었다.

싸우면 위험하다. 위험한 요소는 만들지 않는 것이 좋다. 하지만 위험 요소가 그의 목숨을 위협한다면…

"그래도 제 정보 유출되었나 계속 확인해주십시오. 정보 유출이 반복되면 저도 주사위로 도박을 할 수밖에 없습니다."

음험하게 가라앉은 목소리.

마크 정은 갑자기 불안한 느낌에 입술을 떨며 물었다.

"어떤 도박을 하시려고…?"

이연우는 답하지 않았다. 주사위 정보를 굳이 말해줄 필요는 없었다. 확률적인 가능성을 구현한다는 주사위의 본질을.

'내 정보가 이상일 가능성을 가지고 굴려야지.'

그가 연수에서 보았던 읽으면 죽는 책처럼, 그의 정보를 인식한 자를 죽이는 이상 개체로.

"물론, 실패나 대실패가 무서워서 어지간해서는 안 할 겁니다. 성공해도 문제가 좀 있고요."

"어, 어… 아니."

마크 정이 손을 떨었다. 이연우가 도대체 어떤 흉악한 판정을 생각한 건지 가늠이 안 갔다.

"이연우 씨, 진짜 회사가 할 수 있는 일은 회사에 맡겨주십시오. 주사위 대실패 나오면 수습하기 힘들지 않습니까."

벌벌 떠는 마크 정을 이연우는 대충 무시했고, 마크 정이 든 마지막 서류를 보았다.

"할 말 다 한 것 같은데. 그건 뭡니까?"

"아, 그 정보상이 용서해달라고 보낸 제안인데…"

마크 정은 정신을 되찾았다. 마지막 업무에 집중했다.

"다시는 이연우 씨랑 주사위에 관련된 정보 안 팔겠다는 강제 계약서고, 바이러스로 빼앗긴 10억과 원하는 물품들로 보상하겠다고 합니다."

이연우는 시큰둥했다. 이미 정보를 팔아서 날 죽일 뻔했는데.

"주겠다니 받긴 하겠는데… 이왕이면 권총, 시간을 사는 지폐로 달라고 해주세요. 아니면 쓸 만한 다른 장비나."

"예, 그렇게 전하겠습니다. 그럼, 내일 오겠습니다."

마크 정이 서류를 챙긴 후, 창밖을 보았다. 눈이 펑펑 내리는 바깥. 눈이 얼마나 쌓였는지 모르겠다.

"날씨가 진짜…"

머뭇거리던 마크 정이 귀찮다는 듯 중얼거리고는 떠났다.

홀로 남은 이연우는 가만히 눈을 감았다. 불안감이 여전히 마음을 떠돌았다.

'내일이 전쟁이라고. 여기서 관전만 하는데 문제가 생기지는 않겠지?'

131

어두운 밤.

이연우는 잠을 설쳤다. 눈을 깜빡이며 새까만 허공을 노려 봤다.

'전쟁이라고. 전쟁터에 안 나가서 좋긴 한데.'

사후 세계를 하강시키려는 멸망주의자의 계획은 멈췄다. 이연우가 만들어낸 사고에 휘말려서 계획을 진행할 여력을 잃 어버렸다.

거기에 그가 구현한 가능성, 적이 불운할 가능성에 휩쓸렸 을 테니까 더더욱.

하지만 이상한 불안감은 좀처럼 가시지 않았다.

심장이 쿵쿵 뛰고, 신경이 곤두섰다. 병실 안에 드리워진 어둠 속에서 당장 괴물이 튀어나올 듯했다.

'이건 어린아이나 할 상상인데… 아니지, 실제로 일어날 수

있는 일이긴 해. 안 되겠다.'

이연우는 상반신만 일으킨 후, 에코백에 손을 넣어 형광 조끼와 돌과 권총을 꺼냈다. 손이 분주하게 움직였다.

그렇게 형광 조끼를 입고 돌과 권총을 양손에 나눠 쥐니 마음이 좀 편했다.

해가 뜰 무렵이 되어서야 이연우는 잠이 들었다.

"이연우 씨? 아니, 이 사람은 어딜 간 거야."

목소리가 들렸다. 이연우는 손에 쥔 돌과 권총의 감촉을 느끼며 천천히 눈을 떴다.

마크 정이 투덜거리면서 병실을 돌아다니는 것이 보였다. 패딩에 장갑에 목도리까지, 완전히 꽁꽁 싸맨 마크 정은 순간 불안한 표정을 지었다.

"도망갔나? 참관하기 싫다고? 아니면, 무슨 사고라도 당했나?"

안 그래도 추위에 파랗게 질린 얼굴이 시체처럼 창백해졌다. 마크 정이 제자리에서 발을 동동 굴렀다.

"아니, 지금 사고 일어나면 안 되는데? 사고 수습할 여력이 부족할 텐데?"

전쟁에 거의 모든 자원이 투자되었다. 정보 자원은 멸망주의자와 적대 집단을 감시하고 있었으며, 전투 인력은 전쟁터와 세계의 주요 지역에서 대기하고 있었다.

만약 지금 이연우가 대실패 같은 사고를 일으키면…

마크 정이 다급하게 핸드폰을 꺼내다가, 이연우의 핸드폰이 침대 구석에 있는 것을 보고 손을 파르르 떨었다.

"핸드폰도 챙기지 못했다고?"

이건 이사한테 바로 보고해야 했다. 무슨 일이 일어날지 몰랐다.

그렇게 마크 정이 핸드폰을 누르려고 손가락을 올렸을 때, 이연우가 돌을 놓고 형광 조끼를 벗었다.

"여기 있습니다."

잠에 취해 잠긴 목소리.

마크 정이 휙 고개를 돌려 이연우를 보고는 안도하기를 잠시, 곧 황당한 표정을 지었다.

"아니… 무슨 인식 왜곡 장비를 입고 잠을 자고 그럽니까."

"요즘 좀 불안해서…"

이연우는 크게 하품한 뒤, 졸린 눈을 비볐다. 그 짧은 시간에 피로가 물러났다. 빗물 덕분에 돌아온 활력이었다.

마크 정이 한숨을 내쉬었다.

"무슨 일 생긴 것만 아니면 됐습니다."

"전쟁 시작했습니까?"

이연우는 말똥말똥한 눈으로 마크 정을 보았고, 마크 정은 주저앉듯 의자에 털썩 앉았다. 노트북을 꺼내 탁자에 올렸다.

"이제 곧 시작합니다."

한순간에 수명을 빼앗긴 사람처럼 피곤한 얼굴을 한 마크 정이 노트북을 두드렸다.

그러고는 여러 개로 분할된 화면을 띄웠다. 검은 강을 중심으로 사람과 이상 개체가 대립하고 있었다. 회사와 우호 집단이 한쪽에, 반대쪽에는 적대 집단이.

"회사에서 보는 관측 화면입니다. 짧게 설명하자면…"

"저 배고픈데, 뭐 시켜 먹으면 안 될까요?"

마크 정은 말문이 막혀 멍하니 있다가, 뒤늦게 고개를 끄덕였다.

"병원 밥… 아니, 내일이면 퇴원이죠. 마음대로 하십시오."

전쟁이라고 해도 이건 이상 개체 대 이상 개체의 전투에 가까웠다. 규칙과 합의 아래에서 이루어지는 전쟁이었으니까.

그것도 사후 세계를 날려버리고, 오염의 근원인 이상 개체를 파괴하기 위한 전쟁.

다른 집단의 생각은 모르겠지만.

"그러면 도시락을…"

그리고 핸드폰을 두드리던 이연우도 정신을 차렸다. 머리를 맴도는 불안감. 멀리서 일어난다지만 여파는 알 수 없는 전쟁.

둔한 머리가 확 깨어났다. 이연우가 손을 저었다.

"아닙니다. 계속 말씀하시죠."

"사후 세계는 이차원의 일부분인데, 운석처럼 우리 세계에 떨어졌습니다."

마크 정은 대충 넘어갔다. 사후 세계부터 설명했다.

다른 법칙으로 운영되는, 혹은 이상에 완전히 오염된 이차원. 사후 세계는 그런 이차원의 일부인데, 그것이 우리 차원으로, 지구 근처로 떨어진 것이라고.

"지구와 조금 겹친 사후 세계의 중심은 저 검은 강인데, 저 강만 파괴하면 마법학회와 회사의 마법사들이 대마법을 진행해 사후 세계를 완전히 추방할 수 있다고 합니다."

이연우가 감각을 예민하게 곤두세웠다.

화면을 보니, 두 개의 카운트다운이 돌아가고 있었다.

하나는 전쟁 개시까지 남은 시간. 다른 하나는 사후 세계 추방까지 남은 시간. 째깍째깍 줄어드는 시간이 꼭 타들어가는 도화선처럼 느껴졌다.

'전쟁은 회사 마음대로 될까? 추방은 100퍼센트 확실한가?'

안절부절못하는 동안 시간이 지나고…

전쟁이 시작되었다.

삑!

시계가 전쟁 시작을 알렸다.

격리되었던 이상 개체의 봉인이 풀렸고, 이상 개체에게 대가를 지불하자 이상 개체가 힘을 발휘했다.

수십 개로 나뉜 화면이 동시에 난장판이 되었다. 섬광이 번쩍이고, 관측 장치가 어둠에 휩싸이고, 필터가 만든 노이즈가 치직거리고. 스피커는 소리조차 못 되는 소음을 뱉었다.

이연우는 불안감도 잊고 멍하니 화면을 보다가, 고개를 돌렸다.

"아무것도 안 보이는데요."

"잠깐만요."

마크 정은 마우스를 딸깍이며 그나마 멀쩡한 화면 하나를 확대했다.

콰아아앙!

스피커가 굉음을 토했다. 화면에서는 붉은 거인이 몸을 일으키고 있었다. 불길과 버섯구름을 일으키는 거인이.

그것이 고함을 지르자, 충격파가 터져 나오며 검은 강이 증발했다. 아니, 그냥, 사후 세계가 섬광과 폭염과 방사능으로 뒤집어졌다.

이연우는 본능적으로 깨달았다.

저건 진짜 핵폭발이었다.

"회사가 봉인해둔 이상 개체, 붉은 거인입니다. 우리가 세계 각국의 정부를 견제하는 이유죠."

마크 정은 기억을 더듬듯 허공을 바라보다가 애매하게 설명했다.

"제2차 세계대전 때였나, 냉전 시기였나. 어떤 나라에서 핵과 이상으로 무기를 만들려고 하다가 우연히 만든 개체인데, 핵폭발의 정령이라고 생각하면 이해하기 쉬울 겁니다."

"아니, 미친…"

이연우는 자제하지 못하고 욕을 뱉었다.

저게 뭔. 아무리 주사위가 있어도 근처에 갈 수도 없는 위험 아닌가.

'저게 날 죽이려고 하면…'

주사위로 도망치는 게 답 아닐까? 아예 가까이 갈 생각은 하지도 말고.

그러는 사이, 붉은 거인은 폭발을 몇 번 더 일으켰다. 걸음걸음마다 폭발이 일어났다. 버섯구름이 무슨 버섯 농장처럼 솟구쳤다.

그런데도 거인 앞에 선 것이 있었다.

"저건… 악마입니까?"

"세계대전의 악마 같은데…"

무슨 제2차 세계대전 시기의 군복 같은 것을 입은 노인이 입꼬리가 찢어지게 웃으며 손을 활짝 폈다.

그것의 목소리가 들렸다.

- 제물! 고맙다!

전쟁이란 개념이 극대화된 장소에서, 최악의 전쟁 무기 앞에서, 그것은 그것이 관장하는 개념을 빨아들이고 있었다.

노인의 하얀 머리가 까맣게 물들고, 주름살이 사라졌다. 코 밑으로 거뭇거뭇한 수염이 나왔다.

- 젊음이, 전성기가 돌아온다!

이연우가 당황했다. 이거 적한테 좋은 일만 해준 거 같은데.

하지만 마크 정은 당황하지 않았다. 과연, 공격이 이어졌다.

돌연 악마의 앞에 사람 몇이 나타났다. 헤일로를 달고, 후광에 감긴 사람들이. 그들은 짧게 "아멘" 하고 외친 후 주먹을 들었다.

악마의 표정이 일그러졌다.

- 롱기누스의 창?

- 악마는 지옥으로.

꽝!

그들이 주먹으로 악마를 쥐어팼다.

기적같이 그들 주변으로는 핵폭발의 여파가 닿지 않았다. 아니, 기적이 맞았다.

"바티칸에 있는 이상 개체인데, 롱기누스의 창이라고 찔려 죽으면 3일 후에 이상 개체로 부활합니다. 부활하고 40일이 지나면 사라지지만요."

이번에는 바티칸의 구마 사제와 회사의 악마 사냥꾼이 스스로 요청했다고.

그렇게 싸움이 이어졌다. 후광을 두른 자들은 악마를 둘러싸고 주먹을 휘두르고, 발로 걷어차고, 때로는 채찍으로 후려쳤다.

붉은 거인은 멍하니 있다가, 작게 울부짖은 후 검은 강이며 주변 세계를 파괴하기 시작했다.

마크 정은 화면을 돌렸다.

귀신들이 비명을 질렀다.

– 끼에에엑! 이승 놈들이 쳐들어왔다!

– 도망쳐!

– 도망칠 곳도 없어!

후다닥 도망치는 귀신들 위로 그림자가 드리워졌다. 새의 그림자였다. 푸른 새가 유령을 덮쳤다.

확 내려와 다리로 귀신을 내리찍고, 부리로 머리를 콕콕 찍었다. 발버둥 치던 귀신은 넋이 나간 사람처럼 멍해졌다.

그러고는 비틀비틀 일어나 다른 귀신을 붙잡았다.

– 이거 놔!

붙잡힌 귀신의 머리 역시 푸른 새의 부리에 찍혔다. 그렇게 그 귀신도 정신이 나갔고.

몸집이 커진 푸른 새는 귀찮다는 듯 부리를 쩍 벌리더니, 크게 숨을 들이켰다. 일대의 기류가, 근처 귀신들의 정신이 그대로 빨려 들어갔다.

그 귀신들은 전부 푸른 새의 노예가 되었다.

"정신을 쪼아 먹는 새. 회사가 봉인해둔 건데…"

"이것도 회사가요?"

이연우는 입을 벌렸다.

'이래놓고 오염 걱정했다고?'

저딴 걸 무슨 비밀 무기처럼 꽁꽁 싸매고 있었으면서? 사실 회사 때문에 이상 오염이 심각한 건 아닐까?

마크 정이 어색하게 웃었다.

"그… 다 연구할 가치가 있지 않습니까. 아껴두면 쓸 일이 생길 수도 있고요."

그러는 동안에도 푸른 새는 사후 세계를 날아다니며 귀신들의 정신을 빨아들였고, 순식간에 몸집을 불렸다.

하늘을 가릴 만큼 커진 몸. 그 아래로 새를 따라 날아다니는 귀신의 군세.

그때였다.

차르륵.

갑자기 화면에 커튼이 쳐졌다. 공연 무대에서나 볼 법한 커튼이.

이상의 영향이었다. 카메라와 화면까지 영향을 끼치는.

이연우가 긴장하며 몸을 뒤로 빼는 순간, 커튼이 열렸다. 커튼 너머는 무대가 되었다. 내레이션이 들렸다.

중후한 남자의 목소리.

- 그리하여 영웅 일행은 준비를 마쳤다. 위대한 조각가의 도움으로 군세를 얻었으며, 위대한 대장장이의 도움으로 사악한 새를 봉인할 새장을 만들었다.

말을 탄 기사 조각상과 병사 조각상이 도열했다. 그 너머에는 귀신의 군세가 있었다.

조각상의 군세 앞, 찬란한 갑옷을 입은 남자가 칼을 치켜

들었다.

ㅡ 인간을 노예로 부리는 사악한 새를 타도할 시간이다! 두려워 말라! 영광이 우리 앞에 있다!

병사 조각상이 일제히 창으로 대지를 내리찍었다.

마크 정이 중얼거렸다.

"영웅 연극단…"

"감독 같은 현실 조작입니까?"

"아마도요."

동시에 돌진한 귀신과 조각상이 한데 어우러져 싸웠다. 찬란한 갑옷을 입은 남자와 궁수와 마법사가 푸른 새와 치열하게 전투했다.

그런 식으로 곳곳에서 비등한 전투가 이루어졌다. 사후 세계는 전쟁에 휩쓸렸다. 참다못한 강대한 악귀 같은 것이 동시에 뛰쳐나왔지만, 순식간에 증발했다.

이연우는 쿵쿵 뛰는 심장 위로 손을 올렸다.

'전쟁터나 대규모 전장은 절대로, 절대로 가지 말자. 전장이다 싶으면 바로 도주 굴리는 거야.'

살아남기 위한 규칙을 하나 더 세운 이연우가 화면에 눈을 집중했다.

그리고 전황은 회사의 기대와 다른 방향으로 흐르기 시작했다.

132

녹색협회와 신스 다이나믹스가 맞붙었다. 식물과 기계 인간이 한데 엉켜 누가 더 생명력이 질긴지 겨루기 시작했고, 다른 곳에서도 온갖 이상 개체가 파괴하고 파괴되기를 반복했다.

정신 나간 마법사가 열어젖힌 문 앞에서 사후 세계가 고깃덩이의 세계로 변하기도 했고, 기이한 벌레의 무리가 고깃덩이를 먹어치우기도 했고, 콘서트장처럼 노랫소리가 들리기도 했고…

마크 정의 상관이자 이번 전쟁의 담당자인 이사는 벽을 꽉 채운 화면을 보며 고개를 주억거렸다.

"다 잘 부서지는군."

"예. 검은 강도 순조롭게 파괴되는 중이고, 마법사들도 준비를 마쳤다고 합니다."

비서들은 끊임없이 수치와 시간을 확인하고, 때로는 통화하며 상황을 파악했다.

계획대로 목표에 가깝게 진행되는 전황.

하지만 이사는 의미심장한 표정을 지었다. 마음이 불안했지만, 그걸 드러낼 수는 없어서 수상한 표정을 지었다.

'적대 집단 놈들. 이렇게 끝낼 놈들이 아닌데.'

협약을 맺었다지만, 다른 속내를 품을 수도 있었고, 집단 구성원이 딴생각을 할 수도 있었고, 갑자기 폭주할 수도 있었다.

그리고 전황은 회사의 목표와 다른 방향으로 흐르기 시작했다.

이사가 눈을 깜빡였다. 그는 사후 세계의 상공을 비추는 화면을 보았다.

어두침침한 사후 세계의 하늘에 도시의 그림자가 드리웠다. 새까맣고, 통일된 규격 없이 아무렇게나 건물이 세워진 도시.

박쥐가 날아다녔고, 검은 기운이 풀풀 풍겼다. 이상한 조각상 같은 것이 붉은 안광을 빛냈고, 서로 다른 개성을 뿜내는 괴이한 인간들이 당황한 기색으로 주변을 둘러보고 있었다.

"…저거 악마자치구 아닌가? 저게 왜 저기 있지?"

저기는 악마 숭배자의 본진인데? 이번 전쟁에 집단의 본부나 위험 레벨 6의 이상 개체는 쓰지 않기로 했는데?

아니, 그보다 저게 지금 사후 세계에 강하하면, 사후 세계가 무거워질 텐데?

비서들도 당황하며 전화를 돌렸지만, 통화가 연결되기 전에 화면에서 실상이 드러났다.

온갖 악마가 아우성쳤다.

– 여기, 전장인데?

– 어떤 새끼야! 어떤 새끼가 악마자치구를 여기로 끌고 왔어!

– 새끼… 칭찬!

– 범인 빨리 찾아! 아니, 돌아가자! 이걸 돌려보낼 만한 친구가…

– 혼자서는 못 해!

그때, 악마자치구의 가장 높은 건물 위에서 몇몇 악마가 낄낄 웃었다.

– 아아, 그래. 내가 했다. 나, 배신의 악마가.

– 나, 비극의 악마.

– 나…

아무튼, 깽판 치기를 좋아하는 악마들이 손을 잡고 모두의 뒤통수를 쳤다. 이게 재밌으니까.

쿠구궁.

악마자치구가 강하하기 시작했다. 반투명했던 도시의 그림자가 실체를 가졌다. 그 질량. 그 압도적인 존재의 무게.

사후 세계가 기우뚱 기우는 듯했다. 대지가 쿠구궁 울었고, 전장이 흔들렸다. 엘리베이터가 내려갈 때처럼 미묘하게 추락하는 느낌이 엄습했다.

이사는 침착하게 말했다.

"지금 준비된 추방 마법으로 감당 가능한가?"

아무리 악마들이 나사 빠진 놈들이어도 악마자치구를 강하시키리라고는 생각도 못 했지만, 당황할 때가 아니었다.

사후 세계를 도로 내보내기 위해 준비된 마법진은 미사일의 추진체와 비슷해, 사후 세계가 무거워지면 문제가 생겼다.

마법을 익힌 비서가 눈꺼풀을 떨며 무언가 계산하더니 고개를 저었다.

"당장 추방 마법을 사용해야 합니다. 지금도 사후 세계가 우리 세계로 추락하고 있습니다."

"추방 마법 사용 시 문제는 없나?"

"사후 세계가 폭발할 겁니다."

그러니까, 사후 세계가 운석처럼 낙하하고 있으니 추방 마법으로 요격하자는 말이었다.

그러면 사후 세계가 산산이 부서져 파편을 흩뿌리겠지만, 통째로 낙하하는 것보다는 나았다.

이사는 가만히 있다가 말했다.

"추락 완료까지 남은 시간을 계산하게. 전쟁 중지 요청을 돌리고, 사후 세계를 비울 준비를 해. 마법사는 준비하라고 하고."

전쟁을 중지하고 사후 세계를 가볍게 만들면, 시간을 벌고 어쩌면 추락도 막을 수 있을지도 몰랐다.

그때 전화가 왔다.

이사는 번호를 보더니 곧바로 받았다.

"이사요. 전쟁 중지를 요청하오."

– 클럽 회장입니다. 상황은 파악했습니다. 우선 사후 세계부터 비우겠습니다.

클럽 회장의 목소리였다.

이사가 화면을 보니, 있는 듯 없는 듯 존재감이 없던 클럽이 움직이기 시작했다.

갑자기 확성기를 들고 외쳤다.

– 원 플러스 투, 원 플러스 투. 방금 공장에서 나온 싱싱한 그래픽카드가 지금 사면 하나 값에 세 개!

– 90퍼센트 할인 오픈까지 10, 9, 8, 7···!

– 황금만능주의가 예지한 일주일 후의 코인 가격! 30초 후에 알려드립니다!

클럽이 만든 문으로 이상 개체들이 우르르 몰려들었다. 정신 조작에 당한 것이었다.

이사는 조금 안도했다. 긴급 조치가 빠르게 이루어졌다.

"협조, 고맙소."

– 저것들을 파괴할 건데, 거기에 들어갈 황금값만 챙겨주시면 됩니다.

그걸로 통화는 끝···

이사의 동공이 확장됐다. 예술가협회를 관측하는 카메라가 일렁이는 공간을 잡았다. 단순한 공간 이동 같은 게 아니었다.

공간이 스스로 연결되었다. 게다가 그 너머의 존재는 나오지도 않았는데 사후 세계가 일변하기 시작했다.

어스름한 사후 세계.

어둠과 흐릿한 하늘과 미약한 빛만이 존재하는 사후 세계가 공간 너머의 존재를 느끼고, 변화했다.

어둠이 황급하게 물러갔다. 희미한 빛이 조명이 되기 위해 모여들었다. 바람이 불어와 그 공간으로 뿌려지던 전투의 파편을 밀어냈고, 척박한 땅에서 푸른 잔디가 레드 카펫처럼 피어나며 그것을 기다렸다.

세계에서 가장 아름다운 자를 맞이하기 위해.

그녀의 아름다움을 찬양하기 위해.

이사가 절규하듯이 외쳤다.

"연결 당장 끊어! 예술가협회장이다!"

늦었다.

그것의 맨발이 나왔다. 푹신한 잔디를 디뎠다. 필터가 꺼졌다. 보안 시스템이 멈췄다. 그녀의 아름다움을 가려서는 안 되니까.

모두의 눈이, 얼굴이 화면을 향해 돌아갔다. 눈물이 흘렀다.

한순간에, 초월한 아름다움이 영혼을 사로잡았다. 관전하던 지휘부가 마비되었다. 사후 세계에서는 전쟁이 멈추었다.

마크 정과 이연우는 이런저런 관측 장비를 돌려가며 전장을 구경했다.

이연우가 일하며 보았던 것보다 훨씬 많은 이상 개체. 이연우는 집단과 특징을 하나하나 머리에 새기며, 집중해서 화면을 보았다.

'저런 게 있다고. 저런 걸 상대하려면 판정은 이걸 준비하고, 주사위 아니어도 이렇게 행동하면…'

위험 레벨 5의 끔찍한 이상 개체만 있는 건 아니라, 여러 집단의 주력 이상 개체를 보고 배울 수 있었다.

마크 정이 흘러가듯 말했다.

"집단의 본부나 위험 레벨 6의 이상 개체는 안 나오기로 협상된… 어."

"저거 악마 숭배자들 도시 같은데요."

마크 정이 황급하게 화면을 확대했다. 악마자치구가 강하하고 있었다. 자치구의 악마들도, 그들도 당황했다.

"아니, 어… 본진을 왜 전쟁터로."

이연우는 빠르게 상황을 파악했다. 악마는 얼마 보지 못했지만, 뭐라고 할까. 정신 나갔다고 할까. 자기 콘셉트에 충실한 놈이라는 느낌이었으니까.

"저놈들도 뒤통수 맞은 모양입니다. 아마 그냥 사고 친 악마가 있는 것 같습니다."

"아무리 그래도 자기네 본진을…"

이연우는 붉게 달아오른 얼굴을 매만졌다. 심장이 쿵쿵 뛰고, 불안감이 엄습했다.

'뭔가 잘못된 느낌인데…'

단순한 심리적 불안이라고 하기에는 직감이 안 좋았다. 마치 대실패를 코앞에 둔 느낌이나, 위험이 등 뒤에 서 있는 느낌.

그리고 그 일이 일어났다.

갑자기 화면이 변했다. 노트북은 건드리지도 않았는데, 다른 관측 장치의 화면으로 변했다.

예술가협회장이 걸어 나오는 그곳으로. 그녀의 아름다움을 보여주기 위해.

그것은 순식간에 일어났다. 반응하기도, 경계하기도 전에, 세계에서 가장 아름다운 자가 모습을 드러냈다.

방해는 없었다. 생물과 무생물을 가리지 않고, 모든 것이 그녀의 아름다움을 찬양하기 위해 움직였으니까.

"…"

"…"

말할 수 없었다. 움직일 수 없었다. 그저 화면을 보며, 그들은 눈물을 줄줄 흘렸다.

영혼을 울리는 예술, 영혼을 사로잡는 예술을 초월해 영혼을 향한 폭력에 가까운 예술이 그곳에 있었다.

"아…"

마크 정이 울음과 환희와 사랑이 뒤섞인 신음을 토했다.

이연우도 다르지 않았다. 저건 세계가 구애하는 아름다움이다.

보라, 전장의 모든 이상 개체가 그것을 향해 무릎 꿇는 것을. 사후 세계가 그것을 위해 몸을 비트는 광경을.

전쟁은 중단되었고, 싸우던 자들은 그것의 노예가 되었다. 사후 세계의 모든 빛이 그것을 향해 비쳤고, 모든 어둠은 행여나 그것의 아름다움을 가릴까 봐 세계 끝까지 물러갔다.

협회장이 말했다.

– 나와 함께 가자.

소리도 예술이 될 수 있었다. 그것의 목소리 또한 세계가 구애하는 예술로서 영혼을 뒤흔들었다.

모든 이상 개체가 몸을 일으켰다. 그들은 흔들흔들 걸음을 옮겼다. 세계가 스스로 열어준 통로를 향해.

이연우는 멍하니 그것들을 보았다. 자신도 가고 싶다고 생각했다.

"…"

아름다움의 세례 앞에서 생존 본능이 마비됐다. 자의식이 지워졌다. 모든 감각과 생각이 그것에만 집중되었다.

'주사위. 우리도 가자. 이동, 아냐, 이동은 실패할 수도 있어.'

어떻게 해야 저것에 가깝게 갈 수 있을까. 어떤 판정을 굴릴까.

그런 생각을 할 때.

서늘한 기운이 등줄기를 타고 오르고.

꽝, 굉음이 터졌다. 이연우가 멍하니 화면을 보니 사후 세계가 찢겨 나가고 있었다.

그 와중에도 가장 아름다운 자는 조금의 영향도 받지 않았지만, 이연우는 그것의 영향력에서 조금씩 벗어났다.

생존 본능이 비명을 질렀다.

이연우는 여전히 노트북 화면에 눈을 고정했으나, 시야 구석, 노트북 건너편의 창문에서 유성 같은 것이 떨어지는 것을 느꼈다.

사후 세계가 산산이 조각난 채로 추락하고 있었다.

"어…"

때마침 관측 장치가 파괴되었는지, 화면이 꺼졌다. 마크 정은 여전히 그것에 사로잡힌 채 울었고, 이연우는 얼굴을 마구 비볐다.

'정신 차려, 정신 차려, 정신 차려.'

사후 세계가 낙하하고 있었다. 그것은 괜찮을까. 망했다. 사고가 크게 터졌다. 살아남아야 한다. 그것은… 지금 내가 위험한데 내가 우선 아닐까. 일단 살아야 그것도 다시 볼 수 있으니까.

흔들리던 눈동자가 힘겹게 노트북에서 멀어졌다.

어떤 도로의 중심.

괴상한 고깔모자나 로브 따위를 걸친 사람들이 하늘을 올려다보았다. 그들 중 가장 늙은 두 사람이 중얼거렸다.

"시원하게도 터졌군."

"이래도 되나 모르겠소. 명령 없이 우리 마음대로 한 거라."

"어쩌겠나. 지휘부가 마비됐는데."

두 노인이 동시에 한 젊은 마법사를 보았다. 노트북으로 관전하던 놈인데, 협회장을 보고 정신이 나갔다.

한번 영혼을 빼서 세탁을 돌려야겠다.

"악마자치구 때문에 추락하기 시작했고, 협회장 때문에 추락이 가속되었고, 지휘부가 마비됐지."

"최선이긴 했소. 늦었으면 더 큰 참사가 일어났을 테니까."

말하던 두 노인이 문득 서로를 보았다. 그러고는 히죽 웃었다.

"그리고 뭐… 회사든 다른 놈들이든 뭐라고 하면 도망치면 되는 일이지."

"세계가 어디 여기 하나뿐인가."

133

추방 마법은 대마법답게 대규모로 진행되었다. 도로 공사나 도시 계획 같은 규모로.

회사와 마법학회는 사후 세계와 가까운 여섯 지점에 도시 규모의 마법진을 그렸다.

마법 재료가 들어간 도로용 페인트로 차선을 새로 칠하고, 마법진을 구성하기 위해 새로운 도로를 내고.

- 연말이라고 세금 쓸데없는 데 쓰네.

일반인이 투덜거린 것을 제외하면, 세계의 도시 여섯 곳에 거대한 마법진이 순조롭게 그려졌다.

그리고 준비된 추방 마법은 사후 세계를 강하게 밀어냈고, 추락하던 사후 세계는 반발력과 충돌하여 그대로 부서졌다.

세계 곳곳으로 사후 세계의 파편이 떨어져 내렸다.

'정신 차려!'

이연우는 계속해서 비틀리는 생각을, 노트북으로 돌아가려는 눈동자를 간신히 부여잡았다. 아니, 정확히는 180도 돌아간 생각을 180도 더 돌려 제자리로 돌려놓았다.

'그녀는 멀쩡하겠지. 추락한다고 다칠 사람이 아니야.'

이연우는 어렴풋이 느꼈다.

모든 확률과 가능성이 그녀를 위해 움직이는 것을.

그녀를 해할 가능성은 스스로 움츠러들었으며, 그녀를 도울 가능성은 극대화되었다.

현실을 움직이는 자였다.

황금으로 현실을 움직이는 황금만능주의나, 뜻대로 가능성을 다루는 미래의 이연우와 비슷한 경지에 있는 자.

'주사위의 간섭도 잘 안 통할 사람이야. 이런 사고로 다치지 않겠지. 그러니까 나만 잘 살면 그녀를 다시 볼 수 있어. 내 생존이 1순위야.'

정신이 360도 돌아 제자리로 돌아왔다.

이연우가 벌떡 일어나 창가로 달려갔다.

"사후 세계…"

푸른 하늘, 반투명한 운석 같은 것이 기묘하게 떨어지고 있었다. 마찰로 인한 불길도 없이, 소음도 없이.

사후 세계의 파편이 추락하고 있었다. 그것이 떨어지는 방향은…

이연우가 기겁했다.

"왜 여기로 떨어지는데!"

정확히 그가 입원한 병원을 향해 내리꽂히는 사후 세계의 파편. 그 속도가 굉장히 빨랐다.

어렴풋한 점 같던 것이 사람 주먹처럼 커졌고, 이어서 순식간에 거리를 좁히며 하늘을 가득 메웠다.

제대로 반응할 시간도 없었다. 이연우는 창문 아래, 철근 콘크리트 벽 옆으로 몸을 웅크렸다. 핵폭발 대응 자세를 따라 하듯, 눈을 감고 귀를 막고 머리를 감쌌다.

그리고 사후 세계의 파편이 떨어졌다.

쿠궁.

충격은 적었다. 섬광도, 파괴력도 없었다.

이연우가 슬그머니 눈을 뜨니, 완전히 변화한 병실이 보였다.

"이건, 뭐…"

깔끔했던 병실이, 공포 영화에나 나올 법한 폐병원으로 변했다.

벽지가 뜯어져 곰팡이 핀 콘크리트가 드러났고, 더러운 물웅덩이가 곳곳에 나타났고, 이불 따위는 누더기가 되었고, 모든 가구가 쓰레기가 되었다.

이연우가 상황을 파악하기도 전에, 곧장 방송이 이어졌다.

치직.

– 이상 발현 확인. 환자와 의료진 여러분은 침착하게 대응해주시기 바랍니다. 본 병원은…

낡은 스피커가 탁한 소리를 뱉었다. 소리가 뒤틀렸다.

- 환자의 죽음을 위해 최선을 다할 것입니다.

방송하던 사람의 목소리가 아니라, 지옥에서 들려오는 듯한 지독한 목소리. 비명과 악다구니가 뒤섞인 목소리.

이연우가 곤두선 감각으로 귀를 기울이니, 무슨 이승에 복수를 하겠다느니 하는 소리가 들렸다.

동시에, 병원이 난리가 났다. 온갖 병실에서 환자들의 욕지거리가 터져 나왔다.

- 아잇, 시팔! 병원까지 와서 이딴 일에 휘말리고 지랄이야!

- 유령은 지옥으로.

- 이건 이차원 융합인데? 마법사 없나?

- 여기 있습니다. 어디 보자, 지금 있는 재료가…

귀를 기울이던 이연우의 표정이 평온하게 가라앉았다. 상황이 파악됐다.

'사후 세계의 파편이 병원하고 융합됐어. 그리고 이 병원에는…'

베테랑 회사원들이 잔뜩 입원해 있었고. 듣자 하니 악마 사냥꾼에 마법사에, 전문 인력이 한둘이 아니었다.

이연우가 혼자 고개를 끄덕였다.

'생각보다 큰 문제는 아니겠어. 우선 저 인간이나 깨우자.'

이연우의 시선이 눈물을 주룩주룩 흘리는 마크 정에게 향했다. 그는 흐느끼며 노트북 화면을 쓰다듬고 있었다.

"나도, 나도 가야 해!"

"정신 차리십시오."

"제 정신은 멀쩡합니다. 살면서 이렇게…"

마크 정이 뭐라고 말하려고 했지만, 이연우는 그 말을 바로 끊었다.

"어떻게 가려고요?"

"그건…"

마크 정이 눈을 빛냈다. 그는 곧바로 방법을 찾았다. 그가 동원할 수 있는 모든 자원을 이용하는 방법을.

"그녀는 예술가협회장입니다. 평소에는 예술의 전당에 머물며, 예술의 전당을 이상 개체로 변화시키고 있다고 들었습니다. 그러니 예술가협회에 접촉해서…"

그녀의 정체를 알았다. 이연우는 순간 꺼림칙함을 느꼈다.

평소에는 엮이기도 싫던 예술가. 그런 예술가의 우두머리.

'…뭔가 이상한데.'

– 끼에에엑!

마침 복도에서 유령의 비명이 울려 퍼졌다. 머리를 쑤시는 비명이 두통을 일으켰고, 이연우는 조금 더 그녀의 영향력에서 벗어났다.

감각이 곤두서고, 생각이 흘렀다.

'정신이 오염됐나? 하지만 그녀는…'

머리에서 사라지지 않는 그녀의 그림자. 그 아름다움.

뭔가 이상했지만, 그녀는 이연우의 목숨을 위협하지 않았고 주사위조차 저항하지 못했기 때문에 이연우는 그것에게서 완전하게 벗어나지 못했다.

이연우는 쿡쿡 쑤시는 머리를 매만졌고, 곧 결론을 내렸다.

'지금 이런 생각을 할 때가 아니야.'

사후 세계의 파편과 융합된 병원에서 살아남아야 한다. 이연우가 마크 정을 똑바로 보았다.

"그보다는 일단 여기서 탈출할 생각부터 합시다. 여기서 죽으면 예술가협회장 다시는 못 봅니다."

마크 정도 정신을 차렸다. 아니, 우선순위를 제대로 설정했다.

"그건 맞습니다."

그들은 조심스럽게 병실을 벗어났다.

회사가 운영하는 병원.

파편은 잘못 떨어졌다. 전문 인력들이 입원하는 병원에는 어지간한 위험은 물리칠 수 있는 자들이 수두룩했으니까.

- 끄에에엑!

깁스한 손을 팔걸이에 걸고, 다른 손으로는 은 단검을 쥔 악마 사냥꾼이 귀신 하나를 찢어발겼다.

귀신은 원통한 표정으로 흩어졌다.

악마 사냥꾼은 무뚝뚝한 표정으로 그것을 보다가 짧게 "아멘" 하고 기도했다.

무슨 일이 일어났는지는 모르겠지만, 그가 할 일은 변하지 않았다. 인류를 위협하는 것을 사냥하는 것.

그때, 발소리가 들려왔다. 두 사람의 발소리.

악마 사냥꾼이 고개를 돌려보니, 환자복을 입은 남자 하나와 양복을 입은 남자 하나였다. 환자복을 입은 남자가 고개를 숙였다.

"조사원 이연우입니다. 이쪽은 본사 소속 마크 정이고요. 탈출하려고 하는데 함께하시겠습니까?"

악마 사냥꾼은 눈살을 찌푸렸다.

냄새가 났다. 사람을 유혹하는 냄새가.

스릉.

은 단검이 비스듬하게 세워졌다. 날카로운 날이 희미한 조명을 받아 은은하게 빛났다.

"당신들, 이상에 당했어."

"우리가요?"

"그래."

악마 사냥꾼은 가만히 있다가 은 단검을 내렸다. 저런 일이야 흔한 일이었다. 자아를 완전히 빼앗기거나 조종당하는 것 같지도 않았고.

"탈출하는 대로 검사받아."

이연우와 마크 정은 서로 마주 봤다가, 다시 악마 사냥꾼을 보았다.

"탈출 안 하십니까?"

"이놈들 사냥할 거야. 가봐."

악마 사냥꾼은 단호하게 말하고는 걸음을 옮겼다. 은 단검이 섬뜩한 빛을 흩뿌렸다.

이연우와 마크 정은 더 권하지 않고 걸음을 서둘렀다.

그렇게 걷기를 얼마나 지났을까.

그들은 복도 중앙에 모인 사람들을 보았다. 의료진과 환자가 우글우글 모여 있었는데, 바닥에 마법진이 그려져 있었다.

"저기 두 명 더 온다."

"빨리 오세요! 마법사가 안전 구역 만들었습니다!"

그 말대로 복도 반대편에는 귀신이 모여서 증오스러운 표정을 짓고 있었다. 귀신은 마법진에 접근할 수 없었다.

마법사는 무슨 가루를 휙 뿌려 귀신을 내쫓았고, 가방을 뒤적였다.

"아, 재료가 부족한데. 회사와 연락 안 됐나요?"

"계속 통화 중이던데…"

그때였다.

그들의 핸드폰이 동시에 울렸다. 이연우도 곧바로 확인했다.

첫 번째 메시지는 모든 회사원에게 온 것이었다.

- 사후 세계가 조각난 채로 추락하였습니다. 한시바삐 파편의 위치를 추적하고, 해당 파편에 존재하는 이상 개체를 억제하기 위해 움직이십시오.

마비된 지휘부와 별도로 움직이기 시작한 회사. 전투태세에 들어가고, 수습하기 위해 움직였다.

두 번째 메시지는 특별 관리 대상에게 온 것이었다.

– 정예 요원 여러분, 곧 임무를 하달하겠습니다. 준비를 갖추십시오.

세 번째 메시지는 전쟁을 관전하다가 협회장에게 당한 사람들을 위해 온 것이었다.

"이건…"

– 기억 소거제를 마시세요.

짧은 문장은 텍스트가 아니라 사진이었는데, 정신을 강제하는 힘이 있었다.

마크 정이 곧장 품에서 기억 소거제를 꺼내 입에 몇 방울 털어 넣었다. 이연우는 손을 부들부들 떨며 저항했다.

'지금 상황에 기억 소거제는 아닌데.'

정신이 세 갈래로 찢어졌다.

협회장에게 다가가고 싶은 마음. 살아남아야 한다는 마음. 기억 소거제를 마시라는 마음.

이연우는 앓는 소리를 내며 몸을 웅크렸다. 머리가 아팠다.

그때였다.

돌연 기계음이 들렸다. 사람들이 일제히 몸을 돌리니, 반은 인간이고 반은 기계인 존재들이 계단을 올라오고 있었다.

그것들의 가슴에는 신스 다이나믹스의 로고가 선명하게

박혀 있었다.

이 파편에 머물던, 전쟁 중이던 이상 개체였다.

- 순수 유기체 발견. 개조하라.

붉은 안광이 번쩍였다. 기계 인간들은 저마다 무기를 꺼내
들었다.

이연우가 문득 고개를 들었다. 그는 가라앉은 눈으로 천천
히 손을 내렸다.

'…맞아. 사후 세계에 있던 그 이상 개체들이 여기에도 있
겠지.'

핵폭발의 정령 같은 거라도 여기 있으면 진짜 위험했다.
얼음물을 뒤집어쓴 듯 머리가 차갑게 식고, 갈라지던 정신이
봉합되었다.

134

난장판이었다.

- 1차 수술 준비.

신스 다이나믹스의 기계 인간은 냉병기를 꺼내 들었다. 총탄 같은 것은 전쟁 중에 전부 소모했다. 강철 칼날이나 전기톱이나 송곳 같은 것이 팔뚝에서 튀어나왔고, 섬뜩한 빛을 흩뿌렸다.

- 필요 없는 장기와 신체를 제거하라. 기계로 대체하라.

그리고 그것들의 머리에서 노이즈가 튀었다.

- 세계에서 가장 아름다운 분에게 더 많은 작품을 가지고 돌아가자.

이것들도 협회장에게 당해 회로가 돌아버렸다. 협회장이 사라져서 조금은 자유로워진 의지 역시 협회장을 위해 움직였다.

상대적으로 안전한 전장에 있어 살아남은 귀신들도 마찬

가지.

　마법진과 뿌려진 가루를 피해 멀리 있던 귀신들이 증오 가
득한 정신파를 내뿜었다.

　- 그분께서 원하신 사후 세계가 쪼개졌으니, 더 많은 산 자
를 죽은 자로 만들어 슬픔을 달래드려야 한다!

　- 복수도 할 겸 말이야!

　지독한 정신 오염이었다. 모든 의지와 정신이 협회장을 중
심으로 비틀렸다.

　병원의 보안 요원들은 묵묵히 무기를 들었다. 삼단봉이나
권총이나 테이저건.

　"유령은 몰라도 저놈들은 상대할 수 있습니다. 안전 구역
만 지키면 됩니다."

　"당신들만으로는 전력이 부족한데, 남는 총 있습니까?"

　"저 있습니다."

　이연우가 에코백을 뒤집었다. 이제 얼마 안 남은 클럽의
권총이 우르르 쏟아졌다.

　'어차피 정보상한테 받을 총이야. 여기서 다 써도 문제없
어.'

　특전대 소속 전투원들이 얼른 권총을 챙겼다. 또한, 신스
다이나믹스를 상대해본 전투원은 빠르게 지침을 내렸다.

　"테이저건은 쓰지 마십시오. 그걸로 전력 충전하는 놈이
있을지도 모릅니다. 그리고 인간 부분을 노리십시오. 저것들도

피 흘리면 죽습니다."

풍부한 경험을 바탕으로 한 조언.

이연우는 귀 기울여 들으며, 슬쩍 양쪽의 전력을 가늠해 보았다.

'일단 저 기계 인간은 충분히 상대할 수 있을 거 같은데. 유령은 괜찮고. 핵폭발의 정령 같은 것도 여기에는 없어 보이고.'

그때, 이연우의 시선에 한 사람이 잡혔다.

보호구역을 만들어낸 마법사.

"…"

마법사는 입을 다문 채 눈동자를 대굴대굴 굴리더니, 갑자기 팔찌를 깨부순 후, 이 세상에서 사라졌다. 상황이 심상치 않아 보이니까 도망친 것이다. 다른 차원으로.

그걸 부러운 눈으로 보기도 잠시.

이연우는 마크 정에게 다가갔다.

"여기는… 기억 소거제?"

마크 정은 사라진 기억을 인지한 후 상황을 파악하다가, 무심코 핸드폰을 보고 다시 정신 조작에 당해 기억 소거제 몇 방울을 입에 털어 넣었다.

그리고 사라진 기억 때문에 혼란스러워하다가, 다시 핸드폰을 보고 기억 소거제를 마시고.

계속해서 핸드폰을 보고, 다시 마시고를 반복하고 있었다.

그쯤에서 전투가 시작됐다.

"쏴!"

천둥 같은 소리가 울렸다. 병원의 복도가 총성으로 가득 찼다. 기계 인간들은 협회장에게 헌신하기 위해, 더 많은 작품을 준비하기 위해 뚜벅뚜벅 걸어왔다.

기계 인간들은 총탄을 고스란히 몸으로 받았다. 총탄이 기계 부분을 맞히고 튕겨 나가기도 했고, 붉은 피나 윤활유를 흘리기도 했고, 치명타를 맞아 쓰러지기도 했다.

'거리가 좁혀지면 불리한데.'

이연우는 냉정하게 상황을 파악하다가, 얼른 마크 정의 핸드폰과 기억 소거제를 빼앗았다.

"지금 상황이, 그건 제…"

마크 정은 혼란한 표정을 짓다가 기억 소거제를 빼앗겼고, 이연우는 핸드폰 화면으로는 시선 한번 주지 않고 얼른 핸드폰을 앞으로 내세웠다.

"이쪽 보지 말고, 비키세요!"

숙련된 회사원은 곧장 길을 열었다. 이연우의 앞으로 텅 빈 공간이 생겼고, 이연우는 얼른 앞으로 달려갔다.

기억 소거제를 마시라고 강제하는 화면을 방패처럼 내세우며.

순간, 기계 인간들의 동공이 그 화면을 잡았다. 사람의 눈이, 카메라 렌즈가 일제히 그것을 보았다.

– 1순위 명령 변경, 변경 불가, 변경, 변경 불가, 변경, 치직.

협회장의 영향력과 회사가 준비한 강제력이 충돌했다. 이사 직속 직원으로서 암시가 걸린 마크 정의 몸은 명령대로 움직였지만, 기계 인간의 정신에서는 순수하게 두 이상 개체가 힘을 겨뤘다.

치직.

기계 인간들의 움직임이 멈췄다. 총탄이 빗발치는데도, 그것의 두뇌와 회로는 과부하에 걸려 제대로 대응하지 못했다.

- 1순위 명령. 더 많은 작품을 가지고 그분께 향하라. 변경. 기억 소거제를 마셔라. 변경 불가. 변경.

하나둘 부서져 나갈 무렵, 협회장의 영향력이 회사의 명령을 밀어냈다.

- 1순위 명령 유지.

- 그분을 기쁘게 하라!

이제 몇 안 남은 기계 인간은 맹렬하게 달려들었으나, 총탄 세례 앞에서 쓰러졌고, 귀신들은 아쉬움에 흐느꼈다.

- 저 결계도 못 뚫고 죽다니!

기계 인간을 막아낸 회사원들은 어두운 표정을 지었다.

"마법사는 도망쳤습니까?"

"마법사가 여기 남을 이유가 없긴 하죠. 도망 잘 치는 인간들이기도 하고."

"그러면 저 유령은…"

이연우는 눈을 가늘게 뜨고, 귀신과 널브러진 기계 인간의

전쟁

잔해를 보았다.

'협회장… 그게 정신 오염이라고?'

위화감. 이상 구역으로 변한 병원. 자욱한 화약 냄새와 귀가 아픈 총성. 기이한 행동과 언행. 정신 조작과 충돌하는 협회장의 영향력.

모든 상황이 종합되어 정신을 두드렸다.

하지만 차마 그녀를 의심하자니…

'내가 그렇게 감성적인 사람은 아니지만, 협회장은 다른데.'

이연우는 마크 정을 툭 쳤다.

긴장된 표정을 지은 마크 정은 상황을 파악하기 위해 품을 뒤지다가, 툭 튀어나온 평범한 총탄을 보고 기겁했다.

"이게 왜 나한테 있어!"

"저기요."

"아, 이연우 씨. 지금 날짜가 어떻게 됩니까? 지금 상황은 또 뭐고요?"

이연우는 짧게 설명했다.

전쟁이 제대로 망했다고. 악마랑 예술가가 제대로 망쳤다고.

"전쟁. 분명 계획 중이라고 했던 걸로 기억합니다. 한 달가량의 기억이 사라진 모양입니다. 그런데 기억 소거제는 왜…"

마크 정은 곤란한 기색이었지만, 이연우는 신경 쓰지 않았다.

"우리 예술가협회장을 봤습니다."

"아, 그래서 기억 소거제를… 어쩐지 가슴이 아프더니."

마크 정은 상황을 파악하더니, 복잡한 표정을 지었다. 협회장을 잊었지만, 강제로 지워진 기억의 빈자리는 씁쓸한 고통을 호소했다.

가장 소중한 기억을 잃어버린 고통. 잃어버린 기억이 뭔지도 알 수 없는 고통.

그리고 이연우를 경계했다.

"이연우 씨는 기억 소거제를 안 마신 것 같습니다."

"예. 그 협회장, 정신 오염입니까? 그녀에게 돌아가고 싶은 생각이 계속 들어서요."

"정신 오염으로만 말하기는 조금 부족하지만, 얼추 맞습니다. 빨리 기억 소거제 마시세요."

마크 정이 이연우에게 빼앗긴 기억 소거제 병을 가리켰지만, 이연우는 거들떠보지도 않았다.

대신 평범한 총탄이 장전된 권총을 보며 생각했다.

'정신 오염이라고.'

지금도 믿기지 않았다. 그녀가 정신을 조작했다니. 하지만 믿지 않았을 때가 조금 더 안전했기에 이연우는 생각을 비틀었다.

'기억 소거제는 안 내켜. 진짜 정신 오염이면, 시간이 지나면 벗어날 수 있을 거야. 지금은 묻어두자.'

주사위를 굴리기는 조금 그랬다. 자신이 아니라, 그녀에게 이익이 되는 방향으로 결과가 나올 것 같은 느낌이니까.

이연우는 그녀의 말을 떠올렸다.

'나와 함께 가자. 그런데 그녀는 혼자 갔잖아. 이미 깨진 약속이야. 함께 가자고 했는데 내가 혼자 찾아가는 건 이상하지.'

그리고…

'예술가협회장이 어디 있겠어. 예술가협회 본진에 있을 거아냐. 거길 혼자 찾아가라고?'

이연우는 심리적인 장벽을 계속해서 세웠다. 협회장의 영향력이 아래로 가라앉았다.

이연우는 개운한 표정을 지었다. 뭐랄까, 족쇄를 벗어던진 기분.

그쯤에서 상황이 변하기 시작했다.

병원의 생존자들은 안전 구역 안에 있었고, 귀신들은 저 멀리서 생존자를 노려봤다.

생존자는 귀신을 죽일 수 없어서, 귀신은 안전 구역으로 들어갈 수 없어서 시간만 보낼 뿐인 가운데 눈싸움만 계속됐다.

– 나와! 비겁한 이승 놈들아!

"네놈들이 들어와."

– 꼭 저놈들만 상대할 필요는 없어. 여기에는 사람이 많으니까.

어떤 귀신이 깨달았다는 듯 눈을 부릅떴다. 저 마법진은 교묘하게 계단과 통하는 복도 중앙을 가로막았지만, 아래층에도 사람은 있었다.

귀신들이 흉흉한 기색을 드러내는 순간이었다.

병원과 융합한 사후 세계가 현실을 조금 더 침식했다.

병원에서 죽어간 회사원들이 귀신으로 부활하기 시작했다. 끔찍한 부상을 입은 전투원, 병색이 짙은 연구원, 고통 가득한 표정을 지은 조사원.

그들은 어리둥절한 표정으로 주변을 둘러보더니, 멍하니 반투명한 자기 몸을 보았다.

– 이건… 난 죽었는데?

– 이차원 융합? 이상 개체로 살아났다고?

그때, 안전 구역 안에 있던 전투원 한 명이 당혹한 표정을 지었다.

"아버지?"

그 목소리에 전투복을 입은 중년 남성이 고개를 돌렸다. 그러고는 말했다.

– 난 네 아버지가 아니다. 사람은 죽으면 끝이야. 네 앞에 있는 건 이상 개체다.

그 냉정한 목소리. 전투원이 정신을 차렸다. 그의 기억에 있는 아버지의 모습 그대로였다.

그리고 회사원 귀신들은 상황을 파악하고는, 악의 가득한 협회장에게 당한 귀신들을 보았다.

- 이 병원이 이상 개체로 변했네. 이차원 융합 때문이야. 아마 사후 세계가 추락한 거 같은데.

- 이놈들부터 처리합시다. 딱 봐도 적대 등급 높은 놈들인데.

- 이왕 이상 개체로 살아났는데, 회사랑 우호적인 관계부터 맺어야죠. 열심히 일합시다.

그들은 눈을 번뜩이며, 멍하니 있던 귀신들을 향해 달려들었다. 순식간에 귀신들이 엉키며 싸움을 벌였다.

사람들이 당황할 때, 뜻밖에도 조사원 귀신은 지긋지긋한 표정으로 악을 썼다.

- 죽어서도 회사 밑에서 일하라고? 계속 위험에 시달리라고? 나는 죽음을 택하겠다!

펑!

조사원 귀신이 터졌다. 위험도 일도 없는 영원한 잠에 빠졌다.

각 집단의 전쟁 지휘부는 빠르게 회복했다.

회사는 준비된 절차를 따라 기억 소거제를 마셨고, 예비 인력들이 지휘부를 대체했다.

"파편 위치 추적하고, 위성 병기, 정예 요원, 종말 방어 장치 다 대기시켜."

"협회장한테 당한 이상 개체들이 폭주할 거야."

"마법사들한테 연락 돌려! 추방 마법이든 이동 마법이든 준비하라고! 붉은 거인이나 정신을 쪼아 먹는 새는 다른 차원에 버린다!"

마법사들은 신나서 대화했다.

"붉은 거인은 어디로 날릴까요?"

"그… 어디야, 무스펠헤임? 거기 보내면 잘 살지 않을까?"

클럽의 회장은 미리 준비해둔 '보험'으로 정신을 차리고는, 침착하게 말했다.

"황금 가져오십시오."

"얼마나 가져올까요?"

비서의 질문에 회장은 냉담하게 답했다.

"예술가협회장하고 싸울 만큼."

위험 레벨 6은 이상 세계의 핵폭탄이었다. 그게 전쟁을 관전하던 고위층을 타격했다. 아무리 좋게 넘어가려는 클럽이어도 이건 가만히 있을 수 없었다.

회사야 사고 수습하기 바쁠 테니, 클럽이라도 협회장에게 경고해야 하지 않겠나.

135

묘한 광채가 맴도는 건물.

거대한 미술관으로 지어진 건물이었으나, 예술가협회장이 머물며 아름다움이 더해진 이곳이야말로 자유예술가협회의 본진, 예술의 전당이었다.

예술가협회의 이사들이 회의실에 모여 작은 목소리로 대화를 나누고 있었다.

"협회장님이 직접 작품들을 수집하러 가셨는데, 얼마나 챙겨 오실까요?"

"글쎄. 기대만큼 많이 챙기지는 못할 듯한데."

평소에는 예술 차이, 사상 차이로 말싸움을 벌이던 이사들이 이때만큼은 같은 심정으로 협회장을 기다리고 있었다.

전쟁에서 파괴될 작품을 구조한다. 예술의 전당을 더 화려하게 꾸민다.

협회장께서는 얼마나 많은 작품을 데리고 올까?

귀에 이어폰을 꽂은 어떤 이사는 잠깐 소리에 집중하더니 고개를 저었다.

"사후 세계 부서졌어. 파편 세 개 정도만 챙길 것 같아."

협회장이 직접 행차한 세계가 부서졌다는 소식을 들었는데도, 그들 중 협회장을 걱정하는 사람은 없었다.

협회장 바로 아래에서 그녀를 모시는 이사들이었다. 그녀가 무엇인지 누구보다 잘 이해하고 있었다.

그저 기대치를 충족시키지 못한 결과를 아쉬워할 뿐.

"세 개… 괜찮은 작품들이 있으면 좋겠군."

"우리 파편은 이쪽으로 떨어질 텐데, 어디쯤 오셨으려나."

이사들이 일제히 창밖을 보았다.

과연, 푸른 하늘 너머에서 반투명한 운석 세 개가 기이한 궤적을 그리며 떨어지고 있었다.

그 궤도 앞에서 구름이 스스로 갈라지고 무지개가 떠올랐으며, 나무와 풀 따위가 꽃을 피웠다. 그녀를 환영하기 위해.

이사들이 선물을 기다리는 아이 같은 표정을 지었다.

그리고 소식을 들은 이사의 얼굴이 파랗게 질렸다. 무선 이어폰에서 들려온 소식.

"어, 어…"

"자네, 왜 그러나? 협회장님 마중 나가야지."

주섬주섬 일어나던 이사들이 이상한 표정을 지었고, 소식을 들은 이사는 실수로 완성 단계의 작품을 부순 사람처럼 얼굴을 일그러뜨렸다.

"악마자치구가, 자치구에 머물던 악마와 숭배자가 협회장님한테 당했다고 하는데."

"…"

순간 이사들은 자기 귀를 의심했다.

솔직히 다른 집단에서 협회장과 동급의 이상 개체로 경고할 것은 예상했다. 그걸 감수할 작정이었고.

그런데… 악마자치구? 따로 놀던 악마 숭배자들이 이상기후를 기회 삼아 간신히 만든 본진이?

이러면 저쪽은 눈이 돌아갈 텐데? 경고나 견제로 안 끝날 텐데?

그들은 저도 모르게 중얼거렸다.

"악마 숭배자가 미쳤나? 본진을 전쟁터에 떨어뜨려서 뭘 얻는다고."

"악마자치구? 왜? 어째서?"

"멸망주의자가 수작 부린 거 아닌가?"

혼란스러운 목소리들 속으로 온화한 목소리가 더해졌다.

"안녕하십니까, 예술가 여러분. 악마자치구의 법률 의원입니다. 이번 일로 대화를 나누고자 찾아왔습니다."

이사들이 흠칫 놀라 몸을 돌리니, 은테 안경을 쓰고 정장을 입은 전문가 느낌의 남자가 이사들을 향해 꾸벅 고개를 숙였다.

악마 냄새가 지독하게 났다. 언뜻 유약해 보이는 외관에도 이사들은 감히 경시하지 못했다.

"대악마? 우선 우리 말을 좀 들어보시오. 그대들의 본진을 타격한 건 우리 뜻이 아니오. 일종의 우연한 사고지."

시간을 끌기 위한 말이었다.

어차피 조금만 있으면 협회장이 올 것이었다. 협회장만 오면 아무 문제 없었다.

악마는 그걸 아는지 모르는지 고개를 주억이며 말을 받았다.

"저는 도리를 아는 악마입니다. 규칙과 법률을 준수하죠. 이번 일 또한 사리에 맞게 진행할 예정입니다."

"아, 다행이군. 우리 쪽 잘못은 인정하오. 아니, 이럴 게 아니라 앉아서 이야기하지."

이사들이 허둥지둥 움직였다. 평소 예술 창작에만 몰두하는 터라, 이런 일에 익숙하지 않았다.

부족한 의자를 찾고, 뭘 대접해야 하나 고민하고, 황량한 회의실을 분주하게 돌아다니고.

"물이 어딨더라? 컵? 컵 없나?"

"의자가 없는데? 아, 그 의자는 협회장님 의자요. 앉지 마시오."

"악마자치구를 왜 전쟁터로 옮겼습니까? 솔직히 그쪽 잘못도…"

"그렇지. 어떤 악마시오?"

악마가 가늘게 뜬 눈이 초승달처럼 휘었다.

"이름은 여럿 있죠. 복수의 악마, 함무라비법전의 악마, 동귀어진의 악마, 상호확증파괴의 악마, 둠스데이머신의 악마. 오늘은…"

그 이름. 핵 잠수함처럼 세계를 떠돌다가 악마자치구가 공격받으면 움직이는 복수 대행자의 이름.

한창 움직이던 이사들이 멈췄다. 그들은 곧장 전투태세를 갖췄다. 조각칼을 쥐고, 망치를 쥐고, 목을 가다듬고.

악마가 말했다.

"걱정하지 마십시오. 오늘은 함무라비법전의 악마로 왔으니까요. 눈에는 눈, 이에는 이."

악마가 두 손을 활짝 펼쳤다. 즐거워 미치겠다는 듯, 터져 나오려는 미소가 얼굴에 떠올랐다.

"우리 본진이 털렸으니, 그쪽 본진도 털려야죠. 얼마나 합리적입니까."

드드득.

예술의 전당이 진동했다. 전당에 존재하는 작품들이 몸을 부르르 떨었다. 이사들조차 그 영향력에서 벗어나지 못했다.

보이지 않는 그물에 겹겹이 뒤덮인 듯한 느낌.

예술 활동에 집중할 뿐인 예술가는 대악마의 기습 앞에서 힘을 쓰지 못했다.

조각가가 날카로운 조각칼을 쥔 채로 몸을 파르르 떨었다.

"너! 감히 내 아이들을 훔쳐 가겠다고!"

"그것만이 아닙니다. 당신들도 집행 대상입니다. 왜냐고요? 악마랑 숭배자들이 다 정신이 나갔거든."

"협회장께서 곧 오실 거다!"

이사들이 필사적으로 발버둥 쳤다. 최대한 시간을 끌기 위해.

하지만 대악마는 낄낄 웃으며 그들을 장난감 보듯 보았다.

"협회장은 나도 못 당합니다. 내 힘도 안 통할 테니까. 하지만 여기 올 수 있을까요?"

"그게 무슨…"

그때 흐릿한 그림자가, 거대한 운석의 그림자가 예술의 전당 상공을 스쳐 지나갔다. 창문으로 비치는 빛이 길게 깜빡였다.

이사들의 얼굴이 굳었다. 이건 있을 수 없는 일이었다.

"협회장님이 다른 곳으로 가고 싶으셨나?"

"정신 차려, 멍청한 노인네야! 다른 집단이야! 다른 집단이 견제하고 있다고!"

그 말대로였다.

황금을 잔뜩 먹은 황금만능주의가 클럽 회장의 소원을 들어주고 있었다.

대악마는 힐긋 천장을 보며 혼란한 상공을 느꼈다. 협회장을 위해 움직이는 세계와 황금만능주의가 강제하는 힘이 충돌한 여파.

두 집단의 수장이, 두 집단의 핵심 이상 개체가 세계를 비틀었다.

그리고…

이 전쟁이 시작되기 전에 세계에 퍼진 어떤 힘.

특정한 대상에게 불운을 일으킬 가능성. 점차 사라져가는 불운이 마지막으로 세계를 기울였다.

대악마는 미묘한 표정을 지었다.

'내 적에게 불행을. 회사가 미리 깔아둔 모양인데, 일이 이렇게 될 걸 알고 있었나?'

과연, 전쟁은 전투 전부터 시작되었다. 회사가 깔아둔 포석이 힘을 발휘했다.

전부 착각이었다. 이연우가 정보상에게 복수하기 위해 즉흥적으로 주사위로 굴렸을 뿐이었다.

하지만 그 여파는 지금도 힘을 발휘했다.

"압수!"

대악마가 포로 교환을 위해 이사와 전당을 털어 가는 이때.

몇몇 위험한 파편이 이연우의 적을 향해 떨어졌다. 멸망주의자를 향해. 그들이 숨은 아지트로.

멸망주의자들은 저마다 아지트에 숨어 있었다. 렙틸리언 보스의 폭주에서 살아남은 인간이나 애초에 집회에 참여하지 않은 자들이 탈취자의 지휘 아래 일제히 테러를 일으킬 계획이었다.

"전쟁 시작하고 얼마나 지났지?"

"한 시간 아직 안 지났어."

한창 전쟁 중인 시각에, 탈취자가 각자의 아지트에 포털을 열어주면 온갖 도시를 테러한다.

멸망주의자들은 저마다 폭발물이며 독극물이며 이상 개체 따위를 점검하다가 문득 고개를 들었다.

하늘을 가로지르는 반투명한 운석.

"저거 사후 세계 아닌가? 저게 왜 떨어지고 있지?"

"누가 독단적으로 계획을 진행했나? 그럴 여력이 없을 텐데?"

어리둥절한 마음, 잘됐다며 신나는 마음, 그리고 자기들 쪽으로 떨어지는 운석을 보며 기겁하는 마음.

세 명의 우두머리급 멸망주의자가 각자의 아지트에서 거대한 파편이 떨어지는 광경을 보았다.

아지트가 변화했다. 전쟁 중이던 사후 세계로.

"…"

담배를 깊게 빨아들이며 검은 연기를 풀풀 내뿜던 흡연자가 손을 떨었다. 그는 자기 앞에 나타난 사후 세계를, 온갖 식물이 울창하게 피어오른 전장을 보았다.

"녹색협회? 하필이면?"

소소하게 그들을 괴롭히던 불운이 그에게 가장 치명적인

적을 불러왔다.

머리에 꽃이 핀 녹색교단의 인간과 씨앗을 든 식물 연금술사가 의아한 표정을 짓다가 눈앞의 흡연자를 노려보았다.

"흡연자? 안 되지! 그분께서 간접 흡연이라도 하면 어떻게 하려고!"

"예술가협회장께 해를 끼치는 놈들이니까, 잡아 죽입시다."

툭툭, 식물 연금술사가 씨앗을 뿌리고 녹색교단의 성직자가 손을 모으자 식물이 빠르게 자라났다.

검은 연기를 빨아들여서 정화하는 식물이.

"…"

흡연자는 뒤도 돌아보지 않고 도주하기 시작했다. 검은 연기가 한순간 폭발했고, 일대의 식물이 검게 죽었다.

비슷한 일이 곳곳에서 일어났다.

멸망주의자들의 머리 위로 쏟아진 파편.

"이건 못 이기겠는데."

초월적인 육체 능력을 자랑하는 무인이 붉은 거인을 보더니, 콜록거리며 반대 방향으로 달렸고.

"아… 여기는."

녹색의 문자열로 이루어진 전자 세계의 유령이 퍼뜩 정신을 차리더니, 눈앞에서 눈을 깜빡이는 정신을 쪼아 먹는 새와 마주쳤다.

그 시각, 이연우는 통화를 하고 있었다.

"클럽이라고요?"

회사원 유령들의 협조 아래 안전해진 병원. 이연우는 병실로 돌아와 회사의 연락을 기다리다가 클럽의 전화를 받았다.

– 클럽 회장님 아래 비서실장입니다. 이연우 씨, 주사위 이용권 팔겠다고 했죠. 그거 지금 사겠습니다.

"지금요?"

이연우는 의심스럽게 물었다.

어쨌든 전쟁 중이었다. 적대 집단인 클럽의 의뢰를 지금 들어야 하나?

비서실장이라는 사람은 침착하게 말했다.

– 회사는 허가했습니다.

"그렇다면⋯ 뭘 굴려드리면 되겠습니까?"

– 예술가협회장. 전면적인 공격은 아니어도 됩니다. 귀찮게 굴 정도만 되어도 좋습니다.

예술가협회장과 클럽 회장이 싸우고 있다고, 사소한 견제라도 부탁한다고.

이연우의 목소리가 단번에 가라앉았다.

"못 합니다. 할 수 없습니다."

– ⋯혹시 관전하셨습니까?

"관전하긴 했는데⋯"

– 잠깐만 기다려주세요.

비서실장이 핸드폰을 가리고, 뭐라고 말했다.

직후, 이연우가 정신 아래에 묻어놨던 협회장의 영향력이 사라졌다.

이연우는 깔끔하게 씻겨 나간 정신을 느끼며, 당황했다. 비틀렸던 정신, 말도 안 되는 생각, 자신답지 않았던 정신.

그 광범위하고 지독한 정신 오염.

"아니, 어…"

– 영향력을 제거했습니다. 의뢰, 받을 겁니까?

"아뇨, 진짜 못 합니다."

이연우는 진심으로 답했다. 저런 괴물하고 엮이라고? 소름이 돋았다.

136

이연우의 정신이 말끔하게 돌아왔다. 맑은 정신으로 기억을 떠올리니, 온몸이 으슬으슬 떨렸다.

'저항 불가능한 정신 오염. 현실까지 조작하는 아름다움.'

신화에나 나올 법한 초월적인 존재였다. 두 눈으로 직관한 인간은 정신이 나가버리는, 그걸 예방할 수도 없는, 차라리 코스믹 호러에 가까운 존재.

적어도 이연우의 인식은 그러했으니, 이연우는 파들파들 떨며 간신히 말했다.

"진짜 못 합니다. 그런 걸 어떻게…"

클럽의 의뢰. 예술가협회장을 툭툭 건드려달라는 그 요구는 절대 들어주면 안 됐다.

하지만 이연우는 다급하게 말을 멈췄다. 상대가 클럽임을 깨달았다.

'얘네도 비슷한 급이잖아.'

협회장과 싸운다는 회장과 황금만능주의.

협회장의 힘을 지독하게 느낀 이연우는 클럽의 힘을 다시 평가했고, 황금만능주의도 어느 정도는 상대할 수 있으리라는 자신감이 단번에 사라졌다.

그는 황급하게 말을 바꿨다.

"할 수는 있는데요. 실패나 대실패 나오면 협회장한테 좋은 일만 될 수 있습니다. 아십니까? 이거 리스크 굉장히 큽니다."

- 사소한 판정이면 됩니다. 눈이 간지럽거나, 피로가 쌓이거나, 잠이 오거나.

비서실장은 조금 당황한 목소리로 답했지만, 이연우는 손을 절레절레 내저었다.

"아, 거리가 멀어서 안 됩니다. 이게 가까운 범위만 돼서… 저도 정말 돕고 싶은데…"

이연우는 거의 울먹거리는 지경이 되었다.

'고래 싸움에 새우 등 터지는 것도 아니고. 나는 그냥 가만히 있고 싶다고.'

전쟁도 싫고, 괴물들끼리 싸우는 데 끼어들기도 싫었다. 함부로 끼어들었다가는 목숨이 몇 개여도 부족했다.

비서는 잠깐 입을 다물었다. 핸드폰 너머에서 두 종류의 소음이 들려왔다.

차르륵, 뭔가를 옮기고 쏟는 소리. 클럽 회장인지 누구인지, 계속해서 말하는 소리. 듣기만 해도 살벌한 그 목소리.

'제발 포기해라.'

이연우가 초조하게 발을 동동 굴렀고, 비서실장은 다시 입을 열었다.

- 거리는 괜찮습니다. 우리가 당신을 옮겨드리면 되니까요. 그리고…

사소한 문제는 다 해결해주겠다는 말 뒤로는 이연우를 설득하기 위한 말이 이어졌다.

- 보복이 걱정되는 거면 문제없습니다. 협회장은 이후로 함부로 못 움직이게 될 겁니다. 당신이 지금 참전하더라도 협회장은 당신을 공격할 여유가 없고요.

"아니, 그게…"

- 예술가들도 복수하겠다고 움직일 정신이 없습니다.

거절하기도, 동의하기도 난처했다.

그때, 마크 정이 벌컥 문을 열고 들어왔다. 그는 이연우가 통화하는 것을 보고는 고개를 끄덕였다.

"이연우 씨, 이사님한테 연락 왔습니다. 클럽에 협조하라고 하십니다."

거기에 더해 비서실장이 말했다.

- 예술가협회의 본진하고 이사들, 지금 대악마한테 납치되었다고 합니다. 복수 걱정 안 하셔도 됩니다.

"아…"

순간, 이연우가 가벼운 탄식을 뱉었다. 이 정도로 상황이 진행되었다면 생떼 부리듯 거절하기도 힘들었다.

사실, 보복 걱정도 없었고, 조금의 안전이 보장되기도 했고.

'전쟁이잖아. 사람 하나하나 찾아가면서 화풀이하지는 않겠지. 그리고 황금만능주의를 상대하는데 날 신경이나 쓰겠어.'

이연우는 체념하고는 회사원의 슬픔을 담아 작게 중얼거렸다.

"결과 어떻게 나와도 전 모릅니다…"

황금만능주의가 이연우를 옮겼다. 병실에서 어딘지 모를 산의 정상으로.

하늘을 가로지르는 운석 파편이 셋. 그중 하나에 협회장이 있었다. 이연우는 잠깐 하늘을 올려다봤다가, 핸드폰을 입 앞으로 가져왔다.

"도착했습니다. 대충 마무리되면 저 다시 옮겨주셔야 합니다."

- 당연히 복귀시켜드려야죠. 아마 별문제 없을 겁니다. 잘 부탁드립니다.

사소하게 건드리는 것만으로도 충분히 도움이 된다, 보상을 기대해도 좋다, 뭐라고 인사치레를 하는데도 이연우는 가차 없이 통화를 끊었다.

이딴 통화에 집중할 때가 아니었다.

이연우는 심호흡을 반복했다. 다른 것도 아니고, 그 협회장을 건드리는 일이었다.

"준비, 준비."

생각보다 위험한 느낌은 안 들었지만, 경계는 해야 했다. 이연우는 형광 조끼와 돌을 꺼내 쥐고, 시간을 사는 지폐를 주머니에 잔뜩 욱여넣었다.

이연우는 가만히 멈춰서 고민하다가, 수면 안대와 귀마개를 꺼내 눈과 귀를 가렸다. 혹시라도 협회장이 모습을 드러내면, 이것들이 조금이라도 도움이 될까.

'협회장이 오면 저절로 떨어질 것 같긴 한데, 안 하는 것보다는 낫겠지.'

새까만 시야. 먹먹한 귀.

어둠 속에는 정신 한편의 주사위만 보였다.

'주사위. 해보자.'

이연우가 주먹을 꽉 쥐며 판정을 준비했다. 클럽과 본사가 원하는 사소한 판정을.

'눈 깜빡임이 신경 쓰일 가능성, 침이 목에 걸릴 가능성, 발바닥이 간지러울 가능성, 감기에 걸릴 가능성, 갑자기 졸릴 가능성, 뭔가 잊어버렸는데 그게 뭔지 기억이 안 나는 감정에 휩싸일 가능성.'

데구르르, 주사위가 정신없이 굴렀다. 그리고 결과가 나왔다.

실패, 실패, 실패, 실패… 모두 실패했다.

'이럴 거 같긴 했어'

이연우는 침착하게 다음 판정을 계속해서 굴렸다. 어차피 협회장을 위해서 움직이는 세계였다. 주사위의 결과에도 영향을 끼칠 것이었다.

그렇게 주사위는 굴렀고, 확률이 조작된 듯 실패만 나왔다.

"…"

데구르르, 실패, 데구르르, 실패.

몇 번은 판정을 바꿔서 협회장에게 도움이 될 판정을 굴려 보니, 귀신같이 성공이 나왔다.

이쯤 되니 이연우도 오기를 느꼈다. 정확히는 불안을 느꼈다.

"이 정도로 안 통한다고?"

아예 대항조차 불가능하다는 말 아닌가. 저런 것이 자신을 죽이려고 들면, 그냥 죽어줘야 한다는 뜻 아닌가.

주사위가 멈췄다. 이연우는 더 굴리지 않았다. 이연우는 새까만 시야 속에서 기억 속의 협회장을 떠올렸다.

이제는 정확히 기억도 나지 않는 흐릿한 인영. 세계가 찬양하던 그녀.

'만약 그게 나한테 죽어달라고 부탁하면'

온몸에서 피가 빠져나가는 듯, 손발이 차게 식고, 생기가 옅어졌다.

'보는 것만으로 위험한데, 강제로 보게 만들었어. 주사위가 아니면 대항할 방법도 없는데, 주사위도 안 통해.'

안 된다. 이대로는 안 된다.

상대가 아무리 위험 레벨 6이고, 정상급 집단의 핵심 이상 개체여도, 대항할 수단이 하나도 없어서는 안 됐다.

이연우가 이를 악물었다.

'감각을 곤두세우는 것만으로는 안 돼.'

지금도 느껴졌다. 모든 결과는 협회장에게 도움 되는 쪽으로만 나올 것이다.

원하는 결과를 강제로 뽑아야 했다. 최소한 한 번이라도, 협회장이 아니라 자신의 뜻대로 결과를 고정해야 했다. 하다못해 무작위로 결과가 나오게 만들어야 했다.

'집중해, 집중해, 집중해. 도주할 능력은 있어야지.'

심장이 쿵쿵 뛰었다. 이연우는 입술이 찢어질 정도로 꽉 깨물었다. 어둑한 시야와 갑갑한 청각 대신, 피비린내가 진하게 났다.

그는 스스로에게 말했다.

"이건 기회야."

이건 피할 수 없는 죽음을 상대하는 법을 익힐 기회였다. 생존 능력을 키울 기회였다. 협회장 정도 되는 이상 개체를 상대해볼 기회였다.

이연우가 정신을 집중했다. 평범한 총탄이 머리에 겨눠진 듯. 협회장이 눈앞에 있는 듯.

"…"

극한까지 곤두선 감각이 가능성을 흐릿하게 탐지했다. 협회장을 위해 기울어진 가능성. 황금만능주의가 움직이는 가능성. 주사위로 조작할 가능성.

'이걸 움직여야 하는데, 어떻게 하지?'

손을 휘저어도 보고, 괜히 눈을 부릅뜨고 수면 안대를 노려보기도 하고, 확률을 붙잡듯 주먹을 쥐어도 보고.

하지만 하나도 통하지 않았다. 확률과 가능성은 미동도 하지 않았다.

"못 하나?"

이연우가 떨떠름하게 머리를 벅벅 긁었다. 아무래도 무리 같았다. 주사위에 오염이 덜 된 모양이었다.

그때였다.

시선이 느껴졌다. 수면 안대가 흘러내렸다. 귀를 꽉 막은 귀마개가 스르륵 떨어졌다.

"…"

돌연 들이닥치는 세상. 이연우는 두 눈으로 똑똑히 보았다. 하늘 가운데에 멈춘 운석과 그곳에서 무언가가 자신을 보는 듯한 시선을.

협회장이었다. 협회장이 시선을 던졌다. 그녀를 귀찮게 굴던 무언가를 찾아서. 인식 왜곡 장비가 힘을 잃었다. 그녀를 속이면 안 되니까.

그 선명한 시선에 심장이 쿵 떨어졌다. 이연우의 머리가 하얗게 질렸다.

'이건…!'

아직 그녀의 형상이 보이지는 않았지만, 그것도 시간문제였다. 이연우의 머릿속에서 얼마 전의 과거가 빠르게 스쳤다.

정신이 오염된 자신. 세상을 움직이는 협회장. 상대할 수 없는 위험!

본능이 비명을 질렀다. 이연우도 비명을 질렀다. 하얗게 질린 머리는 복잡한 생각은 하지도 못했고, 짧은 생각 하나를 폭발시켰다.

"도망! 아니! 이동!"

오로지 본능에만 충실한 행동. 생각도, 계산도 없이, 짐승처럼 움직이는 몸.

주사위가 굴렀다.

데굴.

늘어지는 시간 속에서 이연우는 가능성을 느꼈다. 협회장을 위해, 이연우가 도망치지 못하게끔 실패로 기우는 가능성.

'안 돼!'

꿈틀거리는 가능성이 완전히 고정되기 전에, 이연우는 물에 빠진 사람처럼 손을 허우적거렸고…

결과가 바뀌었다.

성공!

이연우가 보던 세상이 한순간에 바뀌었다. 어딘지 모를 산 정상에서, 그가 있던 병실로.

"어, 어, 어…"

이연우는 식은땀으로 푹 젖은 이마를 짚었다. 눈동자가 쉴 새 없이 떨리며 사방을 둘러봤다. 마크 정이 의자에 앉아 쉬다가, 의아한 표정을 지었다.

"오셨습니까?"

"와, 왔나? 네, 도망친 거 같습니다."

이연우는 횡설수설했다. 지금도 이해가 잘 안 됐다. 도망 쳤나? 진짜로?

'…어떻게 했지? 아냐, 일단 그거한테서 도망쳤으면 됐지.'

이연우는 힘이 빠져 침대에 축 늘어졌다. 팽팽하게 당겨졌던 신경이 탁 끊어진 느낌.

그가 마크 정에게 말했다.

"이런 의뢰는 안 받겠습니다. 진짜…"

"아니, 무슨 일이 있으셨길래."

마크 정이 물었고, 이연우는 쿵쿵거리는 심장을 달래며 짧게 설명했다.

협회장이 자신을 봤다고. 그래서 도망쳤다고.

그 말에 마크 정의 표정이 미묘해졌다.

'협회장도 지금 공격할 여유는 없으니까, 그냥 시선만 던졌을 뿐일 텐데. 그래도 도주에 성공했다고?'

137

황금만능주의가 황금을 연료 삼아 공격을 쏘아 보내고, 협
회장의 세계가 공격을 막아내는 상공.

미사일 세례와 방공망의 접전처럼, 세계가 뒤틀리는 상공
에 침묵이 내려앉았다.

"…"

"…"

파편 가운데에 서 있는 협회장이, 세계 반대편의 도심 빌
딩에 서 있는 클럽 회장이, 이연우가 도망친 장소를 보았다.

둘의 전투에서 이연우는 모기와 같았다. 윙윙거리며 협회
장의 정신을 사납게 만드는 모기. 집중을 조금이라도 흩뜨리게
만들기 좋은, 우연히 찌르기라도 하면 더 좋은 모기.

그런데 그 모기가 갑자기 그들과 동등한 수준에서 힘을 썼다.

"위험 레벨 6?"

클럽 회장이 흥미롭다는 듯 말했다.

단순히 위험성만으로 수준을 따지는 5레벨까지와는 달리, 6레벨은 전능에 가깝거나 불완전하게나마 절대성을 지녀야 했다.

그렇지 않으면, 온갖 이상과 장비에 카운터를 제대로 맞으니까. 모든 종류의 위험을 이겨낼 능력이 있어야 했다.

그리고 이연우는 그런 종류의 힘을 보여줬다. 협회장을 위해 움직이는 세계를 억지로 수정하며 도주한 그 힘.

회장이 다시 중얼거렸다.

"경고인가?"

머리가 복잡했다. 건드리는 시늉만 하다가 힘을 드러내고 돌아간 이유가 뭘까? 무슨 의도를 지녔을까?

이만하면 충분하다? 더 세상을 난장판으로 만들면 멀리서 공격하겠다? 아니면 다른 장소에 큰 문제가 생겼나?

반면에 협회장은 눈을 깜빡이며 작게 말했다.

"가지고 싶어."

저건 걸작이었다. 자신처럼 세계에게 사랑받는 수준의 명작이었다. 예술의 전당에 두면…

세계가 그 소망을 이루기 위해 움직이려는 그때, 클럽 회장이 말했다. 그 목소리는 거리를 넘어 울렸다.

"적당히 하십시오. 방금 돌아간 저 친구, 선 넘으면 멀리서 저격하려는 모양인데. 여기서 더 선을 넘으면 못 돌아옵니다."

무수한 제재가 들어갈 것이었다. 예술가협회가 버티기 힘들 정도로 많은 제재가.

그건 뒤로하더라도, 당장 확률을 조작하는 주사위와 소원
을 이뤄주는 황금만능주의가 협공할 것이었다.

협회장이 눈을 흘겼다.

"황금이 아까운 건 아니고?"

"황금이야 항상 아깝고. 이만 마무리합시다. 당신과 대
화만 해도 황금이 소모돼서. 봉인 한 달이면 적당하지 않습니
까?"

클럽 회장은 이번에 소모한 황금이 아까워 씁쓸한 목소리
로 말했고, 협회장은 마지못해 고개를 끄덕였다.

"하지만 이 파편들은 내 거야."

"저도 그건 건들 생각 없습니다. 아, 그리고 악마 숭배자랑
당신 협상해야 하는데, 내가 대신 해줄 수 있습니다."

서로 교환한 본진과 중요 인력들. 그 뒤처리.

협회장은 관심 없다는 듯 자리에 앉았다. 잔디가 서로 얽
히며 푹신한 잠자리를 마련했다. 기온 또한 딱 낮잠 자기 좋은
온도로 변했다.

그녀가 눈을 감자 파편에 어둠이 찾아왔으며, 주변에 무릎
꿇은 이상 개체들은 숨소리도 내지 못하고 굳었다.

"알아서 해."

"대리 협상한 보수는…"

"이사들한테 말해. 난 잠깐 잠이나 자야겠어."

협회장이 잠에 빠졌다.

클럽 회장은 곧장 연결을 끊으며 마지막으로 황금을 쏟아 부었다.

한 달간의 봉인.

상공에 멈춘 세 개의 파편 주변으로 황금빛이 번쩍였다. 협회장이 받아들였기에 황금빛은 찬란하게 빛나며 파편을 휘감았고, 곧 세 개의 파편이 사라졌다.

한창 말하느라 입이 마른 클럽 회장이 투덜거렸다.

"대화만 해도 손해를 보는 인간… 비서실장, 이번에 쓴 황금은 회사에 청구하십시오. 대신 일한 값은 받아야 하지 않겠습니까."

"예."

비서실장이 고개를 숙였다. 그는 이상한 표정을 지었다. 통화를 하며 느낀 이연우와 이곳에서 들은 이연우가 너무 달라서.

'위험 레벨 6이라고? 그런 느낌은 조금도 못 받았는데. 그냥 회사원 같던데.'

그리고 클럽 회장이 손가락을 딱 튕겼다.

"이연우, VIP 목록에 올리세요. 이번 일은 혹시 우연이더라도, 6레벨에 올라갈 잠재력이 있으니까."

"알겠습니다."

"그리고 예술가협회 대리해서 협상 진행할 준비…"

전쟁 뒤에도 클럽은 바쁘게 움직였다. 이번에 투자한 시간과 황금을 회수하기 위해.

다른 파편은 회사에 맡기고.

이연우는 콩닥거리는 심장을 쓰다듬었다. 전장에서 도망
쳤는데도 한번 놀란 몸은 좀처럼 진정하지 못했다.

"죽겠네…"

받아들일 수 있는 위험과 사건이 아니었다. 화면으로 본
전쟁터도 그랬고, 협회장이나 황금만능주의 같은 이상 개체도
그랬고.

그래도 어떻게 도망갈 수 있었지만, 이연우는 자신하지 않
았다.

'내가 어떻게 확률을 조작했지?'

이연우는 살짝 떨리는 손을 움직였다. 확률을 움켜쥐듯 주
먹을 쥐고, 허공을 휘젓고.

하지만 그때의 감각은 재현되지 않았다. 사실, 그 감각도
기억나지 않았다.

진짜 머리가 하얗게 질린 상태로, 본능적으로 살기 위해
발버둥 쳤을 뿐이었다. 그냥, 엄청 놀라서 비명을 지르면서 도
주했다는 체감만 남았다.

그때, 병실 문이 벌컥 열리며 마크 정이 들어왔다. 그는 근
처 카페로 가서 마실 것을 사 왔다며 커피 몇 잔을 찰랑찰랑 흔
들었다.

"조금 늦었습니다. 본사 돈으로 여기 계신 분들한테 다 돌리느라."

사후 세계와 융합돼서 병원에 마실 물이 없긴 했다. 녹물이나 핏물만 남았다.

"아, 좋은 일 하셨네요."

이연우가 손을 내밀자, 마크 정은 공손하게 웃으며 커피에 빨대를 꽂아서 건넸다.

"어휴, 아닙니다. 좋은 일은 이연우 씨가 하셨죠."

평소 기억 소거제 대비용으로 쓴 일기로 대략 기억을 복구한 마크 정은 이연우를 거의 이사 대하듯 접대하고 있었다.

그럴 만한 소식을 들었다.

"이연우 씨가 적에게 불운을 부여한 덕분에 진짜 위험한 파편들은 멸망주의자 머리 위로 떨어졌다고 합니다. 이 일로 줄인 피해만 해도 얼마나 큰지 아십니까?"

"…예?"

넋이 빠진 채로 있던 이연우가 고개를 들었다. 그는 어리둥절한 표정을 지었다.

"제가요?"

"예. 이사님이 아주 칭찬하셨습니다. 덕분에 멸망주의자한테 피해도 주고, 민간 피해는 줄이고, 시간도 벌었다고요."

"…제가요?"

이연우의 머리가 고장 났다. 안 그래도 지친 머리는 현실

251   전쟁

을 받아들이지 못했다.

"불운이 그렇게 오래갔단 말입니까?"

"이젠 사라졌지만, 사라질 즈음에 그렇게 됐다고 합니다."

멸망주의자도 적이긴 했다. 근본적으로 함께할 수 없는, 없어졌으면 좋겠는 집단이었고.

멸망주의자도 이연우를 적대했다. 지우개라는 멸망주의자의 최고 전력을 사살했고, 렙틸리언 보스를 폭주시켜 망쳤고.

마크 정은 눈을 반짝거리며 이연우를 보았다.

"거기에 예술가협회장한테 경고까지 하셨다고 들었습니다. 이연우 씨 때문에 한 달 봉인을 받아들였다던데."

"아니, 그건 뭔… 말이 안 되는데."

이연우는 혹시 자기가 이상 개체에 당했나 의심했다. 환각을 보여주거나, 꿈을 꾸게 만들거나.

진짜 말이 안 됐으니까. 그 협회장이 뭐가 아쉬워서 도망친 사람을 경고로 받아들인단 말인가.

'이거 어떻게 깨지?'

하지만 계속되는 마크 정의 말에 이연우는 현실을 받아들였고, 표정이 핼쑥해졌다.

"클럽이 정보 다 전해줬습니다. 이연우 씨가 위험 레벨 6의 힘을 과시하고 돌아갔다고. 협회장도 그것 때문에 물러났다던데요."

"아닌데. 그거 아닌데."

이연우의 손이 벌벌 떨렸다. 손에 쥔 일회용 커피 잔이 진동하며 커피가 흘러넘쳤다.

과대평가가 두려웠다. 어떻게 했는지도 기억 안 나는 행동, 우연히 찍은 최고점을 자기 능력으로 볼까 무서웠다.

"협회장의 간섭을 물리친 건 맞는데, 어떻게 했는지 기억도 안 나고, 다시 하라고 해도…"

"아닙니다. 이만한 능력은 자랑하셔도 됩니다."

"진짜, 진짜, 제 능력이 그 정도는 아닌데."

이연우는 불온한 미래를 보았다.

본사가 자기를 협회장과 동급으로 보고, 감당 못 할 임무를 내리는 미래.

마크 정은 알겠다는 듯 고개를 끄덕이면서도 이연우가 돌아버릴 말을 계속해서 뱉었다.

"걱정은 알겠습니다. 그만큼 위험이 따라올까 봐 그러시는 거겠죠. 하지만 이만한 힘이면 오히려 안전해집니다. 누가 감히 건드리겠습니까."

"아니, 진짜 아니라니까요!"

이연우는 거의 빌듯이 설명했고, 마크 정은 고개를 갸웃거렸다.

"그게 그거 아닙니까? 어쨌든 6레벨의 잠재력이… 아니지, 그만한 힘을 써봤다는 거 아닙니까? 시간문제 아닙니까?"

"…"

이연우의 입이 다물어졌다.

'시간문제긴 해. 시간이 지나면 주사위에 오염될 거고, 원하는 대로 가능성을 구현하는 수준에 도달하긴 할 거야.'

필요한 건 시간일 뿐이었다.

이연우는 허탈한 웃음을 지었다. 이왕 이렇게 된 거, 전부 이용하기로 마음먹었다.

"시간이 더 필요합니다. 얼마나 필요할지는 모르겠지만, 그들과 비슷한 수준까지 갈 수 있습니다."

차라리 키워야 하는 씨앗으로 보게 만들어, 회사가 애지중지 아끼게 만들겠다는 생각.

마크 정이 웃었다.

"이미 본사는 당신을 다시 평가하고 있을 겁니다. 이 정도 일 거라고는 상상한 사람이 없어서. 이번 전쟁 뒤처리도 나설 필요 없습니다. 푹 쉬라고 하십니다."

파편이든 뭐든, 이연우는 나설 필요 없다고.

그럴 만한 잠재력과 가치를 이연우가 보여줬다.

마크 정이 앞으로 바뀔 회사의 보수나 복지에 대해 어지럽게 설명했지만, 이연우는 한 귀로 듣고 흘렸다.

앞으로 상황이 어떻게 될지 고민하고, 협회장쯤 되는 상대로부터 어떻게 도망칠지 생각을 하고.

문득, 이연우의 눈이 빛났다.

'그래. 뭐가 상대든, 상황이 어떻든, 도망칠 능력만 챙기면 돼. 한 번 해봤으면 두 번도 될 거야.'

전후

이연우는 더러운 병실에서 쉬며, 마크 정을 통해 소식을 들었다. 본사에서 이연우의 위치를 조정했는지, 온갖 정보가 거짓 없이 고스란히 제공되었다.

단순한 현장직은 듣기 힘든 정보.

협회장의 봉인과 협상을 맡은 클럽과 복수의 악마.

"그래서 본진과 핵심 인력을 교환하기로 협상했다고 합니다."

"그… 이건 악마 숭배자들 자업자득 아닙니까?"

이연우는 애매한 표정을 지었다.

물론 협회장이 갑자기 튀어나왔다지만, 정신이 돌아버린 악마가 뒤통수를 때려서 생긴 일 아닌가 싶었다.

마크 정은 헛웃음을 지었다.

"악마가 그런 걸 신경 쓰겠습니까. 자기가 날뛸 명분 생기면 신나서 달려드는 놈들인데."

"그건 그런데…"

자기들 즐겁자고 본진을 전쟁터에 떨어뜨리는 놈들이다. 그 대악마는 복수가 좋고 난장판이 좋아서 예술의 전당에 쳐들어갔을지도 몰랐다.

'왜 정상이 없지? 그나마 회사나 클럽이 정상이야.'

이연우가 한탄했다. 세상에 미친 자들이 너무 많았다. 마법사들은 붉은 거인을 어디에 떨어뜨려야 재밌을까 말싸움을 한다지 않나.

멸망주의자, 예술가, 악마, 녹색협회, 다른 집단들. 전부 머리의 나사가 풀릴 대로 풀렸다.

"악마 숭배자 쪽에도 협회장급이 있고 해서, 아무 일도 없던 것처럼 깔끔하게 교환하는 걸로 협상한 모양입니다. 죽거나 파괴된 건 없어서."

마크 정의 설명에 이연우가 문득 고개를 들었다. 호기심이 생겼다.

"악마 숭배자 쪽에는 누가 있습니까? 협회장 같은 거요."

"저도 정확히는 모르는데…"

마크 정은 기억을 떠올리는지 눈살을 찌푸렸다. 곰곰이 생각하다가 말했다.

"악마는 아니고 숭배자입니다. 지옥에 가 있다고 듣긴 했습니다. 아마 죽지는 않았을 텐데, 뭘 하고 있는지는 모르겠습니다."

지구에 없으면 됐다. 지금까지 돌아왔다는 말도 안 들린다니, 신경 쓰지 않아도 될 듯했다.

이연우는 병실을 둘러보았다.

사후 세계와 융합되어, 공포 영화에서나 볼 법한 폐병원으로 변한 병실. 바깥에는 회사원 유령들이 떠돌고 있었고, 음산한 한기가 허공을 맴돌았다.

걱정되는 풍경이었다.

"파편들은 괜찮습니까? 오염이 문제라고 하지 않았습니까. 그리고 전쟁 중이던 놈들도…"

사후 세계가 현실로 쏟아져 내렸다. 평범했던 병원은 이상 개체가 되었다. 전쟁터에서 협회장을 보고 정신이 오염된 개체들도 날뛰지 않을까.

마크 정은 조금 어두운 표정으로 말했다.

"지금 한창 수습 중이라고 합니다."

"어떻게요?"

이게 수습이 되나?

아직 회사의 역량을 체감하지 못한 이연우가 걱정스러운 목소리로 물었고, 마크 정은 입술을 달싹이다가 머쓱하게 말했다.

"최선은 파괴고 추방이죠. 지금도 비슷합니다."

마크 정이 슬쩍 시선을 피했다.

"추방. 그냥 다 다른 세계에 버리기로 했습니다. 사실 사후 세계 전체를 추방하는 것보다는 파편들 따로따로 추방하는 게 쉬워서…"

"…"

이연우는 순간 기억을 떠올렸다. 나무 인간이 보여줬던 이상기후로 멸망한 지구.

그때 이차원에 건설한 이주지는 지구를 쓰레기통 삼아, 감당하기 힘든 이상 개체를 지구에 버렸다.

역시 회사다. 시나리오가 준비되어 있는지, 비슷한 문제 앞에서 비슷한 해답을 내놓았다. 오염 물질을 내다 버리겠다는 해답을.

이연우는 이런저런 말들을 떠올렸으나, 결국은 짧은 말을 뱉었다.

"마법사들 신났겠네요."

"안 그래도 지금 파티 분위기라고…"

얘는 저기에 풀어주면 잘 살지 않을까, 나 저 세계 싫은데 저쪽에 버리자, 의외로 다른 차원도 괜찮지 않을까.

마크 정은 몇 번 보았던 마법사들을 떠올리며 그들의 대화를 상상했고, 이연우는 피곤한 눈을 비볐다.

어쨌든 큰 문제 없다는 소리였으니까. 세상이 멀쩡하면, 이상기후처럼 대처 불가능한 문제가 아니면 안심해도 괜찮았다.

'내 일은 끝났어.'

이연우는 완전히 긴장을 풀고 누더기가 된 침대에 몸을 기댔다. 흐릿한 창, 깨지고 금 간 창문 밖에서는 소란이 한창이었지만, 그와는 상관없는 문제였다.

이연우가 잠들 기색을 보이자, 마크 정은 노트북을 켜고 귀에 이어폰을 꽂았다.

'일단 기억부터 복구하자. 그리고 이연우가 만들겠다는 부서 기획하고, 향후 계획도 준비하고.'

이연우의 일은 끝났지만, 마크 정의 업무는 아직 많이 남았다.

마크 정은 평소 저장해두었던 영상 기록을 재생하는 한편, 문서 업무를 시작했다.

그는 키보드에 손을 올리기 전 마지막으로 창밖을 보았다.

웅성거리는 사람들. 소란이 병실 안까지 들렸다.

"저기 운석 떨어진 곳 아니야? 완전히 망했는데? 저… 저 창문 깨지고 페인트 벗겨진 것 좀 봐."

"이곳은 상평시의 병원…"

경찰과 소방관이 통제하는 인파. 핸드폰을 높이 들고 떠드는 사람들. 생중계를 나온 언론사.

마크 정은 언뜻 미소를 지었다.

'비밀 유지는 그만뒀지. 그런데 정보 통제를 멈추진 않았어.'

새로운 시대에 맞는 정보 통제. 시대에 뒤떨어진 통제 방식은 그만두고 정보화 시대에 걸맞게 바꾼 정보부의 방식.

회사의 보호 아래 평범한 사람들은 결코 진실에 도달하지 못하리라. 이상이 넘쳐나는 세계를 안전하게 여기리라.

회사는 그동안 완전한 비밀 유지, 완전한 정보 통제를 추구했다. 조금의 정보도 흘러가지 않게, 일반인은 이상의 그림자도 인식할 수 없게.

하지만 시대가 변했다.

어디서나 접속 가능한 인터넷, 카메라가 달린 핸드폰, 누구나 쉽게 올리고 보는 정보.

사람 하나하나가 조사원이며 정보원이 되는 시대. 그 헤아릴 수 없는 정보의 바다.

기술이 발전할수록, 인구가 늘어날수록 회사는 한계가 다가옴을 느꼈다.

– 이대로는 안 된다. 우리는 더 이상 비밀을 유지할 수 없다.

– 해마다 소모되는 기억 소거제의 양이 기하급수적으로 증가하고 있으며, 모든 정보를 감시하는 자원 또한 그렇다.

그리고 이상기후가 찾아왔다.

회사는 비밀 유지를 그만뒀다. 어차피 포기할 지구와 죽을 사람들, 비밀 유지 따위에 투자할 자원은 없었으니까.

하지만 이상기후는 사라졌고, 회사는 정보 통제 방식을 바꿨다.

더 효율적으로, 이 시대에 걸맞게.

- 빅 브라더는 현대에 어울리지 않습니다.

- 사람들이 자유의지로 관심을 가지지 않게, 진실을 찾지 않게 만듭시다. 다른 나라에서는 전쟁이 한창이어도 그 소식을 찾지 않듯이 말입니다.

- 정보 검열 시스템을 조금만 바꾸면 더 적은 자원으로 전 세계를 감시할 수 있습니다. 80억 인구가 우리의 눈이 되어줄 겁니다.

- 또한, 끈질긴 사람들은 조사원으로 쓸 겁니다.

그게 지금이었다.

기자 김덕복은 담배를 태우며 핸드폰을 노려봤다. 그가 기자로서 일하는 방송국의 긴급 방송이었는데, 그로서는 도무지 이해할 수 없는 수준의 방송이 송출되고 있었다.

아니, 모든 방송이 그러했다.

김덕복은 실시간으로 송출되는 방송들을 둘러봤다.

- 이건 종말입니다! 창조주께서 우리를 벌하시는…

- 제가 신내림을 받았는데, 저건 저승입니다. 저승이 역류했습니다. 어떻게 아냐고? 신께서 알려주셨어!

- 렙틸리언의 공격이 분명합니다! 모두 렙틸리언을 경계하십시오! 청와대 공격을 잊어서는 안 됩니다! 우리 주변에 렙틸리언이…

- 렙틸리언 그거 전염병이라고 밝혀진 게 언젠데!

자칭 전문가라는 사이비들이 게스트로 나와 헛소리를 늘어놓았다. 때로는 사이비들이 멱살을 잡고 싸우기도 했다.

- 운석이 반투명하다고 무슨 초자연현상이라고 하시는데, 이건 드물게 볼 수 있는 현상입니다. 대기권의 수증기가 빛을…

그나마 교수의 설명만이 그럴듯하게 다가왔다.

"이건 아닌데."

김덕복이 피곤한 마음에 다른 방송으로 들어가자, 정치, 연예인, 기업, 외교, 다른 나라 이야기, 예능, 스포츠, 수많은 정보가 흘러넘쳤다.

김덕복은 무슨 걸그룹 무대를 보다가 퍼뜩 정신을 차렸다.

이럴 때가 아니었다. 진실을 밝혀야 했다. 청와대 테러를 기점으로 이상해진 세상의 진실을 알아내서 모두에게 알려야 했다.

"분명히 진상은 따로 있어."

왜냐면, 그는 파편이 병원에 떨어지는 걸 직접 보았으니까. 운석 충돌과는 다른 것을 보았으니까.

그걸 보는 순간, 평소 가지고 있던 의심은 확신이 되었고, 담배가 끝까지 탔다.

김덕복은 고민하다가, 그가 부업 삼아 실시간 스트리밍하던 동영상 플랫폼으로 들어갔다.

수많은 영상이 올라오는 플랫폼은 김덕복이 들어오길 기다렸다는 듯, 김덕복 취향의 영상을 추천했다.

걸그룹, 이상 현상을 탐사하는 동영상, 그가 일하는 방송국의 영상, 영양제 광고 등등.

그중 그의 흥미를 끄는 영상이 있었다. 무슨 눈사람이 사람을 죽인다는 영상.

"제법 상세한데…"

김덕복이 영상을 보니, 지역과 사고 사례가 자세했다. 마치 누군가 1차로 정보를 수집한 듯한 모양.

김덕복은 고민하다가, 그 사건을 취재하기로 결정했다.

그는 얼른 담배꽁초를 재떨이에 버리고, 추위에 얼어붙은 손을 꼼지락거리며 자동차로 돌아갔다.

진상을 알 수 있으면 좋고, 몰라도 기사로 쓸 수 있을 것 같았다. 또한, 취재 과정을 스트리밍할 수도 있고.

김덕복이 탄 차가 겨울의 도로를 달렸다.

그는 알지 못했다. 그의 알고리즘에 추천된 영상은 회사가 만들어 일부러 추천한 영상이었음을. 저도 모르는 사이에 회사의 눈으로서 조사를 나간 것도.

그의 스트리밍을 보는 시청자는 회사의 AI이며, 실제로는 송출되지 않는다는 사실 또한 몰랐다.

139

시간이 멈췄다.

이연우는 주사위가 굴러 저항에 성공했고, 위화감에 저절로 잠에서 깬 눈치껏 상황을 파악했다.

정적이 내려앉은 병원. 근처에서 노트북을 두드리던 자세로 멈춘 마크 정과 창밖에서 석상처럼 굳은 사람들.

'시간 정지. 고장 난 시계겠지.'

이전에 겪었던 시간 정지. 아마 사태를 수습하기 위해 회사가 작동한 모양이었다.

시계초침제작소로 가 비상 통신망을 확인하면 확실히 알겠지만, 이연우는 굳이 찾아갈 생각은 하지 않았다.

거리가 멀어서 귀찮기도 했고, 회사원을 직접 만나기도 해서.

벌컥.

무슨 우주복 같은 걸 입은 특수 요원은 설렁설렁 병실로 헬멧을 들이밀었는데, 멀쩡하게 움직이는 이연우를 보고는 펄쩍 뛰어올랐다.

"으아악! 안티 타임 이상 개체다! 어째서!"

"…괜찮으세요?"

이연우가 혼자 뒤로 자빠진 특수 요원에게 어색하게 묻자, 특수 요원은 슬금슬금 뒤로 기어갔다.

더러운 물웅덩이가 물방울이 되어 사방으로 튀다가, 멈춘 시간 속에서 허공에 박제되었다.

"오… 오지 마!"

황급하게 무기를 찾아 손을 휘젓는 모양새가 오발 사고라도 터질 것 같았다.

이연우는 얼른 손을 들었다. 무장하지 않은 손을 활짝 펴 보여줬다.

"이상 개체 아니고 평범한 조사원입니다. 시간 정지에 저항할 수 있어서. 그쪽은 누구십니까?"

"아."

침착한 이연우의 태도에 특수 요원은 한참 동안 숨을 헐떡이더니 민망하게 웃으며 일어났다.

"사태 수습팀에 징집된 직원입니다. 이 병원은 회사가 보존하기로 했는데, 한번 둘러보라고 해서 돌아다니고 있었습니다."

눈을 내리깔고, 시간 정지에 저항하는 장비인지 우주복인지를 살피면서 돌려준 답. 회사원답지 않은 추태가 부끄러운지 목소리가 떨렸다.

'징집? 전문 요원 말고 빨리 쓸 수 있는 사람을 대충 끌어모았나? 아니면 이 사람만 이런가.'

혼자 이 병원에 보낸 거 보면… 이연우는 머리를 긁적이다가 물었다.

"고장 난 시계 맞습니까?"

"아시는구나. 저는 얼마 전에 알았는데. 시간 멈춰놓고 사태 수습팀이 마법진 그리고 조사하고, 마법사들 옮겨놓고, 뭐 그러고 있다더라고요."

시간 끌기 싫은지 종말 방어 장치까지 이용한 모양이었다. 이연우가 고개를 끄덕이다가 질문했다.

"오래 걸립니까?"

"그건 저도 모르겠네요. 아, 그보다 뭐 좀 물어봅시다."

한창 우주복을 휘저으며 흠집을 확인하던 요원이 진정했다. 얼굴의 붉은 기가 가라앉았다. 요원이 문득 헬멧을 들었다.

요원이 눈을 반짝이며 이연우를 보았다.

"여기 계속 계셨던 거죠? 무슨 일이 있었던 겁니까?"

"파편 떨어지고, 귀신이랑 기계 인간이 날뛰고, 회사원 유령이 나타나서 정리하고…"

정보를 주의 깊게 듣던 요원은 중간중간 질문을 던졌고, 원하던 정보를 얻자 뒤로 물러났다.

"협조 감사합니다. 저는 병원 한번 돌아보고 다른 지역 지원 가야 해서. 그런데 진짜 부럽네요. 맨몸으로 저항하는 거. 우리는 작전 끝날 때까지 이 슈트 못 벗는데."

요원은 씻지도 못하고, 밥도 유동식을 빨대 같은 걸로 빨아 먹어야 한다고 투덜거리며 떠났다.

둔중한 발소리가 멀어졌다.

"별문제 없겠… 아니, 이런 말 하지 말자."

이연우는 자기 입을 찹찹찹 때린 후 주변을 두리번거리다가, 마크 정이 작성하다가 멈춘 문서를 보았다.

주사위 이용권 판매를 업무 삼는 부서. 이연우가 새로 맡을 부서.

'이거나 고민해볼까.'

앞으로 바뀔 업무였고, 그가 부서장으로 있을 부서였다. 아무리 마음에 안 들면 취소하면 된다지만, 이연우는 진지하게 미래를 그렸다.

그러던 중 이연우는 문득 깨달음을 얻었다.

'이거 꼭 해야 하나? 적당히 회사 보호 받으면서 시간 보내면 안 되나?'

멈췄던 시간이 다시 흐르기 시작했다.

납치되듯 옮겨진 마법사들은 어리둥절한 표정으로 준비된 마법진을 보았고, 회사원의 재촉에 불만 가득한 표정을 지었다.

"아, 여기에 버릴 생각은 없었는데."

"어디 가서 말하지 마십시오. 제가 쓰레기 버렸다는 거 알면 보복당하지 않습니까."

단순하게 보면 쓰레기 투기였고, 극단적으로 보면 이상 공격이었다. 다른 이차원이 어떻게 반응할지 알 수 없었다.

솔직히 지구 출신 마법사들이 쌓은 업보도 꽤 컸고…

"추방!"

어찌 되었든 파편들은 무사히 추방되었다. 세상을 오염시키는 위험한 이상 개체와 함께.

그렇게 긴급하게 처리할 사태는 마무리되었고, 이상 세계의 여러 집단은 천천히 열을 식히기 시작했다.

피해를 집계하고, 그 피해를 복구하고, 잃어버린 이상 개체를 아까워하고, 전후에 재편될 미래를 계획하고.

이연우 또한 미래를 준비했다.

"그래서 말인데, 이용권 꼭 팔 필요는 없지 않을까요? 어디 최후의 셸터 같은 곳에서 시간만 보내면 되지 않습니까."

이연우는 진심을 담아 이야기했다. 그의 눈이 희망으로 빛났다.

대충 회사의 집중적인 보호를 받으며 안전한 장소에서 삶을 보낸다. 그 시간만 잘 보내면, 누구도 그를 위협할 수 없는 수준에 다다른다.

그야말로 완벽한 미래였고, 인생이었다.

마크 정은 멍하니 노트북 화면과 이연우를 번갈아 보았다.

"이용권 판매 안 하시고요?"

"예. 폐쇄적인 장소여도 상관없습니다. 사실 인터넷만 되고 밥만 잘 나오면 얼마든지 버틸 수 있어서…"

이연우는 말을 할수록 훌륭한 미래가 눈앞에 아른거려 목소리를 높였다.

"시간만 주시면 위험 레벨 6에 오릅니다. 진짜요. 협회장이나 황금만능주의? 그거랑 비슷해진다니까요? 잘 보호하고 밥만 챙겨주면 회사의 최고 전투 병력이 나온다는 말입니다."

"…"

마크 정이 이상한 표정을 지었다.

필사적으로 부정할 때는 듬직했는데, 갑자기 믿음이 확 떨어지는 느낌.

'물론 거짓말은 아니겠지만…'

회사가 이만한 인력을 쉽게 둘 리는 없었다. 이연우가 이미 실력으로 증명했으니까. 보호는 필요 없다는 증명.

"이연우 씨, 이미 협회장 앞에서도 도망치지 않았습니까. 어떤 보조 없이 혼자서요."

순간, 이연우가 말을 멈췄다. 등골을 타고 오르는 불안감. 회사의 과대평가.

"그건 우연이고, 재현도 못 하고, 기억도…"

"협회장입니다. 그녀가 당신을 인지했고, 당신이 그곳에 있기를 바랐습니다. 우연으로 도망칠 상대가 아닙니다."

마크 정은 물론이고 본사까지 동의하는 판단이었다.

도주에 성공했다고? 펑펑 터지는 폭탄이 협회장한테서도 돌아올 수 있다고? 인간 종말 방어 장치 느낌으로 업무 주면 되겠는데?

보호? 오히려 이연우로부터 인류를 보호해야 하지 않을까? 잘못 터지면 망하잖아.

거기에 클럽 회장도 보탰다.

"클럽 회장이 극찬했다던데요. 최소한 6레벨에 발은 걸쳤다고. 언제 몰래 이런 사람을 키웠냐고."

"아닌데."

이연우의 이마에 식은땀이 흘렀다. 두 갈래 길이 보였다.

'이대로면 망한다. 보호받기는커녕, 본사한테 등골 뽑히는 길만 보여. 차라리…'

마크 정의 눈동자가 수상하게 빛났다. 이연우는 다급하게 고개를 끄덕였다.

"이용권 판매하겠습니다. 제가 생각을 해봤는…"

차라리 한국 지사에 부서 하나 만들어, 본사의 영향력에서 조금이라도 벗어나는 게 나을 것 같았다. 조금 찾아보니 지사와 본사가 수직적인 관계는 아니었으니까.

이연우는 시간이 멈추었던 동안 심심풀이로 구상했던 내

용을 빠르게 쏟아냈다.

"일단 한국 지사에서만 시험 삼아 운영해보고, 몇 달 뒤에 계속할지 정하는 게 좋겠습니다. 사무실도 건물 새로 구할 필요 없이 조사반 건물 쓰고요. 대가는 모르겠지만, 실패나 대실패 위험성 고지하고…"

전쟁과 관계가 없어 평온한 조사반 사무실.

"그렇게 되었습니다."

이연우가 어색하게 웃으며, 반장과 유지유에게 말했다.

두 사람은 얼떨떨한 표정으로 이연우를 보다가, 뒤늦게 입을 열었다.

"부서 만들어서 독립한다고?"

"부서장 됐다고요?"

"그렇게 거창한 건 아닙니다. 그냥 다른 부서나 집단 사람들 요구대로 주사위 굴려주는 일이라 계속 유지될지도 모르고요."

유지유가 헤 입을 벌리고 있다가, 갑자기 박수를 짝짝짝 쳤다.

"축하해요! 승진했네요! 아니, 좌천인가? 특수 조사원 직위는 어떻게 되는 거예요?"

"그건 계속 가지고…"

비슷한 나이인 유지유와 이연우가 이런저런 말을 주고받

았다. 부럽다, 조사원보다 안전한 일 아니냐, 월급 얼마나 받냐, 거기 직원 안 필요하냐…

한편 반장은 눈동자를 대굴대굴 굴렸다. 차마 이연우에게 하지 못할 말이 떠올랐다.

'회사 괜찮나?'

안 그래도 사건 사고를 몰고 다니는 애인데, 실험에 쓰겠다고 이연우 불렀다가 문제만 생기지 않을까?

그때, 유지유가 침묵하는 반장을 보았다.

"반장님, 서운해요?"

"아니, 그건 아니고. 연우야, 그… 주사위 어디 가서 굴려주냐?"

"아, 그게…"

이연우도 반장의 생각을 눈치채고 볼을 긁적였다.

"회사에는 안 팔려고 했는데, 연구원들이 항의를 엄청 해서…"

이연우가 사고를 터뜨린다는 건 본사도 알고, 한국 지사도 알았다. 그래서 회사에서 안 터지게 처음부터 막을 생각이었지만, 그 소식을 어떻게 들었는지 연구원들이 단체로 드러누웠다고.

"아마 사고 몇 번 터지면 다들 피할 거라고, 부서 몇 개 희생양 삼겠다고 합니다."

"어…"

반장은 입을 달싹거리다가, 돌연 주먹으로 책상을 쾅 내리쳤다.

"어쨌든 승진 축하한다! 고기나 먹자!"

다른 부서 일이 알 바인가? 거기다 사실 아래에 두기에는 감당하기 힘든 직원이기도 했고.

좋은 일이었다. 당분간은 이상 조사반 사무실에서 일하기까지 하는데, 쓸데없는 걱정은 불필요했다.

◆

외계인

새해를 맞이한 지 얼마 지나지 않았다. 전쟁으로 어수선했던 분위기는 다른 느낌으로 들떴고, 사람들은 아직도 날짜를 작년으로 잘못 쓰는 실수를 반복했다.

날짜로는 기껏해야 작년과 며칠 달라졌을 뿐이지만, 사람들은 새로운 사람이 된 듯 이루지 못할 다짐을 하고, 희망찬 미래를 그리고, 새해 분위기를 즐기느라 바빴다.

이연우 역시 새로운 1년을 맞이했다.

조사원이 아닌, 부서장으로서.

- 불우 이웃을 도와주세요. 제 보험회사가 하루아침에 망했습니다. 여러분의 관심이…

"안 사요."

이연우는 새해부터 걸려 온 스팸 전화를 끊고, 마우스를 바쁘게 움직였다.

딸깍딸깍.

이연우는 회사 시스템을 둘러보았다.

새로 만들어진 부서, 주사위 이용권을 파는 도박 근절 센터에 의뢰가 잔뜩 들어왔다. 한참을 스크롤해도 끝이 안 보일 만큼.

"연구소, 학회, 부서… 클럽도 많고. 녹색협회, 예술가, 악마? 악마는 왜?"

이연우는 머리를 부여잡았다. 회사가 홍보라도 했나? 왜?

'내가 왜 도박 근절 센터로 이름을 지었는데. 주사위로 도박하지 말라고. 실패하고 대실패 나온다고.'

제발 일 시키지 말아달라는, 이상한 요청은 하지 말라는 염원을 담아 지은 이름이었다.

염원과 달리 일거리가 쏟아졌지만.

그때, 유지유가 슬그머니 머리를 들이밀었다. 호기심으로 빛나는 눈동자가 이연우의 모니터를 빠르게 훑어보더니, 동공이 크게 확장됐다.

"멸망주의자도 있는데요? 지구 멸망 굴려달라는데요?"

"그것만 있는 게 아닙니다."

이연우가 빠르게 마우스를 움직였다. 헛웃음이 나올 정도로 어처구니없는 의뢰가 몇 개 있었다.

"녹색협회는 위대한 나무의 씨앗을 이동시켜달라고 하고, 예술가는 협회장 봉인 풀어달라 하고, 악마는 그냥 굴려달라

하고…"

"회사에서 검열 안 해요?"

회사가 거부할 제안이 그대로 들어왔다.

유지유가 어이없다는 표정을 짓자, 이연우는 피곤한 얼굴로 한숨을 쉬었다.

"제가 알아서 구별하라고 합니다."

좋게 말하면 믿음이었다. 선 넘는 의뢰는 이연우가 알아서 거부할 것이라고. 이연우에게 모두 맡기겠다고.

그쯤에서 반장이 몸을 일으켰다. 어디 나가려는지 옷가지를 챙기던 반장이 지나가듯 툭 말했다.

"네 성격 분석하려는 모양이다."

"아! 맞아요. 언니도 비슷한 일 겪었다고 했어요."

그 말을 듣자, 정보부의 유령을 언니로 둔 유지유는 뭔가 떠올렸는지 머리 위로 느낌표를 띄웠다.

"정예 요원부터는 생화학 무기나 대량 학살 병기로 봐서, 이런저런 방식으로 인성 분석하고 시험하고 그런다고 했는데."

사람 하나로 보기에는 가진 무력이 남다른 인간들. 이상 개체에 가까운 생체 병기.

이들이 돌아버리면 그 여파가 작지 않았기에 회사는 여러 시스템과 절차로 이들의 정신 건강을 항상 체크하고, 또 분석했다.

하지만 정보부의 유령은 평소처럼 기밀 정보를 훔쳐보다

가 그 계획을 알았고, 이연우는 반장과 유지유 덕에 회사의 의도를 파악했다.

이연우가 새삼스레 넘쳐나는 의뢰를 보았다. 귀찮은 일거리가 다르게 보였다.

회사가 내민 시험지.

'확실히…'

온갖 부서와 집단. 개성 가득한 의뢰와 그들이 내민 서로 다른 보상.

한두 번으로 끝나지 않을 일이었고, 그렇게 쌓인 데이터가 충분히 많아지면 사람을 분석할 수 있을 것 같았다. 뭘 선호하고, 뭘 피하고, 무엇을 원하는지.

'나를 반쯤 위험 레벨 6으로 보고 있으니까.'

이해할 만한 행동이었다. 그리고 꺼림칙한 것도 없었다.

"그러면 제 마음대로 고르면 되겠네요."

들키고 싶지 않은 속내가 없었으니까.

'내가 멸망주의자도 아니고, 거창하게 바라는 것도 없고, 강하게 추구하는 신념도 없는데.'

이연우는 편안하게 의뢰 목록을 뒤졌다. 오직 그의 취향에 맞는 의뢰를 찾아서.

유지유가 질문했다.

"그래도 첫 업무잖아요. 의미 있는 업무 같은데, 뭘 고를 거예요?"

"간단합니다."

유지유의 반짝이는 시선 속에서, 이연우는 빠르게 마우스를 클릭하여 말도 안 되는 의뢰들부터 쳐냈다.

"멸망주의자는 일단 거부하고, 협회장 같은 거랑 엮이는 것도 무조건 거부할 겁니다."

집단 중 멸망주의자가 제외되었다. 또한, 위험해 보이는 의뢰도.

'협회장 같은 거랑 엮이는 일은 당연히 안 할 거고. 이건 실패나 대실패가 무섭고. 이건 그냥 위험하잖아.'

그렇게 선별하니 길었던 목록이 제법 줄어들었다.

남은 것 중 대가가 마음에 드는 의뢰를 고르면 됐다. 이연우가 주의 깊게 목록을 살폈다.

'보상. 뭘 고를까.'

돈을 가장 많이 주고, 드물게 이상 장비나 이상 개체를 보상으로 주는 의뢰. 이연우의 눈이 느릿하게 글자들을 읽었고, 머리가 바쁘게 돌아갔다.

'이건 도움은 안 되지만 좀 가지고 싶은데.'

그때 반장이 주섬주섬 차 키와 지갑 따위를 챙기더니, 조사원 하나와 조사원이었던 직원 하나를 힐긋 보았다.

"출장 나간다. 적당히 시간 때우다가 퇴근해."

"아, 강의하러 가신다고 했죠?"

유지유가 책상 칸막이 위로 머리를 들었다. 반장은 대충 손을 저었다.

"귀찮아도 해야지."

"오."

유지유는 뜻 모를 감탄을 터뜨렸다.

자기 계발 강좌처럼, 회사의 직원이 다른 직원들을 상대로 강의하는 자리. 때로는 연구원이 교양 수준으로 이상학을 가르치기도 했고, 때로는 전투원이 작전 이야기를 풀기도 했다.

그리고 조사원은…

"미지의 이상 개체 만나고 어떻게 임기응변으로 대응하는지, 대충 경험 몇 개 이야기하면 돈 들어오는데."

생존 경험을 이야기했다.

정보를 어느 정도 습득한 상태로 일하는 대부분의 연구원이나 전투원과 달리, 미지의 이상 개체를 조사하는 업무.

이런 요령은 누구에게나 쓸모가 있어, 반장은 주기적으로 강의를 나가는 편이었다.

두 사람이 그 자리에서 가볍게 고개를 숙였다. 칸막이 아래로 머리가 사라지면서, 인사말이 흘러나왔다.

"다녀오세요!"

"오냐."

"길 조심하십…"

"조용히 해! 네가 조심하라고 하면 사고 날 거 같으니까."

반장은 괜히 투덜거리며 사무실을 떠났다.

유지유는 머리를 매만지다가 다시 자기 자리로 돌아가 인터넷을 돌아다녔고, 이연우는 심혈을 기울여 첫 업무를 골랐다.

반장의 말을 듣고 초심을 되찾았다.

'역시 생존이 우선이지. 괜찮은 장비는 안 주나? 내 약점을 보충하거나, 강점을 살려주는 그런 거'.

인지능력을 향상해주거나, 재생력을 강화해주거나, 아니면 행운을 더해주거나.

하지만 그런 걸 보상으로 제시한 사람은 없었고, 이연우는 가장 안전해 보이는 요청을 선택했다.

[관측 보조 요청]

- 명왕성의 태양계 행성 복귀를 원하는 사람들의 모임.

- 이상에 오염된 명왕성이 관측에서 벗어나고 긴 시간이 지났습니다. 우리는 주사위의 힘을 빌려 명왕성을 관측하고자 합니다.

- 장소…

장소는 외딴곳의 천문대였고, 보상은 단순한 돈이었다. 수락 버튼을 누른 이연우는 가볍게 생각했다.

'관측이면 실패나 대실패를 해도 큰 문제는 없겠지'.

그렇게 도박 근절 센터의 첫 번째 업무가 결정되었다.

이연우는 시계를 보고, 곧바로 떠났다. 유지유는 혼자 남아 좋다며 얼른 가라고 손을 휘저었고, 이연우는 차를 몰고 한적한 시골로 달렸다.

차가 붐비는 도시를 벗어나고도 한참을 달려, 차는커녕 사람 사는 집조차 보이지 않는 외딴 평지.

덜컥.

이연우는 차에서 나오며 주변 환경을 둘러보았다.

"진짜 아무것도 없네…"

천문대가 있을 법한 평지. 별 관측을 방해하는 빛을 피해 정식 도로조차 없는 곳에 지어졌다.

이연우는 눈이 쌓인 길을 걸었다. 푹푹 빠지는 발을 힘겹게 옮기며 정문에 도착하니, 닫힌 철문과 보안 요원이 그를 맞았다.

"관계자 외 출입 금지 구역입니다."

"아, 회사에서 나왔습니다."

"예? 오늘 방문 예정 없는데."

"도박 근절 센터 이연우입니다. 안쪽에 여쭤보십시오."

이연우가 새로 만든 신분증을 보여줬다. 테이저건과 무전기를 든 보안 요원은 당황하며, 안쪽에 통신을 걸었다.

이연우는 가만히 서 있다가, 문득 이상한 생각이 들었다. 이제 와서 느끼는 미묘한 위화감.

'…회사원끼리는 뭐가 통하나? 그냥 회사원이라고 하면 대부분 믿잖아.'

생각해보면 회사원이라고 밝히면 의심하는 꼴을 거의 못 본 것 같았다. 남이 변장하거나, 아예 몸을 빼앗을 수도 있는데.

"확인했습니다. 들어오십시오."

보안 요원이 머쓱하게 웃으며 철창을 열자, 이연우는 가볍게 질문했다.

"그런데 회사원 사칭하는 경우도 있지 않나요?"

"거의 없습니다."

보안 요원이 잡담하듯 말했다.

"이게 미신인데, 회사원 사칭하면 회사가 잡아가서 진짜 회사원으로 만든다는 괴담이 있어서… 보통은 습격하거나 몰래 들어오는 편입니다."

"아."

이상이 넘쳐나는 세상이었다. 단순하게 재미를 위한 괴담도 괴담으로 넘어갈 사람은 적었다.

이연우조차 진실을 의심했다.

'진짜 비슷한 이상 개체 있는 거 아니야?'

의심에 물든 표정을 본 보안 요원이 웃었다.

"그냥 미신입니다. 회사원 사칭하는 적대 개체는 결국 회사에 잡히니까, 이상하게 왜곡된 괴담이겠죠. 자, 안으로 들어가십시오."

보안 요원이 손을 뻗어 높은 건물을 가리켰다. 그쪽까지 길이 일직선으로 뻗었다.

"예, 고생하십시오."

이연우가 들어가니, 한산한 1층으로 연구원 하나가 허겁지겁 뛰어왔다. 자다가 나왔는지 부스스한 느낌의 연구원은 조금 당황한 표정이었다.

"아니, 이렇게 일찍 오실 거라고는 생각하지 못했는데."

"이왕 하는 일 빨리하려고 바로 왔습니다."

그리고 빨리 왔다고 해도 오후인데. 이연우가 그렇게 말하자, 연구원은 눈을 깜빡였다.

"별 보려면 밤 되어야 하는데요?"

"…아."

천문대여도 회사의 부서라서 시간 상관없을 줄 알았는데. 이연우는 어벙한 표정을 지었고, 연구원은 머리를 긁적였다.

"이렇게 된 거 천문대 구경이나 하십시오. 그렇지, 외계인 보시겠습니까?"

"외계인이요?"

갑자기 외계인이? 이연우는 에코백을 고쳐 메며 장비를 확인했다. 호기심보다는 경계가 앞섰다.

연구원은 그런 기색도 모르고, 복잡한 표정을 지었다.

"이상에 멸망한 머나먼 문명 최후의 생존자가 이곳에 있습니다."

141

이연우는 곧바로 질문했다.

"외계인, 안전합니까?"

흥미가 없다고 하면 거짓말이었다. 다른 것도 아니고 외계인이었고, 외계 문명 최후의 생존자라고 하지 않나.

하지만 어디까지나 핸드폰 화면을 통해 영상이나 이미지로 볼 때의 이야기지, 실제로 얼굴을 맞댄다고 생각하면 이야기가 달라졌다.

'심지어 최후의 생존자라고 했어.'

이연우의 손바닥에 끈적한 식은땀이 맺혔다. 경계심이 바짝 솟았다.

문명 하나, 별 하나가 멸망했는데도 생존한 존재가 만만할까? 이런 한산한 천문대가 감당할 수 있는 존재가 맞을까?

연구원은 둔해 보였는데도 이연우의 긴장을 알아챘다. 연구원은 깊은 탄식을 뱉었다.

"괜찮습니다. 진짜로요. 다 죽어가는 사람한테 호흡기만 붙여둔 느낌이라. 오히려 불쌍한 존재예요. 정말로…"

이미 몇 번 교류를 마쳤는지, 외계인에게 깊이 공감하는 말. 목소리에 담긴 깊은 연민과 존중과 슬픔과 경탄.

이연우의 머리가 빠르게 회전했다.

'정신 조작인가?'

이연우는 슬그머니 주머니로 손을 뻗었다. 문제가 느껴지는 순간 도망치기 위해, 시간을 사는 지폐를 쥐었다.

연구원은 빙그르 몸을 돌렸다.

"직접 보시면 알 겁니다."

이연우는 그 뒷모습을 보다가, 툭, 질문을 던졌다.

"꼭 봐야 합니까?"

"보기 싫으시면 상관은 없는데, 명왕성의 이상 장막을 뚫는다는 게 무슨 의미인지 더 잘 이해하실 수 있을 겁니다. 개인적으로 그들의 이야기를 더 많은 사람이 알았으면 좋겠고요."

연구원이 걸음을 멈췄다. 연구원의 앞에는 위로 올라가는 계단과 지하로 내려가는 계단이 있었다.

연구원은 어떻게 하겠냐는 듯, 고개만 돌려 이연우를 보았다. 이연우는 눈을 가늘게 떴다.

'…외계인을 미래의 나와 같은 수준으로 가정하면 도망치기에는 이미 늦었지. 그쪽 영역에 들어온 거니까.'

이연우는 최악의 상황을 가정했다. 미래의 자신. 외계인은 이상기후로 멸망한 세상의 마지막 생존자인 그것과 비등하다고.

그렇다면 이제 와서 야단법석을 떨기도 힘들었다. 차라리 차가운 머리로 살길을 찾아야지.

이연우가 걸음을 디뎠다.

"한번 봅시다."

그들은 지하로 내려갔다. 계단을 타고 깊은 곳으로 한 칸씩 꾸준하게.

연구원은 경건한 자세로 옷매무새와 헝클어진 머리를 다듬으며 말했다.

"사실, 지금도 그들이 어디서 왔는지는 모릅니다. 멀리서 온 운석이 그들의 기원인데, 기억을 읽어봐도 정작 그 운석이 어디서 시작되었는지 모르겠거든요."

"무슨 외계인입니까? 명왕성?"

"명왕성은 고향을 떠난 그들이 착륙한 장소일 뿐이죠. 태양계로 날아온 그들 대부분이 명왕성으로 떨어져서…"

정보를 얻기 위한 질문이었지만, 여전히 아무것도 알 수 없었다.

이연우가 조금 더 직접적으로 질문했다.

"외계인은 무슨 힘을 지녔습니까?"

"강인한 생명력이요. 하지만 이조차도 그들 문명의 산물이죠. 그들은…"

연구원이 말을 끌었다. 이연우는 귀를 쫑긋 세웠다. 연구원이 복잡한 감정을 담아 말했다.

"이상으로 인한 오염을 가속하고, 오염을 원하는 방향으로 유도하는 기술을 가졌습니다. A에 오염되어도 A부터 Z까지 원하는 결과를 내는 기술을요."

이연우가 순간 걸음을 헛디뎠다. 그 기술의 전능함을 깨달았다.

'전염병 형태의 이상에 오염되어도, 전염병이 아니라 초인을 만드는 식으로 쓸 수 있다는 거잖아. 아니, 상상이 닿는 모든 이상 개체로 변할 수 있다고.'

단어 그대로 전능이었다.

집을 짓는 이상 개체, 공간을 확장하는 이상 개체, 시간을 조종하는 이상 개체, 식량을 만드는 이상 개체, 생물과 무생물, 시간과 공간을 가리지 않고 필요한 모든 것을 만들 수 있었으니까.

'통제되는 오염은 오염이 아니잖아. 신의 권능이지.'

이연우의 경계심이 더 강해졌다. 에코백을 꽉 쥐고, 감각을 곤두세우고.

연구원은 씁쓸하게 웃었다.

"그들은 그 기술로 찬란한 문명을 세웠고, 또 그 기술로 멸망했죠. 하지만 그들은… 아, 다 왔네요."

그들이 지하에 발을 디뎠다. 철문 하나가 덩그러니 기다리는 지하.

삑삑.

연구원은 익숙하게 비밀번호를 누르고, 사원증으로 인증하고, 자물쇠를 끼리릭 돌려 문을 열었다.

두꺼운 철문이 둔중한 소음을 내며 밀려났다. 그 틈새에서 스며 나오는 냉기. 이연우가 오들오들 떨었다. 입에서 허연 입김이 쏟아졌다.

무슨 냉동 창고에 들어온 것처럼 추웠다.

"들어가겠습니다."

연구원은 옷을 꽁꽁 싸매며 말했고, 이연우는 잔뜩 긴장한 눈으로 철문을 보았다.

연구원이 활짝 열린 문으로 걸어 들어갔다. 이연우는 바로 들어가지 않고 몸을 앞으로 기울이며 안쪽을 보았다. 그리고 눈을 깜빡였다.

"…외계인 어디 있습니까?"

"여기 이분입니다."

"이게요?"

연구원은 고개를 끄덕였다. 그러고는 투명한 유리 상자 앞으로 다가가, 차가운 유리 벽에 손을 올렸다.

"외계인 맞습니다. 냉동되고 정지되고 봉인된 상태지만요."

이연우는 얼이 빠져 멍하니 유리 상자를 보았다.

유리 상자 안에는 운석 하나가 있을 뿐이었다. 검고 탁한 질감의 암석으로 이루어진 운석. 잔뜩 갈라지고 깨졌으며, 생명의 모습이라고는 조금도 보이지 않았다.

뇌파 측정기 같은 것이 주렁주렁 달려 있었지만, 이연우는 그것에게서 위험은 물론, 생기조차 느끼지 못했다.

'안전한 느낌인데? 조금 불안하지만, 평범한 이상 개체를 앞에 둔 느낌이고. 애초에 이게 생명체가 맞나?'

긴장이 탁 풀리는 느낌.

그때 연구원은 유리 상자 바깥의 기계장치를 조작했다. 버튼을 누르고, 헬멧을 꺼냈다.

연구원이 이연우에게 헬멧을 내밀었다.

"기억을 볼 수 있는 장치입니다. 외계인의 기억을 보면, 이연우 씨가 뚫어야 할 이상 장막을 엿볼 수 있습니다. 그들의 이야기도 알게 되고요."

이연우는 잠깐 망설이다가 헬멧을 받았다. 그가 헬멧을 쓰기 무섭게 세상이 까맣게 물들고, 무언가의 기억이 재생되었다.

외계 문명을 살아가던 외계인의 기억.

찬란하고 위대한 문명이었다.

이연우는 영화를 보듯, 입을 벌리고 재생되는 기억을 보았다.

사람들이 상상하는 미래 문명을 넘어서는 세상. 판타지와 SF의 종점에 다다른 듯한 세상은 무한한 번영을 이루었다.

- …

– …

새하얀 광채로 이루어진 무언가가 둥실둥실 떠다녔다. 그들은 연결된 정신으로 소통하였으나, 이연우는 그들의 정신파를 이해하지 못했다.

그저 그들이 초월한 존재임을 어렴풋이 눈치챌 뿐이었다. 불멸자. 수명이 존재하지 않는, 죽음이 존재하지 않는, 눈으로 보아도 이해할 수 없는 이상 개체.

이연우는 고개를 돌려 이들의 문명을 보았다.

'이게 가능하다고?'

무한을 손에 넣으면 이러할까. 이상으로 이룰 수 있는 극한의 문명이 그곳에 있었다.

공간에 끝이 없었다. 그들이 공간을 확장했다. 공간을 이상 개체로 오염시켜서.

부족한 자원은 없었다. 자원을 쏟아내는 이상 개체를 만들었으니까.

공간도, 시간도, 자원도, 기술도, 생명도 한계가 없었다. 무언가 필요하면 그걸 만드는 이상 개체를 만들면 되었다.

'아.'

이연우는 광채로 이루어진 초월자들이 취미 삼아 이상 개체를 만드는 것을 보았다. 생명을 만들기도 했다. 공간을 꾸미기도 했고, 쾌락을 제공하는 이상 개체를 만들어 쾌락에 절어 있기도 했다.

영생에 지루함을 느낀 초월자는 지루함을 지워주는 이상 개체를 만들어 삶의 활력을 영원토록 유지했다.

상상을 현실에 구현하는 기술이었다.

이상에 모든 걸 의존하는 이상 문명이었다.

이연우는 문득 생각했다. 오한이 들었다.

'이런 문명이 왜 망했지?'

그리고 시점이 변했다. 시간이 흘렀다.

찬란하고 위대한 세상에 안개가 끼었다. 이상으로 이루어진 안개가.

그 안개는 이들의 세상 어디에서나 나타났으며, 그들이 만들어낸 이상 개체를 침식했다.

안개 속에서 이상 개체들이 뒤틀리고, 흩어지고, 제멋대로 오염되어 변이했다.

모든 것이 이상 개체인 문명은 지독하게 위험한 무언가를 향해 폭주하기 시작했다. 통제되지 않는 오염이 강해질수록 문명을 삼킨 안개가 점점 짙어졌다.

- …!

- …!

초월자들이 바쁘게 공간을 이동했다. 비명을 지르듯 강대한 정신파를 터뜨렸고, 안개를 막아낼 벽을 만들고, 공간을 격리하고.

하지만 잠깐일 뿐이었다.

안개는 벽과 공간을 천천히 침식했다. 방호를 위한 이상 개체는 본래의 기능을 잃었다. 도구로 다루어지던 이상 개체는 본래의 이상성을 되찾았다. 논리적으로 이해 불가능하고, 극도로 위험한 이상의 본질.

찬란했던 문명에 짙은 안개가 끼었다. 영원하리라 믿었던 미래가 닫혔다.

안개는 침식만 한 게 아니었다. 공간과 시간에 드리워졌다.

초월자들은 한계를 맞이했다. 그들의 문명은 무너졌다. 미래를 내다볼 수도 없었고, 과거로 돌아갈 수도 없었고, 공간을 마음대로 건너뛸 수도 없었다.

이연우는 잔뜩 확장된 동공으로 안개를 노려봤다.

'이게 뭐지? 이상 오염?'

단순한 안개가 아니었다. 이상 오염을 통제하는 문명에서 탄생한 이상 오염의 극한.

오염을 걷잡을 수 없이 폭주시키고, 이상 개체를 폭발적으로 변이시키는 무언가.

이연우는 이상 오염이 도래했을 지구를 간접적으로 보았다.

– …

스스로를 초월자로 진화시킨 그들이 변이했다. 그들은 자의식을 잃고 괴물이 되었다. 자원을 생산하는 공장이 괴물을 찍어내는 공장이 되었다. 확장된 공간은 이차원처럼 변이했다. 놀이터 같던 시간은 감옥이 되었다.

이상이 아닌 자연물도 변화했다.

그쯤에서 시점이 변했다.

초월자는 모든 걸 이상 개체에 의존했지만, 지능을 잃지는 않았고, 피할 수 없는 멸망이 찾아왔음을 알았다.

살아남은 초월자들이 모여서 대화했다.

— …

— …

문명의 끝을 앞에 둔 그들의 형상이 빛났다. 그들은 그들이 초래한 멸망을 보았고, 우주를 보았으며, 생명을 보았다.

이연우는 어쩐지 그들의 대화를 이해할 수 있을 것 같았다. 초월자들이 오염을 피하기 위해 어떻게 스스로를 퇴화시켰는지, 말뜻이 이해되었다.

— 이 안개는 모든 생명의 재앙이 될 것이다.

— 우리 손으로 마무리를 짓자.

— 별을 터뜨리자. 우주 앞에서 불멸은 존재하지 않으니.

안개를 지우기 위한 자폭.

그리고…

— 우리의 흔적을 우주에 남기자. 우리가 멸망하더라도, 우리로 인해 태어난 생명이 어두운 우주 속에서 빛나기를.

새하얀 광채로 이루어진 그들이 검은빛으로 물들었다. 불멸하는 초월자가 단단한 운석으로 변화했다.

지능도 정신도 희미해졌으나, 짧은 시간 동안 안개에 저항할 수 있고, 진화의 가능성을 품은 미생물을 지녀 생명을 뿌릴 수 있는 단단한 돌로.

그들의 별이 터져도, 그 폭발력으로 우주를 가로질러 다른 별에 떨어지도록 튼튼하게.

마침내, 별이 폭발했다.

폭주한 이상 문명은 섬광 속에서 스러졌고, 안개는 증발했다.

하지만 그들의 희망을 품은 운석은 별의 폭발을 추진력 삼아 우주로 흩어졌고, 이연우는 운석이 우주를 가로질러 태양계로 날아오는 광경을 보았다.

'명왕성.'

운석 무리가 명왕성으로 떨어졌다. 하지만 하나의 운석은 지구로 떨어졌고.

거기서 기억이 멈췄다.

"…"

이연우는 한동안 기억을 소화하다가 헬멧을 벗었다. 그가 입술을 달싹였다.

"명왕성이 관측에서 벗어난 이유가 그 안개 때문입니까?"

"네. 그들이 떨어진 명왕성이 그 안개로 뒤덮였습니다. 그 안개가 관측을 막아서…"

연구원은 복잡한 감정을 담아 말했다. 재앙을 태양계로 가져온 그들을 원망해야 할지, 그들의 결의와 희망에 감탄해야 할지 모르겠다는 듯.

이연우는 고개를 들어 천장을 올려다봤다. 천장 너머의 하늘을, 하늘 너머의 우주를 바라보듯.

무한한 우주 속에도 이상이 있었다. 우리가 알지 못할 문명과 생명이 존재하며, 상상하기 힘든 이상 개체 또한 있을 것이었다.

당장 명왕성만 하더라도 오염의 안개가 있으니까.

'지구만큼 안전한 곳이 없어. 회사도 있고, 다른 집단도 있잖아. 이곳에서 잘 살아야 해.'

이연우의 눈이 반짝였다. 갑자기 사명감 같은 것이 타올랐다.

'명왕성은 너무 가까워. 지구에 무슨 영향을 끼칠지 몰라.'

이연우가 말했다.

"그 관측, 최선을 다해 돕겠습니다."

그는 정보를 얻으면 회사가 어떻게든 대처하리라 믿었고, 연구원은 활짝 웃었다.

142

관측을 돕겠다는 이연우의 말. 연구원은 어리둥절한 표정을 지었다.

'요청 승낙했으니까 당연히 도우려고 온 거 아닌가?'

그런 생각을 하기도 잠시, 이연우가 입을 열었다. 연구원은 귀를 기울였다. 그의 전공과 관련 있는 질문을 했기 때문이다.

"우주가 많이 위험합니까? 저… 오염의 안개나 천문학적인 이상 개체 같은 거 말입니다. 그리고 오염 문제도 있지 않습니까. 우주가 오염된다거나."

"그건…"

연구원은 뭐라 대답하려다가 손을 싹싹 비볐다. 지하 격리실이 추웠다. 연구원이 성큼 걸음을 옮겼다.

"올라가서 이야기하죠. 이곳이 이야기를 나누기에 좋은 장소는 아니라서."

이연우도 고개를 끄덕였다. 빗물의 활력 덕에 추위에 조금은 저항했지만, 그래도 추운 건 추운 거였다.

그들은 지하 격리실을 다시 단단하게 잠그고, 조촐한 사무실로 자리를 옮겼다. 연구원은 물을 끓여 차를 우려냈다.

"따뜻한 차 마시겠습니까? 뭐로 드릴까요?"

"아무거나 주십시오."

"녹차 드리겠습니다."

딱히 차를 마시고 싶지는 않았지만, 손난로 느낌으로 받았다. 이연우는 따뜻한 찻잔을 두 손으로 감싸 쥐고는 연구원을 보았다. 아까의 질문에 답해달라는 듯이.

연구원이 맞은편에 앉아 티백을 휘휘 저었다.

"우주에 위험한 이상 개체가 많냐고 질문하셨죠. 많을 겁니다. 우주가 저렇게 넓은데, 없는 게 더 이상하죠."

순간 이연우의 몸이 굳었다. 지구에 넘쳐나는 것들만 해도 머리가 아픈데, 우주까지 그 시야를 넓히면…

하지만 연구원은 태연하게 차를 몇 모금 마셨다. 걱정이라고는 없는 사람처럼.

실제로 그는 걱정하지 않았다.

"그런데 지구까지 올 만한 이상 개체는 한 줌에 불과합니다. 우주잖아요. 사람이든 이상이든 오염이든, 우주 앞에서는 먼지일 뿐입니다."

"…확실합니까?"

이연우가 의심과 희망을 담아 물었다. 찻잔의 온기로 손을 녹이며, 연구원과 눈을 마주쳤다.

"진짜입니다. 우주가 얼마나 위험한데. 블랙홀, 초신성 폭발, 감마선 폭발, 은하 충돌… 그리고 무엇보다 우주가 팽창하잖아요."

연구원은 두 손을 얼굴 앞에 모았다가, 좌우로 손을 활짝 펼쳤다.

"거리가 일정 수준 이상 멀어지면 오염이 퍼지는 속도보다, 이상 개체가 접근하는 속도보다, 멀어지는 속도가 더 빠릅니다. 팽창하는 우주가 자연적인 보호막이 되어주는 거죠."

우주 앞에서는 이상조차 티끌 하나에 불과하여, 지구까지 다가올 수 없다는 말.

이연우는 눈을 깜빡였다. 머릿속에서 물음표 수십 개가 떠다니는 듯했다.

'그런가?'

솔직히 잘 몰랐다. 우주에 대해 잘 아는 것도 아니었고. 전문가가 이렇게 말하니까, 머리를 갸우뚱거리며 믿을 뿐이었다.

연구원이 갑자기 실소를 터뜨렸다. 연구원은 핸드폰을 꺼내 두드리더니, 이상한 별 하나를 띄워서 이연우에게 보여줬다.

"회사도 우주에 관심이 많아 이런저런 이상 개체로 우주를 관측하고 있습니다. 이건 한때 지구 멸망 시나리오의 주인공이었던 이상 개체인데…"

이연우가 목을 앞으로 빼며 화면을 유심히 보았다.

그것은 괴상한 별이었다. 입과 이빨의 윤곽을 지닌 기이한 별.

"뭡니까?"

"행성 포식자라고 이름 붙인, 별을 먹는 이상 개체인데, 회사가 이놈을 관측하는 순간, 이놈도 지구를 인지하고 지구를 향해 최단 거리로 달려왔습니다."

순간 이연우는 한기를 느꼈다. 사실 이상 개체가 아니더라도, 이만한 질량이 지구로 떨어지는 순간 멸망이었다.

하지만 연구원은 피식피식 웃었다.

"그런데 이놈이 진짜 멀리 있었거든요. 우주 팽창으로 거리가 멀어질 만큼이요. 이놈이 지구를 향해 죽어라 날아와도 거리는 계속 멀어져서…"

연구원이 핸드폰을 툭 쳤다. 사진이 바뀌었다.

행성 포식자가 바싹 말라 죽어 있는 사진이었다. 행성 규모의 입이 허무하게 벌어졌고, 침 같은 먼지를 뿌렸다.

"굶어 죽었습니다."

"굶어서요?"

이연우는 멍하니 사진을 봤고, 연구원은 사진을 넘겼다.

다음 사진에는 행성 포식자의 허무한 최후가 그려져 있었다. 지나가는 혜성에 얻어맞아 산산이 부서져, 우주의 먼지가 된 행성 포식자. 그 먼지마저도 궤도를 그리며 다가온 별의 중력에 끌려갔다.

동물이 죽어 자연의 순환에 들어가듯, 우주를 거닐며 별을 먹던 이상 개체는 별로 돌아갔다.

이연우는 새삼 압도되었고, 두려움을 느꼈다.

'천문학적인 이상 개체. 그 개체마저 일부에 불과한 우주.'

한없이 넓은 우주 앞에서 아등바등 발버둥 치는 먼지가 자신인 듯했다. 진정으로 무한한 우주였다. 자신은 티끌 하나에 불과했다. 필사적으로 살아남는 게 의미가…

'아니, 그건 아니지.'

이연우가 퍼뜩 정신을 차렸다. 우주가 어떻든 사는 게 중요하지.

"지구는 안전합니까?"

"안전한 편이죠. 근처 우주에 감당할 수 없는 이상 개체도 없고. 위험한 게 있어도, 회사나 다른 집단이 손잡고 지구를 지키잖아요."

다시 말해, 지구에 악영향을 끼칠 만한 우주적인 이상 개체는 없다는 말이었다.

이연우는 긴장을 조금 풀었다. 추위에 굳었던 몸이 이완되며 의자에 늘어졌다.

그가 문득 고개를 들었다.

"명왕성의 안개는…?"

"그건 잘 모르겠습니다. 관측 자체가 안 되어서, 앞으로 어떻게 될지. 그래서 이번 관측이 중요합니다. 그것이 뭔지, 명왕

외계인

성에서 무슨 일이 일어나는지 알아내야 합니다."

연구원이 걱정스럽게 말했고, 이연우는 고개를 끄덕이다 가 창밖을 보았다.

한적한 평야에 노을이 지고 있었다. 별을 볼 시간이 조금 씩 다가왔다.

명왕성을 관측하기 좋은 시간은 자정이라, 아직도 시간이 남았다. 이연우는 천문대 식당에서 저녁을 먹고, 취미를 즐기 며 시간을 보냈다.

새로 만든 취미. 회사 인트라넷 커뮤니티. 회사원들이 익 명으로 잡담을 나누는 사이트에 자기 이야기를 쓰는 것.

툭, 툭툭.

이연우의 손가락이 빠르게 움직였다. 핸드폰으로 자판을 쉴 새 없이 눌렀고, 장문의 글이 완성되었다.

'보안 규정에 걸릴 만한 건 쓰지 말라고 했으니까.'

정보부가 보고 있다는 경고도 있었기 때문에 신원이 파악 되지 않도록 적당히 비틀어서 경험담을 썼다.

입사 첫날 테이저건 맞은 썰, 골드버그클럽 털어먹은 썰, 호기심에 나태의 악마 소환했다가 죽을 뻔한 썰, 정보부에 끌 려가 심문받은 썰, 지우개 든 멸망주의자가 대머리였던 썰.

반응은 한결같았다.

관심 사원 아니냐, 뭘 하면 첫날부터 테이저건을 맞냐, 나태의 악마를 집에서 왜 소환하냐, 심문 끌려갈 일을 저지른 거냐…

그렇게 글을 쓰고 반응을 구경하다 보니 시간이 되었다.

휴게실의 문이 열렸다.

"올라갑시다! 지금부터가 관측하기 딱 좋은 시간입니다!"

눈을 반짝이는 연구원은 까만 옷을 입었는데, 낮의 부스스했던 느낌은 사라지고 열정을 지닌 연구원의 분위기가 물씬 풍겼다.

별처럼 눈을 반짝이는 연구원이 들떠서 안절부절못했기에, 이연우는 곧바로 핸드폰을 주머니에 집어넣고 일어섰다.

"바로 가면 됩니까?"

"예! 빨리 오십시오!"

연구원이 경쾌하게 앞서 나갔다. 휴게실을 나가, 계단을 타고 올라, 천문대의 끝에 다다랐다.

이연우는 호기심에 주변을 둘러보았다.

동그란 돔이 천장으로 있는 관측실은 등대의 꼭대기 같은 느낌이었다. 희미한 조명이 들어온 관측실의 중앙에는 복잡한 기계장치나 대포 같은 천체망원경이 있었다.

연구원은 바쁘게 돌아다니며 기계장치를 조작했다. 그가 신나게 말했다.

"마침 잘됐습니다. 오늘 날씨가 정말 좋거든요. 구름도 안 끼었고, 별 보기 좋은 날입니다. 벌써 운이 좋은 게 관측에 성공할 것 같은 기분입니다."

좋다고 연발하는 연구원의 목소리를 들으며, 이연우는 문
득 깨달았다.

'…구름 꼈으면 날씨가 좋아질 때까지 여기서 대기해야 했
나?'

진짜 조사도 안 하고 대충 고른 느낌이었다. 이연우는 앞
으로는 기초 정보라도 조사한 뒤 의뢰를 받기로 마음먹었다.

관측 준비가 끝났다. 관측실에 생명이 돌아오는 듯했다.

우우웅!

복잡한 기계장치에 전원이 들어오자 몇 대의 컴퓨터 모니
터에 심장박동 같은 그래프와 사진이 그려졌고, 돔이 열리기
시작했다.

이연우가 고개를 들었다.

천장이 열렸다. 틈새로 겨울의 찬 바람이 불어왔으며, 새까
만 하늘이 펼쳐졌다. 별이 쏟아질 듯 빛나는 밤하늘.

"자, 준비합시다."

천체망원경이 홀로 움직였다. 열린 밤하늘을 향해, 명왕성
이 있을 자리로 눈을 돌렸다.

연구원은 짝짝 손뼉을 쳐서 이연우를 불렀다. 그는 모니터
를 가리켰다.

"보이시나요?"

"보이는데, 이게 뭔지는…"

하얀 점이 잔뜩 찍혀 있는 화면. 천체망원경이 찍는 명왕성인 듯했다.

"명왕성이랑 별들입니까?"

"아뇨. 노이즈입니다. 그 안개 때문에 정확한 관측이 안 됩니다. 확대해보겠습니다."

연구원은 마우스 휠을 돌렸고, 천체망원경에서 기계음이 들려왔다.

"노이즈가 더 심해졌죠? 이게 단순한 천체망원경이 아니라 고도의 과학기술과 이상 장비가 탑재된 물건인데도, 안개의 노이즈를 막을 수가 없습니다."

컴퓨터 앞에 몸을 숙이고 있던 연구원이 허리를 폈다. 몸을 돌린 연구원은 이연우를 희망 어린 눈으로 보았다.

이연우가 고개를 끄덕였다. 무엇을 해야 할지 알았다.

"해보겠습니다."

최선을 다하기로 마음먹었다. 이연우는 가만히 눈을 감았다. 정신 한편의 주사위를 불렀다.

'주사위. 안개의 노이즈를 뚫고 관측할 가능성.'

데구르르.

실패!

"아…"

치지직, 노이즈가 더 심해졌다. 엉망이 된 화면 때문에 연구원은 안타까워 발을 굴렀고, 이연우는 계속해서 눈을 감고 있었다.

'실패에 리스크가 딱히 없네. 대실패가 나와도 감당 못 하지는 않겠어. 그럼 계속 굴려야지.'

위험을 못 느꼈기 때문인지 여러 감각이 잠잠했다. 이연우는 순수하게 주사위를 굴렸고, 결과가 계속해서 나왔다.

꽝, 실패, 꽝, 꽝, 그리고 성공.

"아아아!"

갑자기 괴성이 터졌다. 연구원이 펄쩍 뛰어오르며, 어린아이처럼 좋아했다.

"됐습니다! 관측에 성공했습니다! 저 명왕성이, 오염의 안개가 보입니다! 선명하게 보입니다! 눈앞에 있는 것처럼!"

그 목소리가 지나치게 격했다. 찢어지고, 갈라지고, 뒤집히고, 노이즈가 끼고.

뭔가 잘못됐다. 이연우는 등골을 타고 흐르는 식은땀을 느꼈다. 연구원의 목소리만이 문제가 아니었다.

겨울의 건조한 공기로 가득 찬 관측실이었는데, 갑자기 끈적하고 습한 수분이 느껴졌다.

연구원은 계속해서 말했다.

"안개가 무엇인지 알겠습니다! 오염! ■■! ■■■■■."

듣기 싫을 정도로 끔찍한 목소리.

이연우는 피가 끓어오르는 것을 느꼈다. 아니, 그가 지닌 이상 개체가, 이상 개체에 오염된 부분이 펄펄 끓고 있었다.

"아니…!"

이연우가 다급하게 눈을 떴다. 그는 보았다.

안개가 자욱한 관측실.

안개 속에서 연구원의 그림자가 흐릿하게 보였다. 더 이상 사람의 형태가 아니었다. 눈동자가 길게 빠져나오고, 척추가 하늘을 향해 휘어, 하늘을 향해 머리와 눈을 곧추세웠다.

그들은 안개를 관측했다. 안개도 그들을 보았다. 안개가 이곳에 왔다.

'왜 이렇게 된 건데!'

이연우는 속으로 비명을 지르며, 주사위를 불렀다. 그리고 묘한 표정을 지었다. 그가 입을 열어 말했다.

"감각이…"

폭증한 오염도. 그는 어느 때보다 선명한 감각을, 손에 잡히는 가능성을 느꼈다.

143

천문대가 이상 공간으로 변했다.

별빛이 쏟아지고 달빛이 환하게 내리비치는, 안개로 가득한 관측실.

이연우는 가만히 눈을 감았다. 형이상학적인 감각이 촉수처럼 뻗어나가, 관측실을 선명하게 인지했다.

'느껴져.'

천체망원경이 이상 개체가 되었다. 별을 보는 망원경이 아니라, 보아서는 안 되는 우주의 공포를 보는 망원경으로 변했다.

연구원 또한 그랬다. 오염된 0.4퍼센트의 유전자가 폭주하고, 평범한 인간의 몸이 안개에 침습되어 이상 개체로 뒤틀렸다.

"지지직."

척추와 목이 곡선을 그리며 뒤로 꺾였고, 툭 튀어나온 눈은 망원경이 되어 하늘을 향해 뻗었다. 또한, 입에서는 생물의 소리 대신 별의 소리 같은 것이 전자파처럼 흘러나왔다.

인간이 이상 개체가 되었다.

'이 감각은…'

반면, 이미 이상 개체에 오염된 이연우는 감각에 더 깊이 매몰되었다.

평온하게 박동하는 심장 소리를 들으며, 밀어닥치는 정보를 해석했다.

이상으로 인해 무질서하고 인과관계가 성립하지 않는 세계. 혼란에 가까울 정도로 무한한 가능성을 품은 미래.

주사위는 확률로서 가능성을 조작했고, 오염된 이연우는 확률적인 가능성을 느끼고 결과를 이끌 수 있었기에, 지금 이 순간 확률이 높은 미래, 구현될 가능성이 높은 미래를 감지했다.

오염의 안개가 짙게 낀 미래들.

"…위험 레벨 6?"

모든 미래가 이상 오염을 향해 수렴했다. 무한한 가능성이 좁아졌다. 모든 것이 이상으로 변화하는 미래로.

관측실이 우주 공간과 연결되거나, 우주 괴물이 나타나거나, 조금씩 확장하는 공간으로 변하는 미래가 보였다.

마치 협회장을 위해 움직이는 세계처럼, 오염을 향해 기울어진 현실과 미래.

하지만 그 후의 미래 역시, 하나의 결말을 향해 치달았다.

'아니, 위험 레벨 6은 아니야. 이건 절대적이지 않잖아.'

이연우가 슬쩍 눈을 떴다. 그의 눈동자 안에서는 언뜻 주사위의 형상이 비치는 듯했는데, 곧 형상이 무너지더니, 기생충 무리처럼 뭉쳐 있는 확률의 실타래가 되어 꿈틀거렸다.

이연우는 기이한 어조로 말했다.

"회사는 이미 준비가 되어 있었구나."

안개와 이상 오염으로 가득한 미래는 결국 회사의 손에 정화되는 것으로 결말지어졌다.

위성 병기가 내리꽂히고, 폭격기가 지상에 불꽃을 피우고, 미사일이 날아오고, 심하면 핵폭탄이 떨어질 것이었다.

순수한 과학과 물리력의 폭력이 안개의 취약점이었을까.

안개가 지구에 번지는 미래 같은 건 없었다. 마치 인류의 생존이 운명인 것처럼.

그 순간, 이연우는 무심코 생각했다.

'재미없어.'

정해진 미래. 고정된 가능성. 정말 재미없었다. 좀 더 혼란하고, 의외의 사건으로 가득한 세상이 되어야 즐겁다.

이연우가 손을 천천히 들어 올렸다. 확률의 실타래가 꿈틀거렸다. 닫힌 미래를 활짝 열 것이었다.

'오늘 멀쩡한 지구가 내일 멸망할 수도 있고, 앞으로 걸어도 무작위로 이동하고, 시간은 과거로 흐르기도 하고 반복하기도 하고. 그래야 재밌지 않겠어?'

그 순간이었다.

당장이라도 가능성을 풀어놓으려던 손이 멈췄다. 그의 목소리가 떨렸다.

"…재미? 재미?"

일정하게 쿵쿵거리던 심장이 미친 듯이 뛰기 시작했다. 빗물의 활력이 끝도 없이 솟아오르며 전신을 휘돌았고, 생존 본능이 머리가 쪼개질 정도로 비명을 내질렀으며, 인간성이 대항하듯 강화되었다.

상반되는 오염이 충돌했다. 그 기적적인 균형 속에서, 이연우가 정신을 차렸다.

'오염!'

주사위의 오염이었다. 자아까지 주사위에 가깝게 끌려갔다. 무작위와 가능성을 좋아하는 성질.

오한이 느껴졌다. 겨울의 추위가 새삼 뼈저리게 다가왔고, 이연우는 그제야 문제를 깨달았다.

'나는 이 힘을 감당할 수 없어.'

오염만이 문제가 아니었다.

무한에 가깝게 쏟아지는 미래의 가능성. 이연우는 그저 정보의 파도에 휩쓸려 보이는 것을 보았을 뿐이었다.

가까스로 정신을 차린 이연우는 이제야 간신히 자신의 미래를 찾았다.

주사위에 완전히 침식되어 자의식을 잃고 혼란을 퍼뜨리는 이상 개체가 된 자신. 오염에 저항하다가 회사의 폭격을 맞

외계인

고 죽는 자신.

혹은 안개에 더 오염되어 빗물과 주사위조차 변이된 미래.

멀쩡하게 살아가는 미래란 없었다.

"안 돼!"

이연우가 비명을 질렀다. 이런 미래는 감당할 수 없었다. 미래를 헤매던 정신이 현실로 번쩍 돌아왔다.

'뭘 어떻게 해야 하지? 생각해, 생각해, 빨리 생각해.'

아니, 생각은 필요가 없었다. 힘이 강한데 머리를 쓸 필요가 없었다. 지금 손에 쥐어진 힘은 안개와 비등하거나 더 강했고, 사실 그가 힘을 쓸 필요도 없었다.

'아니, 안개는 내가 없앨 필요 없어. 그건 회사가 해야지. 나는 오염만 되돌리면 돼.'

이연우가 두 손을 들었다. 이 순간 위험 레벨 6으로서의 힘이 전력으로 펼쳐졌다.

이연우는 한 손을 활짝 펼쳤다. 가능성이 풀려나며 이상 오염으로 수렴하는 미래와 충돌했다. 안개가 꿈틀거리며 물러나는 듯했다. 관측실이 이상 개체로 변하는 속도가 더뎌졌다.

이연우가 이상 개체로 변하는 미래 또한 움츠러들었다.

그 상태에서 이연우는 다른 가능성 두 개를 쥐었다. 하나는 오염 폭주 억제, 다른 하나는 이동. 그가 관측실에서 사라졌다.

"일어나세요!"

이연우는 마크 정이 머무는 호텔 방으로 이동했다. 마크 정은 화들짝 놀라며 침대에서 일어났다.

"어, 어⋯ 무슨 일입니까?"

잠에 취한 상태인데도 마크 정은 명민하게 반응했다.

이연우는 짧게 설명했다. 명왕성의 안개를 관측하다가 지구로 불러왔다고. 천문대가 오염되었다고.

마크 정은 잠이 싹 달아난 표정으로 입을 멍하니 벌렸다.

"명왕성의 안개⋯ 위험 레벨 5인 그거 말입니까? 그거 관측 못 하게 필터 걸어놨을 텐데요? 아, 주사위. 아니, 그래도⋯"

혼자 중얼거리던 마크 정이 무의식적으로 핸드폰을 두드려 정보를 찾아보더니, 피곤한 표정을 지었다.

"그 부서는 그 외계인이랑 외계 물질 봉인하는 부서인데, 보안 등급이 어긋났네요. 관측하면 안 된다고 안내가 안 됐습니다."

그는 한숨을 푹푹 쉬었다.

"의뢰 검열은⋯ 아."

이연우의 성격을 분석하기 위해 아무것도 건드리지 않았다. 문제가 생겨도 이연우가 잘 대처하리라 여겼고.

회사는 몸집이 큰 만큼 자잘한 실수가 잦았는데, 이런저런 요인이 겹쳐서 생긴 사고였다.

그 태연한 목소리에 이연우가 손을 흔들었다.

"어쨌든 빨리 대응해야 합니다."

"지금 하고 있습니다."

이연우가 힐긋 보니, 마크 정은 명왕성의 안개에 대응할 무기 사용을 요청하고 있었다.

"순수한 물리력에 약해서 그냥 미사일 몇 개 쏘면 끝날 겁니다. 위성 병기 떨어뜨리거나. 됐습니다. 위성 병기 떨어뜨린다네요."

본사의 이사한테 곧바로 올린 요청이 승낙되었다. 마크 정이 충혈된 눈을 비비며 핸드폰을 내려놓았다.

따로 관측하지 않고, 천문대의 좌표로 쏠 것이었다.

그가 창문 밖을 보았고, 이연우도 도시의 밝은 밤하늘을 올려다보았다.

희미한 별빛이 밤하늘을 가로지르며 떨어지고 있었다. 직선을 그리며, 안개가 있는 천문대를 향해.

이연우가 문득 손을 저었다. 천문대에 있는 직원들, 안개에 닿지 않은 자들을 멀리 이동시켰다.

하나의 이상 개체로 변해 되돌릴 수 없는 자들은…

'격리실로 이동시키자. 실험에 시달리겠지만, 죽는 것보다는 낫잖아.'

그가 보았던 격리실들로 나눠서 옮겼다. 나무 인간이 사는 격리실이나, 문법 경찰 로봇이 있던 격리실이나, 죽어야 하는 이유가 있던 격리실로.

안개는 관측으로 이동했으니까, 문제는 없었다.

한동안 밤하늘을 보던 마크 정은 깨달았다는 듯, 이연우를 보았다.

"이연우 씨도 안개에 오염되지 않습니까?"

"일단 억누르고 있습니다."

"지금 그러면 협회장급이시죠? 그래도 그거 빨리 되돌려야 합니다. 가만히 두면 완전히 이상 개체로 변하고, 또 주사위도 변이할 겁니다."

이연우는 가만히 입을 다물었다.

그건 맞았다. 하지만 시간은 남았고, 이연우는 이 기회를 이용하기로 했다.

'지금 기회에 허세 부려놓자.'

예술가협회장이나 황금만능주의. 그들한테 지금의 힘을 보여주면 확실히 앞으로 헛짓은 안 할 테니까.

이연우가 눈을 감고 확률을 헤아렸다. 협회장과 황금만능주의를 찾아서.

그리고 퍼뜩 눈을 떴다.

황금빛으로 빛나며 접근을 거절하는 황금만능주의. 평소에 황금을 바쳐 준비한 방어 태세.

'이걸 굳이 뚫으면, 황금만 손해 입히는 건데… 포기하자.'

시선을 돌렸다.

봉인된 파편 속에서 문득 눈을 뜨더니, 탐내는 눈으로 이연우를 보는 협회장과 시선이 마주쳤다. 매혹될 가능성을 쳐낸 이연우의 귀에 목소리가 들렸다.

– 걸작. 나와 함께 예술의 전당으로…

그녀가 말했다. 세계가 움직였다. 이연우를 그곳으로 부르기 위해.

이연우는 기겁하며 가능성을 구현해 막아냈고, 얼른 시선을 돌렸다.

그리고 지구 곳곳에 드물게 도사린 이상 개체 몇 개. 회사 소유도 있었고, 봉인된 것도 있었고, 집단이 숨긴 것도 있었고.

그 순간 이연우는 생각했다. 천문대의 연구원이 한 말이 떠올랐다.

'우주가 자연적인 방어막이라고?'

저 안개조차 막아낼 수 있는 신화에 가까운 그것들. 이상 문명조차 만들어내지 못한 것들이 널려 있는 지구.

'지구로부터 다른 별을 지켜주는 건 아닐까? 지구가 제일 위험한데?'

이연우는 갑자기 손에 쥔 힘을 놓기 싫어졌지만, 자아를 잃어버리기는 싫어 오염도를 되돌렸다.

주사위를 비롯한 전부가 돌아왔다. 안개와 접촉하기 전보다 조금 더 오염된 상태로. 아직은 준비가 안 됐으니까.

힘이 사라져 무기력에 빠지기도 잠시. 이연우가 눈을 빛내며 생각했다.

'오염되어도 자아를 지킬 방법을 찾아야 해.'

 다음 날은 평일이었다. 집이 없는 이연우는 조사반 건물에서 머물렀기에 아침 일찍부터 자기 자리로 가서 컴퓨터 앞에 앉았다.

 '내 보안 등급이 높아졌다고 했나?'

 아침의 햇빛이 비치는 사무실에는 이연우가 컴퓨터를 딸깍이는 소리만 들렸다.

 회사 시스템에 들어가니, 명왕성의 오염 관련한 모든 조치와 대응이 한눈에 보였다. 가장 최신 문서부터 최초의 발견까지.

 '천문대 직원들은 잘 살 것 같고.'

 멀쩡한 직원은 다른 부서로 발령될 예정이었고, 이상 개체가 된 자들은 적당한 부서에 격리된 모양이었다.

 별 보기를 좋아하는, 망원경 같은 개체가 된 직원은 우주 관측하는 곳으로 간다거나.

'위성 무기는 운석 낙하로 처리됐고. 거짓 정보 유포됐고, 그냥저냥 보고 넘어가는 뉴스가 됐고.'

안개가 지구에 출현한 것치고는 결말이 좋게 나왔다.

이연우는 잠깐 고민하다가 마우스를 딸깍였다. 조금 더 과거의 문서로 돌아가 명왕성의 안개에 대한 연구 기록을 보았다. 의문이 있었다.

'관측하면 나타나는 안개가 왜 명왕성에 나타났지?'

기나긴 탐사 기록과 실험 기록과 대응 조치. 빠르게 페이지를 넘기며 키워드만 훑어보던 이연우는 마침내 원하던 정보를 찾았다.

"회사 때문이잖아…"

그의 표정이 이상해졌다.

명왕성과 지구에 떨어진 외계 운석.

회사는 외계 이상 개체 대응 절차에 따라 지구의 운석은 봉인하고, 명왕성으로 탐사선을 보냈다.

명왕성에서 운석의 기원을 찾다가 별의 폭발에서 살아남은 안개 조금을 관측했고, 안개가 명왕성에 소환되었다고.

탐사 부대는 빠르게 특성을 보고했고, 회사는 노이즈를 걸어 명왕성을 관측하지 못하게 막았다. 오염이 퍼지지 못하게 가끔 폭발물을 보내고.

이연우는 문득 혀를 찼다.

"사고뭉치가 따로 없네."

조사하다가 명왕성을 날려먹었고. 천문대 연구원은 안내 사항을 전달받지 못했고, 자기 업무와 관계없이 탐구심과 호기심으로 명왕성을 관측하려 했고.

일은 열심히 하지만, 그만큼 사고도 많이 치는 느낌이었다.

어찌 되었든 잠깐 흥미 삼아 본 기록이었다. 이연우는 마우스에서 손을 떼고, 의자에 등을 깊게 기댔다.

무슨 생각을 하는지 초점 없는 눈이 허공을 보았다.

'오염. 자의식. 어떻게 해야 할까.'

비록 천문대가 날아갔지만, 얻은 건 많았다. 오염되어 생존하기 충분한 감각과 힘을 휘둘러도 보고, 미래에 도달할 경지를 체험했으니까.

무엇보다 주사위의 부작용. 잃어버린 자아와 감당할 수 없는 정보의 파도.

'솔직히 이상 개체가 되는 건 상관없어. 그런데 내가 나로 있어야지. 힘에 휘둘리는 것도 약점이 될 거고.'

딱딱딱, 이연우가 손톱 끝으로 책상을 두드렸다. 그는 깊은 생각에 잠겼다. 여러 방법이 스쳐 갔다.

'자의식을 유지할 가능성을 계속 쥐고 있으면? 아냐, 무리야.'

잠깐은 괜찮겠지만, 길게 보면 결국 자아를 잃어버리는 일이었다. 바닷물로 갈증을 해소하는 것과 같았다.

이연우가 고개를 숙였다. 그는 자신의 몸을 보았다. 주사위의 오염이 폭주하던 그 당시, 대항하듯 일어났던 오염.

그는 미심쩍은 목소리로 중얼거렸다.

"인간 자격증?"

위 개체는 인간입니다. 그렇게 쓰여 있던 그것도 이상 개체라면, 그래서 인간으로 고정하는 오염이 일어난다면.

"그래도 이것만으로는 조금 부족한 느낌인데…"

그때 똑같이 오염이 폭주했다. 그리고 그 당시 보았던 미래에서는, 결국 주사위의 오염이 우세했다.

"아, 머리…"

이연우는 머리가 아파 눈살을 찌푸렸다.

아무리 생각해도 잘 모르겠다. 벌써 피곤해진 이연우의 머리는 집중을 잃어버렸고, 잡다한 생각이 마구잡이로 떠올랐다.

두서없이 떠오르는 생각. 우연히 떠오르는 아이디어. 거품처럼 올라왔다 꺼지는 발상 중 빛나는 것이 있었다.

'생존 본능 같은 것도 이상인가?'

이연우가 자세를 고쳐 앉았다. 그의 눈이 반짝였다. 머릿속에 번개가 번쩍 내리쳤다.

"아, 오…"

입에서 이상한 깨달음이 섞인 감탄이 나왔다.

생각하면 할수록 그럴듯했다. 그간 나타났던 능력은 단순히 위기 상황 앞에서 괴력이 발휘된 수준이 아니었으니까.

바퀴벌레가 위기감을 느끼면 아이큐가 340까지 오른다는 괴담을 능가하는 수준이었다. 거기에 ■■하면 죽는 집에서는 집의 공격까지 감지하고 지우개로 받아치지 않았나.

'이 방법이 맞다면, 오히려 좋아.'

주사위보다 안전하고 적합했다. 취향이나 성격에도 맞았고, 감당 못 할 힘도 아닐 것 같았다.

이연우는 흥분을 참지 못하고 자리에서 벌떡 일어섰다. 얼굴까지 붉게 물들인 그는 텅 빈 사무실 안을 빙글빙글 돌아다녔다.

이 순간, 이연우가 회사원으로서 쌓아온 경험과 그가 보아 왔던 기밀 정보가 하나로 어우러지며, 닫혀 있던 인식의 한계를 열었다.

새로운 길.

"꼭 주사위일 필요는 없잖아. 전능하거나 강력할 필요도 없어. 살아남으면 충분해."

중얼중얼 혼잣말을 쏟아내던 이연우의 눈이 반짝 빛났다.

"생존 본능이 이상이라면, 생존 본능으로 위험 레벨 6에 오르면."

주사위, 황금만능주의, 협회장 같은 것이 보여준 그 힘. 세계를 뜻대로 움직이고, 미래를 고정하는 그 힘을 생존 본능으로 얻는다면.

어수선하게 움직이던 이연우가 제자리에 멈춰 서고는, 꿈 꾸는 사람처럼 중얼거렸다.

외계인

"이거지. 죽지 않는 존재. 위험한 현실에서는 멀어지고, 무조건 살아남는 미래로 향하는 존재."

주사위? 필요 없다. 자아가 오염되기나 하고, 실패나 대실패로 위험이나 안겨주는 애물단지 아닌가.

'오히려 생존 본능으로 6레벨에 오르면 내가 위험할 가능성에서 멀어질 테니까, 내게 유리한 결과만 나올 거야. 주사위는 도구로만 써도 충분해.'

이연우는 미래의 자신과는 다른 길을 걷기로 했다. 오히려 더 적합한 길.

그 순간이었다.

벌컥, 문이 열리고 반장이 출근했다. 반장은 성큼성큼 걸어오다가, 이연우를 보고는 멈춰 섰다.

혼자 흥분해서 제자리에서 펄쩍 뛰고, 서성이고, 히죽 웃고 있는 이연우.

반장이 슬그머니 시선을 돌렸다.

"음. 그래, 혼자 있으면 그럴 수도 있지."

"그… 좋은 일이 있어서. …강의는 어떠셨습니까?"

이연우는 민망한 마음에 서둘러 말을 돌렸고, 반장은 두툼한 패딩을 벗었다.

"별거 있나. 그냥 이야기만 두 시간 풀다 왔는데."

이어 유지유도 출근하며 이상 조사반의 하루가 시작되었다.

이연우는 멍하니 컴퓨터 바탕화면을 보았다. 좀처럼 일이 손에 잡히지 않았고, 다른 생각에서 빠져나올 수가 없었다.

'생존 본능으로 어떻게 위험 레벨 6에 오르지? 될 수는 있나? 주사위의 힘을 빌려야 하나?'

이럴 때는 역시 주사위만큼 믿음직한 친구가 없었다. 기적을 일으키는 최후의 한 수, 목숨을 지켜주는 든든한 비장의 무기.

주사위로 생존 본능이 위험 레벨 6일 가능성을 구현할 수 있지 않을까?

'6은 불가능한 느낌이긴 한데… 되면 좋겠다. …주사위, 빗물, 자격증, 생존 본능 전부 6레벨까지 올리면 무적 아닐까. 아, 그게 되면 예술가협회나 클럽이 먼저 양산했겠네.'

그렇게 넋을 잃고 있자니, 유지유가 갑자기 "어" 하며 의문 섞인 소리를 내었다.

"이거 연우 씨 이야기 아니에요?"

"예?"

이연우가 화들짝 정신을 차렸다. 유지유는 어이없다는 듯 말했다.

"회사 인트라넷에 연우 씨 이야기 있는데. 아니, 어제 의뢰 가서 뭘 한 거예요?"

"부서 하나 날아가긴 했는데…"

이연우는 볼을 긁적이며, 인트라넷에 들어갔다. 유지유가 말한 글이 바로 보였다.

외계인

너희는 도박 근절 센터에 의뢰하지 마라. 밤하늘 좋아하던 직원이 그 센터와 합동으로 실험했는데, 그날 부서 사라졌다…

부서가 있던 자리에는 이제 폐허만 남아서 기삿거리 찾는 기자들이 승냥이처럼 돌아다니고, 멀쩡한 직원들은 다 발령 대기 중이라고.

이연우는 황당한 표정을 지었다.

"아니… 제가 트리거는 맞는데, 그래도 회사 실수 때문에 일어난 일인데."

그 말, 부정하지 않고 변명하는 말을 보니, 과장 섞인 글이 아닌 모양이었다. 유지유가 슬그머니 의자를 밀어 이연우로부터 멀어졌다.

"진짜로 폐허만 남았어요?"

"그… 위험 물질이 유출돼서 폭격 같은 걸 해서…"

유지유는 한동안 침묵하더니, 반장을 보았다.

반장은 그럴 줄 알았다는 표정을 짓고 있었는데, 갑자기 불안한 듯 손가락으로 책상을 두드렸다.

'우리 사무실도 터지는 거 아닌가?'

이연우가 날려먹은 게 한둘인가? 심문받으러 가더니 클럽의 스파이한테 털렸고, 정보부 가더니 지우개 든 멸망주의자가 쳐들어오고, 잘 살던 원룸 건물하고 셸터도 날아가고.

이쯤이면 사무실이 멀쩡한 게 오히려 이상했다.

반장이 급하게 말했다.

"보안 직원. 우리 건물에 이상 장비도 있는데, 보안 직원 요청할까?"

조사원은 출장이 주 업무였고 건물에 중요 정보나 이상 개체도 없어, 보안 요원을 따로 두지는 않았었다.

하지만 이상 장비가 보급된 지금, 보안 요원을 요청할 조건은 충족했다.

유지유가 입을 달싹이다가 고개를 저었다.

"의미 없을 거 같아요. …연우 씨, 빨리 다음 의뢰 골라요! 센터 연 첫 달인데 열심히 일해야죠!"

그 의도가 투명했다. 어차피 터지는 폭탄이라면 바깥에 둔다. 위험은 남한테 넘긴다.

참 조사원다운 사고방식에 이연우는 무언가 말하려다가 꾹 참았다.

'그래봤자 집 구할 때까지는 여기서 먹고 자야 하는데.'

이연우는 유지유의 말을 듣는 것처럼 도박 근절 센터의 의뢰 목록을 보았다. 이연우가 눈을 깜빡였다.

하루 사이에 의뢰 목록이 줄어들었다. 천문대 사고를 들었는지, 여러 부서가 의뢰를 취소한 것이었다.

물론, 그럼에도 새로 들어온 의뢰가 있었다. 여전히 주사위 도박을 원하는 사람. 혹은 메시지처럼 보내진 것.

─ 당신 마음속에는 멸망주의자가 있습니다. 우리는 알아요. 당신은 어지간한 멸망주의자보다 더 많은 피해를 일으켰어

요. 이제 마음은 그만 속이고, 회사의 속박에서 벗어나 진짜 멸망주의자가 되십시오.

멸망주의자의 스카우트.

'무슨 미친 소리야!'

이연우는 기겁하며 곧장 거절을 눌렀고, 그에게 필요한 보상을 찾아 목록을 뒤적였다.

'오염에 저항해 자아를 지키는 방법은 못 구하겠지. 구해 두면 좋은데. 주사위가 확실하니까.'

그러다 문득 흥미를 끄는 의뢰를 보았다. 새로 들어온 의뢰였는데, 축복받은 아이라는 단어가 보였다.

[주사위 실험 요청]

– 주사위의 위험성을 통제할 수 있다면 혁신 아닐까요? 안전하게
   온갖 실험에 사용될 수 있지 않을까요? 행운의 축복을 받은 아
   이가 곁에 있으면 불운한 결과는 안 나오지 않을까요?

그 후로도 글이 길게 이어졌다.

우리 연구원들에게 주사위는 실험에 사용할 도구이니 그것부터 잘 써먹을 방법을 찾기로 했다 등등.

하지만 이연우는 순수하게 축복받은 아이라는 말에 흥미를 가졌다. 주사위가 아니라, 자신을 위해.

'저런 개체가 옆에 있으면 사건 사고가 안 일어나지 않을까?'

행운

145

이연우는 약점을 보완하기를 원했다.

습격에 취약하니 인지력의 강화를, 사람의 몸은 죽기 쉬우니 재생력의 강화를, 주사위의 실패가 두려워 리스크의 관리를.

자아를 유지할 방법 역시 찾았으나, 어떻게 보면 그것보다 중요한 것이 있었다.

'축복받은 아이… 이게 옆에 있으면 사건 사고도 안 겪지 않을까?'

모니터를 보던 이연우의 눈동자에 희망의 빛이 반짝였다.

그동안은 내 인생이 이런 걸 어쩌냐 생각하며 그러려니 넘어갔지만, 위험한 사고가 찾아오는 운명을 고칠 수 있다면.

'평온하게 살 수 있잖아? 아냐, 진정해. 들뜨지는 말고.'

후우.

이연우가 심호흡을 하며 마우스를 움직였다. 천문대의 경험으로 성장했기에 관련 정보부터 찾아보았다.

축복받은 아이. 이상 개체답게 이해할 수 없는 행운이 따라오는 아이.

'이 아이가 찍어준 주식은 상한가를 치고, 격리하려고 했더니 격리에 문제가 생기고. 가챠 하면 한 번에 뽑고. 습격자는 길을 잃고, 넘어지고, 오발 사고 나고.'

관찰 기록과 실험 목록이 제법 길었다. 그 말도 안 되는 행운.

이연우가 작은 목소리로 중얼거렸다.

"한번 만나보고 싶은데…"

운명을 시험해볼 가치가 있었다.

이연우가 마우스에 손을 올렸다. 마우스 커서가 수락 버튼 바로 위로 올라갔다. 그리고 손가락을 까딱여 누르려던 순간.

손이 멈췄다. 이연우가 눈을 깜빡였다.

'어제 그 난리를 겪고 바로 일을 하러 간다고? 이건 좀 아닌데?'

명왕성의 오염을 겪은 게 어제였다. 워커홀릭처럼 매일매일 의뢰를 수행하러 다니는 삶은 그답지 않았다.

한번 큰일을 겪었으면 한동안은 쉬면서 체력이며 정신력을 회복해야 했다.

획.

마우스가 움직이더니, 회사 시스템을 종료했다. 이연우는 느긋하게 의자에 몸을 기댔다.

'며칠 좀 쉬자.'

이연우가 핸드폰을 쥐자, 마찬가지로 시간을 대충 보내고 있던 유지유가 고개를 돌렸다.

"의뢰 골랐어요?"

"고르긴 했는데. 어제 무리해서 며칠 쉬려고요."

"…"

이연우는 핸드폰을 툭툭 두드리다가, 옆에서 느껴지는 시선에 슬그머니 고개를 돌렸다.

유지유와 눈이 마주쳤다. 유지유는 부러움 가득한 눈으로 이연우를 보았다. 순수한 부러움이었다.

1인 부서. 자기가 부서장이자 유일한 직원이며, 따로 명령을 내릴 사람도 없다.

"자기가 일하고 싶을 때만 하는 거예요? 할당량 없어요? 필수 의뢰나?"

"그런 건 딱히…"

그때였다.

그들의 핸드폰이 동시에 울렸다. 회사의 긴급 문자인 줄 알고 허겁지겁 핸드폰을 확인한 그들의 얼굴이 이상하게 일그러졌다.

"멸망주의자 미쳤나? 아니, 원래 미친놈들이긴 한데, 왜 이렇게 돌았지?"

"이거 진짜 멸망주의자가 보낸 거예요?"

이연우도 멍하니 핸드폰을 보았다. 멸망주의자가 단체로 돌린 광고 문자.

[♟♟멸망주의자♟♟가입 시 $$전원 이상 개체🚃🚃100% 증정 ▮▮ 폭발물 무료 증정 ¥ 대량 학살 시§§고위 멸망주의자§§★★직위 획득 기회@@@ 지금 바로 테러하기]

'…사람이 부족한가?'

이연우는 천천히 생각했다. 보아하니, 인력이 부족해 이렇게라도 수급하려는 모양이라고.

이런다고 멸망주의자가 되는 인간이 있을지는 모르겠지만.

시간이 지났다.

이연우는 한동안 휴식한 후, 축복받은 아이를 보기 위해 의뢰를 수락했다. 중간에 인터넷이 끊기거나, 마우스 선이 뽑히는 등의 사고가 있었으나, 수락하는 데는 문제가 없었다.

떠날 준비를 마친 이연우가 자리에서 일어나 가볍게 고개를 숙였다.

"그럼, 다녀오겠습니다."

"어, 그래. 조심하고."

"천천히 있다가 와요."

반장과 유지유는 밝은 얼굴로 고개를 끄덕이고 경쾌하게

손을 흔들며 이연우를 보냈다.

이연우는 찝찝한 표정으로 사무실을 나갔다.

'나 같은 인간이 주변에 있으면, 나 같아도 싫긴 해. 그래도
뭔가 좀 그런데…'

그렇게 이연우가 차를 타고 떠났다.

목적지는 축복받은 아이가 있다는 철새 보호 센터.

"아, 운전. 너무 귀찮은데."

기름값은 회사가 지원한다지만, 먼 거리까지 운전하고 돌
아다니는 것 자체가 노동이었다. 이연우는 피곤한 정신을 바짝
일깨우며 액셀을 밟았다.

국도를 구불구불 돌고, 고속도로를 타고. 한참 멀리 있는
목적지를 향해 달렸다.

그러던 중 전화가 왔다. 마크 정이었다.

- 출발하셨습니까?

"가는 중입니다. 무슨 일입니까?"

갑작스러운 전화에 이연우가 귀를 기울였다. 눈은 운전에
집중했지만, 귀는 마크 정의 목소리에 집중했다.

혹시, 철새 보호 센터에 피해야 할 게 있나.

마크 정은 가볍게 말했다.

- 별일 없습니다. 저도 의뢰 한번 확인했는데, 딱히 피하거
나 하지 말아야 할 일은 없어 보입니다.

"그럼, 왜 전화하셨습니까?"

이연우는 의아하게 물었고, 마크 정은 무언가 기대가 섞인 목소리로 답했다.

- 본사에서도 이번 실험에 관심을 가지고 있습니다. 잠재적인 6레벨이지만 거기까지 얼마나 오래 걸릴지는 모르지 않습니까. 혹시 다른 이상 개체를 이용해 일시적으로 강화할 수 있을지, 관심이 많습니다.

"…"

이연우는 입을 다물었다.

'결과 좋으면 축복받은 아이랑 위험한 작전에 투입될 느낌인데.'

뭔가 좀 그랬다. 꺼림칙한 느낌.

이연우는 서둘러 말을 돌렸다.

"그보다 멸망주의자, 요즘 광고 문자 뿌리던데. 이상한 음모 꾸미는 거 아닙니까?"

- 아, 아닙니다. 순수하게 사람이 부족해서 그러는 겁니다. 다 이연우 씨 실적이죠.

집회에서 렙틸리언 전염병이 폭주하고, 나중에는 불운하게 사후 세계 파편을 뒤집어쓰고.

멸망주의자는 정상적으로 활동하기 힘들 정도로 타격을 입었다.

- 무엇보다 지우개를 든 멸망주의자를 처치하지 않았습니까. 사실, 그때부터 그들의 몰락은 예정되어 있었습니다.

마크 정은 피식피식 웃으며 설명했다.

자신의 이름마저 지워버린 멸망주의자. 다른 집단의 다양한 방해 공작을 막던 멸망주의자. 그가 죽은 순간부터 그들의 미래는 정해졌다.

멸망주의자는 시들어 죽을 것이었다.

– 이미 작전이 입안되었습니다. 온갖 방법으로 꾸준히 공작할 건데 그들이 버틸 수 있을까요?

"아."

이연우는 문득 깨달았다. 운 좋게 대성공이 나와, 여러 명의 자신이 협공해 물리친 그가 멸망주의자에서 위험 레벨 6의 역할을 하던 인간이라고.

하긴 주사위 다섯 개가 함께 구른 뒤에야 승기를 잡았으니.

'6레벨을 넘보는 수준이었나?'

그쯤에서 이연우는 목적지에 도착했다.

철새 보호 센터.

"저 도착했습니다."

– 예, 고생하십시오.

전화가 끊어졌다. 이연우는 외부에 자리한 주차장에 차를 주차하고 느긋하게 내렸다.

그는 주변을 둘러보며, 숨을 들이켰다.

인적 없는 평야에 지어진 철새 보호 센터라 그런지, 분위기가 참 좋았다. 공기는 맑았고 전체적으로 평온한 기운이 흘렀다.

긴장이 저절로 풀릴 정도로.

'벌써 느낌이 좋은데.'

이연우는 잠깐 우두커니 서 있었다. 셸터 같은 곳에 들어온 것처럼 안전한 느낌을 만끽했다.

"누구십니까?"

"도박 근절 센터 이연우입니다. 오늘 협력해서 실험 진행하는데…"

그러고 있자니 보안 요원이 조심스럽게 다가왔고, 이연우는 보안 절차를 거쳐 센터 부지 안으로 들어갔다.

여러 종류의 새가 서로 다른 울음소리로 이연우를 맞이했다. 또한, 느릿하게 걸어 나온 연구원이 이연우를 향해 고개를 까딱였다.

"안에서 아이가 기다리고 있습니다. 빨리 갑시다."

"예."

이연우는 연구원을 따라 길을 걷다가 주변을 돌아보며 말했다.

"여긴 꼭 동물원 같습니다. 저 새들이 이상 개체입니까?"

사방이 철조망이나 유리 벽으로 막힌 우리와 우리 안에서 느긋하게 종종 걸어 다니는 새.

연구원은 우리를 곁눈질하더니 고개를 끄덕였다.

"여기는 조류 형태의 이상 개체를 격리하는 곳입니다. 저쪽에 있는 새들 이름은 뉴클리어, 드론, 항공모함, F-15, UFO인데…"

"무슨 새 이름이…"

그만한 무력을 가졌다는 뜻일까? 이연우가 긴장한 눈으로 새들을 보았지만, 새는 멍청하게 꾸벅꾸벅 졸 뿐이었다.

어떻게 봐도 평범한 새.

연구원이 말했다.

"레이더나 정보 자원에 잡힐 때 이름대로 인식됩니다. 핵 미사일이나, 항모나, 전투기로."

"아."

이연우는 크게 감탄하며 새삼 새들을 보았다. 안전한 이상 개체. 특별한 비밀도 없고, 잠재적인 위험 요소도 없었다.

'이렇게 단순하고 평범한 이상 개체를 얼마 만에 보는 거지?'

감동 같은 것이 느껴졌다. 평범한 회사원의 일상을 겪는 것만 같았다.

연구원은 이상한 사람 보듯 이연우를 보고는, 걸음을 서둘렀다.

"여기입니다. 아이가 머무는 방."

그들은 센터 건물의 한 방으로 갔다. 어린아이의 방처럼 이름표가 달려 있고, 이런저런 스티커와 그림 따위가 붙은 문.

연구원은 짧게 노크하고는 자상한 목소리를 내었다.

"들어갈게."

"응!"

어린아이의 천진난만한 목소리가 들렸다. 이연우는 호기심에 가득 차서 천천히 열리는 문을 보았다.

활짝 열린 문 너머에는 아이의 방이 있었다. 장난감이며 책이며 조류 인형이 널브러져 있었고, 텔레비전에서는 아이들이 좋아하는 아동용 애니메이션이 재생되고 있었다.

텔레비전 앞에는, 유치원생쯤 되어 보이는 어린아이가 텔레비전에 눈을 고정하고 있었다.

'축복받은 아이?'

평범한 애처럼 보이지만 뭔가 달랐다. 방에 들어온 순간부터, 이연우는 마음이 느슨해지는 것을 느꼈다. 이곳은 안전하다는 확신에 가까운 직감.

그 순간이었다. 텔레비전에서 눈을 떼지 못하던 아이가 반갑다는 듯 손을 휘저으며 몸을 돌렸고, 이연우와 눈이 마주쳤다. 이연우는 최대한 무해한 미소를 지었다. 어쨌든 아이니까. 그리고 괜히 적으로 보였다가 불행한 일을 당할까 봐, 소극적으로 손을 살짝 들어 흔들었다.

"안녕?"

"으, 으… 으아아아앙!"

한순간에 아이의 표정이 변했다. 즐겁게 아동용 애니메이션을 보던 아이는 이연우를 보더니 악몽을 마주한 것처럼 숨이 넘어갈 듯 울기 시작했다.

눈물, 콧물이 쏟아졌고 얼굴이 하얗게 질렸다. 연구원이 서둘러 다가갔다.

"애야? 이 아저씨는 나쁜 사람이…"

"나빠!"

이연우도, 연구원도 당황했다. 그 짧은 순간, 아이가 펄쩍 뛰어오르더니 막을 새도 없이 두 사람을 제치고 두두두 달려 도망쳤다.

퍽, 지나가며 이연우의 허벅지께를 손으로 때리고 복도 저편으로 사라졌다.

이연우는 멍하니 아이의 뒷모습을 보았다. 아이를 잡으려던 직원들이 우당탕 넘어졌다. 아이는 순식간에 시야에서 사라졌다.

"…뭐지? 아니, 진짜 뭐지?"

이연우는 황당하게 중얼거렸다.

'저렇게 울부짖을 정도로 내가 무섭게 생겼나? 아닌데? 다른 이유가 있을 텐데?'

하지만 생각이 진행되기도 전에 상황이 빠르게 흘러갔다.

연구원이 한숨을 내쉬며 이연우를 향해 몸을 돌렸다. 그는 단호하게 말했다.

"의뢰는 취소하겠습니다. 아이가 저러는 이상 실험은 불가능합니다. 사실 저도 딱히 실험하고 싶지 않았고."

"아, 예."

그렇게 이연우는 어리둥절하게 철새 보호 센터에서 쫓겨났다. 철새 보호 센터의 정문 앞에서 이연우는 눈을 깜빡였다.

아무런 사고 없이 순식간에 종료된 의뢰. 도망친 축복받은 아이.

가까스로 상황을 파악한 그는 망연하게 중얼거렸다.

"나를 마주치지 않는 게 행운이라고?"

146

이연우는 자기 차로 돌아왔다. 운전석에 앉아 멍하니 허공을 보았다. 머릿속에서 이런저런 생각이 스쳤다.

울어젖히며 우다다 도망간 아이.

'주사위 때문에 도망갔나? 대실패 위험 때문에? 아니면 진짜 내가 사고를 몰고 다녀서? 내가 그 정도로 불운한 운명을 타고났나?'

이연우가 문득 얼굴을 쓸었다. 추운 겨울, 차게 식은 피부의 온도. 이연우는 냉정하게 과거를 되새겼고, 결론을 내렸다.

"나는 운 좋은 편인데?"

사고를 많이 겪었지만 잘 살아남았다. 주사위도 꽝이나 실패가 많았지만, 대성공이 대실패보다는 많이 나왔다. 이 정도면 행운에 가깝지 않을까?

'아냐. 그래도 사고가…'

그 순간이었다.

이연우의 눈에 광채가 맺혔다. 원인 따위는 뒤로하고 현실을 인식했다. 사고, 의뢰, 업무.

그가 감동하여 중얼거렸다.

"업무 끝났잖아. 아무런 사고 없이."

매번 펑펑 터지던 업무가 문제없이 종료됐다. 습격도 없었고, 이상 개체의 폭주도 없었고, 예기치 못한 사건도 없었다.

그야말로 행운이었다. 평온한 업무고 일상이었다.

그 낯선 현실에 소름이 돋았다. 많이 어색했다. 이대로 끝나는 게 맞아? 진짜 이걸로 끝인가? 진짜? 뭐 안 터지고?

이연우는 운전석에 앉아 안절부절 몸을 꼼지락거렸고, 시간은 평온하게 흘렀다.

한적하고 고요한 시골. 근처에서는 새들이나 들고양이가 울었고, 주변에는 사람 그림자도 안 보였으며 이상 현상이 나타나지도 않았다.

이 순간 이연우는 깨달았다.

'내가 운이 없구나! 그래서 사고가 그렇게 터졌구나!'

또한, 희망을 보았다. 이연우의 고개가 획 돌아갔다. 습기 찬 창문 너머로 철새 보호 센터의 그림자가 흐릿하게 보였다.

행운으로 상쇄된 사고가 터질 운.

이연우가 못된 표정을 지으며 중얼거렸다.

"행복은 나누면 두 배, 슬픔은 나누면 절반."

그 관용어가 이연우의 머릿속에서 적당하게 바뀌었다. 행운은 나누면 두 배, 불행은 나누면 절반.

'행운 좀 나눠 쓰자.'

아이가 공포에 질려 엉엉 울던 장면이 떠올랐지만, 이연우의 자기 합리화 앞에서 의미 없이 스쳐 지나갔다.

'행운이 상쇄되는 거면 그 아이한테도 좋은 거지. 이상 개체가 아니라 평범한 사람으로 살 수 있는 거잖아.'

이상 개체로서 감시당하고, 격리당하고, 교육받는 삶이 얼마나 힘들까. 아이에게는 평범한 일상을 겪을 기회였다.

둘 모두에게 좋은 일이었다. 이연우는 생각을 비틀어가며 그런 결론을 냈고, 곧장 마크 정에게 전화했다.

쫓겨나다시피 내보내진 철새 보호 센터에 다시 들어갈 방법을 찾기 위해.

"예, 접니다. 지금 임시 사무실로 조사반 건물을 쓰고 있지 않습니까. 임시 사무실을 철새 보호 센터로 옮길 생각인데, 방문 허가 좀 받아주십시오."

– 쉬운 일입니다. 그런데 진짜 옮기실 겁니까?

마크 정은 의아하다는 듯 질문했고, 이연우는 짧게 말했다.

"일단 며칠 있어보려고 합니다."

이연우의 눈이 문득 허벅지로 향했다. 아이가 팔을 휘저으며 도망치다가 때린 허벅지.

'이상 개체에 공격받은 거잖아. 그 대가를… 아니, 후유증

이 있나 이곳에서 살펴봐야지.'

아이한테 너무 진심인 것 같아 마음 한구석이 찜찜했다. 하지만 아이의 행운이 그에게 필요했기에 이연우는 모른 척 넘어갔다.

"며칠 머무르다가 영 아니다 싶으면 돌아갈 생각입니다."

- 예. 지금 사무실 이전 명목으로 방문 허가받았습니다. 들어가시면 됩니다. 아, 실험은…?

"아이가 도망쳐서 못 했습니다. 아마 주사위 강화에는 효과 없을 거 같습니다."

주사위 리스크 관리에 성공하면 아이는 이연우와 함께 위험지역으로 끌려갈 테니까. 그런 생각으로 이연우는 대충 얼버무렸다.

마크 정은 아쉬워하며 한숨을 쉬었고, 그걸로 통화는 끝났다.

이연우는 곧장 차에서 내려 철새 보호 센터로 걸어갔다.

노을이 지는 저녁이었다.

보안 요원의 미심쩍은 눈초리를 받으며 안으로 들어간 이연우는 여러 직원이 바쁘게 돌아다니는 광경을 보았다.

직원들은 큼직한 대야에 새 모이를 잔뜩 담아 이런저런 우리 안으로 들어갔다.

"밥 먹자."

"아이고, 배고팠구나?"

새 무리가 종종 뛰어나와 직원들을 둘러쌌다. 한순간에 포위된 직원들은 귀엽다는 듯 새들을 보며, 능숙하게 모이를 먹이통에 나눠 담았다.

몇몇 새들은 기운차게 날아오르더니, 아예 먹이통에 몸을 담갔다. 모이가 사방으로 튀었다.

그때, 이연우를 맞이했던 연구원이 어두운 표정을 짓고는 이연우에게 다가왔다.

"사무실 이전, 무슨 속셈입니까?"

그는 단도직입적으로 물었다. 이연우는 무해한 미소를 지었다.

"이곳이 마음에 들어서 말입니다. 분위기도 좋고, 공기도…"

"헛소리는 하지 마시고. 축복받은 아이를 이용하려는 것 아닙니까."

"이용까지는 아닌데…"

이연우가 작게 중얼거렸지만, 연구원은 이연우를 노려보았다.

"솔직히 저는 그 아이 안 좋아합니다. 우리 담당 분야도 아닌데, 그 애가 새 좋아한다고 이쪽에 맡긴 거라. 그래도…"

단호한 목소리와 단단한 눈빛.

"애는 애입니다. 도구나 무기처럼 이용당하는 꼴은 못 봅니다."

이연우는 당당하게 연구원을 마주 봤다. 이연우의 거리낌 없는 눈빛과 연구원의 경계하는 눈빛이 교차했다.

'내가 본사도 아니고, 소년병처럼 쓰지는 않지.'

본사에 대해 이상한 이미지를 가진 이연우는 떳떳하게 말했다.

"저도 솔직하게 말하겠습니다. 행운이 목적 맞습니다. 여기 있으면 안전하지 않겠습니까?"

"…안전?"

연구원은 어리둥절한 표정을 지었다. 예상치 못했던 말을 들었다. 경계도 순간 풀렸다.

지금까지 축복받은 아이를 이용하려는 사람은 많았다. 예산이 부족하다고 행운을 이용해 주식과 코인을 하고, 로또 번호를 찍게 만들고, 게임 가챠를 대신 시키고, 실험에 동원하고.

그 외에도 수많은 실험이 있었지만, 안전을 원하는 사람은 처음이었다.

그쯤에서 연구원은 이연우에게 관심을 가졌다.

"혹시 출신이…?"

부서장쯤 되면 아무나 앉혀놓지 않는다. 아무리 독특한 이상 개체를 가졌어도, 말단부터 경력과 신뢰를 쌓은 다음에야 시키지.

이연우가 솔직하게 말했다.

"조사원이었습니다. 사실 지금 부서도 임시라, 실적 안 좋으면 조사원으로 돌아갈 겁니다."

"아, 조사원."

연구원은 경계를 완전히 풀었다. 조사원 출신이면 안전을 원할 수도 있다. 정신이 조금 이상한 다른 연구원처럼 아이를 이용할 생각도 없을 테고.

'주변에 있고 싶을 뿐이면, 뭐.'

연구원은 조금 느슨해진 눈으로 이연우를 보았다.

"그 아이 설득해보십시오. 그렇게 싫어하는 건 처음 보는데, 그 애가 싫다고 하면 사무실 이전 못 할 겁니다."

"그러죠."

방해만 안 해도 좋을 것 같았다. 이연우가 주변을 둘러봤다.

"그 아이는 방에 있습니까?"

"저녁 먹고 놀고 있을…"

그때, 건물 입구로 직원 하나가 나오더니 지친 표정으로 크게 외쳤다.

"아이가 안 보여요! 어디 숨었나 봐요!"

이연우의 접근을 본능적으로 느꼈는지, 몸을 숨겼다. 연구원은 빠르게 대응했다.

"가출하지 못하게 경계하십시오! 그리고…"

보안 요원과 감시 시스템이 경계 태세를 높이는 순간, 연구원은 이연우를 힐긋 보았다. 연구원은 뒤늦게 의문을 느꼈다.

'아이가 이렇게까지 꺼린다고?'

축복받은 아이를 위협하는 뭔가가 있다는 말이었다.

'주사위? 아니면 뭔가 저주라도 받았거나, 이상 개체에 쫓기나? 그래서 이곳으로 도피한 건가? 아니, 그랬으면 어디 입원하거나 보호받았을 텐데…'

그때 이연우는 작게 흥얼거렸다.

"꼭꼭 숨어라…"

숨바꼭질 같은 상황. 축복받은 아이를 찾아, 자기가 옆에 있어도 괜찮다는 것을 알려야 했다.

'어떻게 설득할지는 생각하지 못했지만, 일단 찾아보자.'

연구원의 경계 섞인 시선을 받으며, 이연우가 걸음을 옮겼다.

어둠이 내린 밤.

아이는 그림자 속에 숨어 고개를 빼꼼 내밀었다. 아직 작은 아이에게는 거대하게 느껴지는 복도가 음산한 그림자로 뒤덮였다.

환한 달빛을 받아 선명해진 나무 그림자가 창문 너머에서 흔들렸다.

아이가 울상을 지었다. 이렇게 무서운 건 처음이었다. 전부 그 괴물 때문이었다.

"나쁜 사람."

아이에게 세상은 밝게 빛나고, 푹신푹신하며, 따스한 무언가였다. 어딜 가도 즐겁고 따뜻한 기운에 둘러싸이는.

하지만 그 괴물이 온 순간 달라졌다.

따뜻한 기운이 사라졌다. 세상이 불안정해졌다. 처음 느껴 보는 평범한 위험이 곳곳에 도사렸다.

뛰다가 넘어지거나, 물 마시다 사레가 들리거나, 게임이 안 풀리거나.

주사위의 무작위한 성질과 이연우의 팔자 같은 것이 행운과 충돌한 결과였으나, 그걸 모르는 아이에게는 이연우가 못된 괴물로 느껴졌다. 자신의 세상을 망가뜨리는 괴물.

'도망쳐야 하는데…'

아이가 망설였다.

건물 바깥으로 나갈 때는 꼭 어른과 함께 가라고 세뇌에 가깝게 교육받았기 때문이었다. 이상 개체 없이 순수한 심리 조작에 당한 인식이 사슬이 되어 아이의 발을 묶었다.

그때 목소리가 들렸다. 그 괴물의 목소리였다.

"어디 있니? 나는 위험한 사람이 아니야. 너한테 나쁜 짓 할 생각 없어. 그냥 같은 건물에 살고 싶을 뿐이야. 자, 여기 문화상품권 있는데 가지지 않을래?"

어설픈 말. 아이를 어떻게 대해야 할지 몰라, 이연우가 어색하게 내뱉은 말.

그 말이 아이에게는 영원토록 네 세상을 망가뜨리겠다는 소리로 들렸고, 회사가 만든 심리적인 사슬을 깨부쉈다. 아이의 눈에 달빛이 맺혔다.

행운

'도망쳐야 해! 어른은 믿을 수 없어!'

같이 사는 아저씨나 아줌마는 이미 괴물한테 속았다. 저 괴물과 말하고, 심지어 아이가 직접 위험하다고 외쳤는데도 웃으면서 아이를 붙잡으려고 했으니까.

그러는 동안에도 이연우가 가까워졌다.

흡, 아이는 두 손으로 입을 막고 몸을 웅크렸다. 숨소리도 안 내고 그림자 속에 숨었다.

이연우는 발소리도 없이 다가왔다. 이런저런 위험을 겪으면서 무의식적으로 기척을 죽이게 됐다.

"어디 있지? 구석에서 자나? 주사위 굴릴까?"

혼잣말을 중얼거리는 이연우가 달빛이 비치는 창문 앞으로 나왔다. 나무 그림자가 촉수처럼 이연우의 얼굴과 몸을 휘감았고, 그가 유혹하듯 내민 문화상품권이 괴물의 혓바닥처럼 흔들렸다.

아이의 심장이 쿵쾅쿵쾅 뛰었고, 동공이 잔뜩 확장됐다.

이연우가 주사위를 찾는 순간 세상이 더 망가졌다. 그 끔찍한 상실감과 고통.

다행히 이연우는 아이를 눈치채지 못했다. 생명의 위협을 느낀 것도 아니라, 머리가 둔했고 감각은 깊게 잠들어 있었다.

쓸데없이 동심을 느낀 이연우는 아이와 놀아주는 게 이런 느낌인가 싶어 흥얼거렸다.

"꼭꼭 숨어라."

점점 멀어지는 노랫소리가 음산한 복도에 맴돌다가 끝내 사라졌다.

아이가 푸하 숨을 몰아쉬었다. 그러고는 후다닥 달려 나갔다.

'도망쳐!'

평소에는 혼자 나오지 않던 바깥으로, 아이는 경쾌하게 발을 내디뎠다. 이 순간 혼자 나가지 말라는 교육은 온데간데없이 사라졌다.

아이는 눈을 반짝이며 곧장 새 친구들이 머무는 우리로 향했다.

'혼자서는 못 도망쳐! 여기 아저씨들 다 괴물한테 속았어! 친구들의 도움이 필요해!'

순찰하는 보안 요원을 운 좋게 피한 아이는 운 좋게 잠기지 않은 우리의 문을 활짝 열었다.

"일어나!"

이리저리 흩어져 잘 자던 새들이 푸드덕 깨어났다. 새들은 멍청한 눈으로 아이를 보았다.

"빨리 도망쳐야 해! 빨리 나와!"

한순간 새들의 눈에 야생성이 돌아왔다. 새들은 순식간에 날개를 펼치더니 문을 향해 날아갔다.

철새 보호 센터에 경보가 울렸다.

147

새의 무리가 폭풍이 되어 우리를 벗어나기 무섭게 경보가 울렸다. 에에에엥, 귀 아픈 사이렌이 터져 나오며 한밤중의 정적을 찢었고, 붉은 등이 깜빡이며 깊게 잠든 건물을 물들였다.

 - 격리 실패. 격리 실패. 보안 요원은 즉시 출동하고, 부서 책임자는 상황실로 오시기 바랍니다. 다시 한번 알려드립니다.

녹음된 방송이 반복되었다.

"…"

이연우는 멍하니 창문 앞에서 멈췄다. 무해한 표정을 지으며, 억지로 친절한 목소리를 내던 그는 창가에서 밤하늘을 올려다보았다.

"새?"

레이더에 다른 것으로 인식된다는 새가 밤하늘을 빙빙 돌고 있었다. 격리가 뚫렸다.

사고. 이연우의 본능이 깨어났다. 느긋하게 아이를 쫓던 못된 아저씨에서 생존주의자로 변화하는 순간.

'습격? 사고? 뭐지?'

둔한 두뇌 세포가 기지개를 켜고, 번쩍거리는 생각이 명멸했다. 날 선 감각이 현실을 정확히 인식했다.

이연우의 눈이 번뜩였다.

"찾았다."

창가에서 멀리 보이는 새의 우리. 그 근처에서 후다닥 뛰어가는 어린아이의 형상.

상황이 명백했다.

'저 아이가 도망치겠다고 새를 풀었어. 습격은 아니야. 위험하지도 않고.'

깨어나던 본능과 감각이 다시 잠들었다.

이연우는 다시 아이를 괴롭히는 못난 사람이 되었지만, 망설였다.

'저렇게까지 싫어하는데 쫓아가는 게 맞나? 애초에 나를 왜 이렇게 싫어하지?'

이연우는 양심과 안전 욕구 사이에서 헤맸다. 아이를 쫓아가기 위해 시간을 사는 지폐와 라이터를 꺼냈지만, 좀처럼 불을 붙이지 못했다.

아이의 감각과 생각을 알지 못했기에, 이연우의 마음은 조금씩 안전 욕구로 기울었다.

'뭔가 오해가 있는 거 같은데, 오해는 풀면 돼. 얼굴 보고 말 한마디 못 나눴잖아. 내가 무해하다고 알리면 되지 않을까?'

시간으로 따지자면, 경보가 울리고 1분쯤 지났을까.

숙련된 회사원들이 건물 위층에 있는 생활관에서 잠옷 차림으로 우르르 뛰쳐나왔다.

"뭐가 빠져나간 거야!"

"빨리…!"

혼란스러운 외침과 우두두 울리는 발소리가 계단을 타고 내려왔다.

그 선두에는 이연우를 맞이한 연구원이 있었다. 연구원은 통신기를 들었는데, 통신기에 입을 바짝 대고 고래고래 소리치며 명령을 내리고 있었다.

"상부에 보고해! 레이더 지랄 났을 거니까, 관련 기관에 말하라고!"

레이더나 정보 자원에 이상하게 인식되는 새였다. 항공기를 추적하는 인터넷 사이트에도 우르르 나타날 터였고, 공항 감시 레이더에도 잡힐 것이었다. 군부대는 말할 것도 없고.

물론 큰 문제로 비약되지는 않을 것이었다.

갑자기 항공모함이 육지 한가운데에 나타났다고? 공중 항공모함이야? 말이 돼? 핵미사일이라고? 그게 한국의 시골에서 갑자기 발사됐다고? 새가 날아다니는 속도로 움직이는데? 미사일 궤적도 아닌데?

누가 봐도 의심 먼저 할 상황이니까.

연구원은 계속해서 말했다.

"해수 대응 중대에 출동 요청해! 그리고…"

문득 연구원이 이연우를 보았다. 또한, 창문 저 너머에서 활기차게 뛰는 아이를 보았고, 본능적으로 깨달았다.

'이 인간 때문이야!'

축복받은 아이 덕분에 평소에는 사건 사고 없이 평온한 부서가, 이 외부인이 들어오자마자 뒤집어졌다.

'애초에 아이랑 이 인간을 같이 두면 안 됐어!'

실수였다. 처음부터 판단을 잘못했다. 아이를 설득할 기회를 주면 안 됐다. 악의가 없어도, 이 사람이 아이 주변에 있어서는 안 됐다. 연구원이 성큼성큼 걸었다.

"라이터가 왜 이러지."

이연우는 창문 너머를 노려보며, 툭툭 라이터에 불을 붙이려고 노력했다. 좀처럼 불이 나오지 않아 스위치를 계속 누르다가, 결국 포기하고 드르륵 창문을 열었다.

달려가서 얼굴을 보고 대화할 생각이었다. 그가 창틀에 손을 얹는 순간.

목덜미를 콱 잡혔다. 이연우가 힘겹게 고개를 돌리니, 연구원이 버럭 소리 질렀다.

"보안 요원! 이 외부인 내쫓아!"

"저기, 선생님. 뭘 오해하셨는데, 이번 사고는 제 잘못이…

맞나? 아무튼, 이렇게까지 할 일은…"

"보안 요원!"

연구원은 들은 척도 안 했다.

허겁지겁 복도를 달리던 보안 요원 둘이 멈칫하더니, 이연우를 좌우에서 잡았다. 억센 손아귀가 팔짱 끼듯 이연우의 양팔을 얽매고는 그대로 뒤로 끌어당겼다.

이연우는 차마 발버둥 치지도 못했다. 연구원이 빠르게 통보하는 소리만 들었을 뿐이었다.

"사무실 이전은 무조건 반대할 겁니다. 축복받은 아이의 관리에 악영향을 끼친다고 상부에 보고하고 접근 금지 요청도 넣어야겠지."

순식간에 파렴치한 범죄자가 된 느낌에 이연우는 잔뜩 억울한 표정을 지었다.

'아니! 난 아무것도 안 했어! 그냥 찾아다닌 게 끝인데! 같이 있던 시간은 1분도 안 돼!'

찾아다니면서도 아이가 겁먹지 않게 친절한 목소리를 내면서 자신의 안전함을 알렸고, 놀이처럼 느끼게 동요까지 부르면서 돌아다녔는데!

"아이가 정문 쪽에 있으니까, 뒷문으로 보내!"

그렇게 이연우는 질질 끌려가 철새 보호 센터의 뒷문 밖으로 쫓겨났다. 한동안 한숨을 푹푹 쉬던 이연우가 차로 돌아갔다.

"포기하자… 아, 그래도 아쉬운데."

어쨌든 자잘한 사고는 있었지만, 위험한 사고는 없지 않았나. 행운 성능 확실한데. 아쉬움에 계속 뒤를 돌아보던 이연우가 체념하고는 차에 시동을 걸었다.

새들이 철새 보호 센터 상공을 정신 사납게 빙빙 돌며 보안 요원들의 관심을 끌었다. 그물총이나 마취총, 포획용 드론으로 무장한 보안 요원과 연구원이 새를 돌려놓으려고 애를 썼다.

'힘내, 친구들아!'

속으로 새를 응원하던 아이는 흙길과 나무 그림자 사이를 획획 뛰어다니며 눈을 반짝였다.

"어?"

세상이 따뜻해졌다. 괴물이 사라진 듯 말이다. 옷가지에 흙먼지나 지저분한 눈을 잔뜩 묻힌 아이가 걸음을 멈추고는 뒤를 돌아보았다.

"한밤중에 이게 뭐 하는 거냐고!"

"해수 대응 중대 언제 와!"

새 친구와 아저씨들이 신나게 놀고 있었다. 게임을 하듯 소리치고, 총을 뿅뿅 쏘고, 장난감보다 멋있는 드론을 조종하고. 새들은 날개를 파닥이며 비행기처럼 멋있게 날아다니고.

세상이 돌아왔기 때문일까. 아이는 심각한 고민을 하는 것처럼 진지한 표정을 지었다.

"괴물이 없어졌으면 도와줘야 하는데."

괴물한테 속은 착한 아저씨들을 깨워야 했다.

물론 무서웠다. 위험하다고 알려줬는데, 웃으면서 괴물을 도와 자신을 잡으려고 했으니까.

심각하게 고민하던 아이는 결의가 서린 표정으로 몸을 돌렸다. 모험을 하는 것처럼 심장이 기분 좋게 두근거렸다.

그렇게 아이는 자신을 쫓아온 연구원을 가장 먼저 보았고, 빽빽 소리를 질렀다.

"아저씨! 일어나! 괴물한테 속았어!"

"그래, 아저씨도 알아. 그래서 괴물을 내쫓았단다. 이제 괜찮아."

연구원은 희미하게 웃으면서 다가왔고, 아이의 눈은 동그래졌다.

이 아저씨가 그 못된 괴물을 물리쳤다고?

"아저씨가 어떻게? 아저씨 약하잖아?"

연구원은 떨떠름한 표정을 지었다. 아이 체력을 못 따라가는 모습을 자주 보여줬긴 한데…

그가 얼른 말을 돌렸다.

"그… 괴물을 왜 그렇게 무서워했니?"

"아! 진짜 나빠! 막, 막!"

아이의 관심은 금방 돌아갔다. 괴물에게서 도망치고, 괴물의 눈앞에서 숨었고, 또 어떻게 새를 풀어줬는지, 자기 모험담을 자랑스럽게 이야기했다.

손발을 마구잡이로 휘두르며 말하는 아이에게 귀를 기울이던 연구원은 곧 결론을 냈다.

'행운과 상쇄된 불운? 그 사람은 그래서 아이의 행운을 원했고, 아이는 그 사람이 싫었고?'

아니, 싫은 수준이 아니었다. 아이는 세상이 무너지는 듯한 상실감, 선명한 위험과 진득한 공포를 처음으로 느꼈다.

그 증언이 생생했다. 아이가 과장되게 말했지만, 공포가 은연중에 묻어났고, 연구원은 입을 살짝 벌렸다.

'이건 애를 괴롭힌 수준인데? 아니, 노래는 왜 부른 거야. 애가 울면서 도망가는 거 봤잖아. 사이코패스인가?'

불운을 가지고도 조사원에서 부서장이 된 인간이니, 그 심성을 감히 예상할 수 없었다.

연구원은 그 진술을 전부 녹음한 뒤, 상부에 보고하기로 했다. 둘은 서로 떨어뜨려놓는 게 맞았다.

한창 보고서 초안을 떠올리던 연구원은 문득 아이를 내려다보았다.

'나는 이 아이에 대해 조금도 모르는구나.'

이상 개체로 태어난 아이가 보고 느끼는 세계는 그들과 달랐다. 어쩌면 평범한 아이처럼 대하는 게 아이에게 상처가 될 수도 있겠다고 생각하는 연구원의 눈이 깊어졌다.

아이의 과장 섞인 진술과 연구원의 냉철하면서도 의도를

담은 보고서는 그대로 상부로 올라갔고, 한국 지사뿐만이 아니라 본사에서도 관심을 가지고 읽어보았다.

아이의 순수하면서도 진실한 이야기는 그들에게 의미심장하게 다가갔다. 다른 사람도 아니고 순진한 어린아이를 괴롭힌 것처럼 보여서.

무엇보다 노래가 결정적이었다.

- 거기서 그런 노래를?

그래서 몇몇 사람들에게 비상이 걸렸다.

이연우를 담당하는 프로파일러들과 이사와 마크 정을 비롯한 직원들.

- 무엇이지? 인간성을 상실한 것인가? 이상 개체가 되어버린 것인가? 안개에 오염당한 것인가?

- 아이에게 트라우마가 될 기억을 만들다니.

이연우는 단순한 직원이 아니었다.

미래의 레벨 6이자, 회사의 핵심 전력. 그간의 업무 이력만 모아서 읽어보면 감탄이 나오는 인재.

그렇기에 이연우가 돌아버리면 그 여파는 끔찍할 것이었고, 회사는 사소한 사고 하나도 함부로 넘기지 못했다.

여러 사람이 모여 머리를 맞댔다.

언제 어떻게 터질지 모르는 폭탄을 다각도로 분석했다.

- 생존주의적 성향이 발현된 것 아닐까요? 첫 만남에 허벅지를 맞았는데, 공격으로 인식했을 수도 있습니다.

- 어쩌면 질투일지도 모릅니다. 아이의 행운은 이연우가 원하는 방향의 힘인데, 아이는 처음부터 그 힘을 가지고 있었으니까요.

합리적으로 따져보는 사람이 있었고.

- 처음부터 본성을 숨겼다면? 그동안의 모습은 소시오패스가 고도로 학습한 결과물이라면?

- 이상 오염의 징조일지도 모르지요.

멸종의 대변인처럼 비관적으로 가정하는 사람도 있었으며.

- 그냥 오해 같은데…

생각 없이 본질을 알아채는 사람도 있었다.

어찌 되었든 그들은 결론을 내리지 못했다. 모든 주장이 그럴듯했고, 또 확실한 근거가 부족했다.

결국, 이사가 짧게 말했다.

- 앞으로 주의 깊게 살피도록 하지. 마크, 자네는 그를 자주 만나니 잘 관찰하게.

- 예.

그렇게 마크 정은 아이의 진술을 옮겨 적은 문서를 가지고 이연우를 만났다.

마크 정은 문서를 건네며 능청스럽게 말했다.

"아니, 아이를 왜 그렇게 괴롭히셨습니까. 아이가 악몽에 시달리겠던데요."

"제가요? 저 진짜 아무것도 안 했습니다. 아니… 안녕 한

마디밖에 못 했는데."

억울함으로 가득한 이연우는 문서를 받아 읽었다. 그리고 얼굴에서 억울함이 사라지고, 양심에 찔려 아프다는 표정을 지었다.

"이렇게 느낄 줄 몰랐는데…"

아이가 느꼈던 공포에 미안한 마음이 들기도 했고, 자신이 그렇게 괴물 같나 불편하기도 했다.

'아니, 잠깐만.'

문서를 몇 번 더 읽은 이연우가 문득 고개를 들었다. 마크 정이 이렇게 문서까지 들고 찾아온 걸 보니 뭔가 심상치 않았다.

수상한 기색을 느낀 머리가 깨어나더니, 감정이 배제된 냉철한 판단이 빠르게 내려졌다.

'의심? 안개에 오염되어서 이상 개체로 변하고 있다고 의심하나?'

이 의심을 풀어야 했다. 잘못되면 본사의 잠재적인 위험 요소로 여겨질 거였다.

이연우의 입이 열렸다.

"아이가 주사위를 그렇게 느낄 줄 몰랐습니다. 그리고 직원을 세뇌했다는 듯이 나왔는데, 이건 당연히 오해고요."

생존 본능으로 냉정해진 목소리에 마크 정의 눈동자가 떨렸다.

148

사실 전부 오해에서 일어난 과한 걱정이었다. 상부도 사건을 깊이 있게 분석했고, 대부분은 서로의 생각이 엇갈려서 일어난 일이란 걸 알았다.

50인용 셸터의 오라클 시스템을 터뜨리는 주사위와 아이의 행운이 충돌한 결과. 아이의 인식을 이해하지 못한 결과. 도망친 아이를 잡으려는 직원을 착각한 아이.

마크 정은 침을 꿀꺽 삼켰다.

'객관적으로 따지면 사실 별문제 없어. 아이의 주관은 과장되었고, 편견으로 왜곡되었으니까. 사실만 보면 웃고 넘어갈 일이야. 하지만…'

그는 떨리는 눈동자를 애써 통제하며, 이연우를 힐긋 보았다.

예술가협회장 때문에 기억 소거제를 마셔 한 달가량의 기억을 잃었지만, 그래도 나름 긴 시간을 함께 보낸 사람이었다.

마크 정은 이연우란 사람을 어느 정도는 안다고 생각했다.

'위험 싫어하고, 어리숙하고 허술한 부분이 있는 사회 초년생.'

하지만 지금 이 순간 낯선 사람이 눈앞에 앉아 있었다. 생존 본능이 켜진 이연우가.

사람의 분위기가 확 바뀌었다. 억울함이나 미안함 따위의 감정은 증발했고, 느슨한 태도가 팽팽하게 당겨졌다.

이연우는 무미건조한 표정을 지은 채, 머릿속으로 생각했다.

'본사 무서워…'

이연우의 인식에서 본사는 사람이 아니라 기계장치에 가까웠다. 사람을 사람이 아니라 숫자로 보는, 인류가 생존할 수 있다면 윤리나 도덕 따위는 내다 버릴 수 있는 냉혹한 무언가.

그런 것이 이상 세계를 지배하는 힘까지 가지고 있는데, 자신을 위험 개체로 본다면…

"본사의 걱정은 알겠습니다. 어린아이를 괴롭힌 느낌이니, 인성에 문제가 있나 의심할 수도 있죠."

이연우는 오해를 풀기 위해 침착하게 말을 쏟아냈다.

"걱정하지 않으셔도 됩니다. 제가 아이를 왜 괴롭히겠습니까."

"그 노래는 왜 부르셨습니까? 꼭꼭 숨어라, 머리카락… 그 노래 말입니다."

이연우가 회사의 의심을 알아챘으니, 마크 정도 직접적으로 물었다.

그 노래 하나 때문에 회사가 마음을 놓지 못했다. 그런 노래를 부르면서 울면서 도망간 아이를 쫓아간 건 좀 정상이 아닌 것처럼 보였다.

이연우가 눈을 대굴대굴 굴렸다. 노래는 확실히 적절하지 않은 행동이었다. 자신 없는 목소리가 억울하게 흘러나왔다.

"숨바꼭질 같은 놀이로 느끼라고… 저는 애가 그냥 저를 싫어하는 줄 알아서…"

마크 정은 집중했다. 이연우의 표정과 목소리를 살피고, 사소한 몸짓을 분석했다.

이연우는 진실했고 그럴듯했다. 판단은 프로파일러가 내리겠지만, 일단 마크 정은 경계를 풀었다.

낯설긴 해도, 사지에서 헤쳐 나온 회사원 아닌가. 마냥 허술한 사람일 리가 없었다.

"알겠습니다. 상부에는 그렇게 보고하겠습니다. 이런 의심이 불편하셨다면 죄송합니다. 이연우 씨가 워낙 중요한 인력이라, 회사가 지나치게 민감했습니다."

마크 정이 꾸벅 고개를 숙였고, 이연우는 활짝 웃었다. 의심이 풀린 듯했으니까.

"아닙니다. 이해합니다. 회사가 그럴 수도 있죠."

묘하게 긴장이 흐르던 이연우의 방에 화기애애한 기운이 감돌았다.

'본사에 찍히지 않았으면 됐지.'

긴장이 풀린 이연우는 자세를 느슨하게 풀었다. 이불만 대충 깔아둔 이연우의 방이었기에, 벽에 등을 기댔다.

그러고는 문득 고개를 들어 마크 정을 보았다. 떠날 준비를 하던 마크 정이 의아하게 고개를 돌렸다.

"무슨 일…"

"제 집, 언제 구해주실 겁니까?"

"아."

이연우는 셸터가 터진 이후로 조사반 건물에서 잠깐 머물고 있었다. 빈방에 대충 이불만 깔아두고.

'딱히 안 찾아봤는데. 괜히 좋은 셸터나 도시에 있는 집 구해줬다가 사고 터지면 어쩌려고.'

마크 정은 눈을 대굴대굴 굴리더니, 얼른 그럴듯한 말을 떠올렸다.

"여기서 계속 머무시는 게 좋지 않을까요?"

"예?"

이연우의 표정이 단번에 찌그러졌다. 샤워실도 있고, 가스버너로 밥도 해 먹을 수 있고, 큰 문제는 없지만 그래도 싫었다.

마크 정은 빠르게 변명을 뱉었다.

"자, 들어보십시오. 예술가의 이론을 아십니까? 세상을 감동시키면 작품이 된다."

"그건 아는데…"

"그 작품에는 한계가 없습니다. 사람이 될 수도 있고, 공간이 될 수도 있고, 물건이 될 수도 있습니다. 그러면 이 건물도 작품 아닐까요?"

"그게 무슨…"

이연우는 혼란스러운 기색으로 마크 정의 궤변을 들었다.

"조사원들이 오래도록 쓴 건물입니다. 생존 예술가들의 거점인 만큼 사고가 안 나는 이상 개체가 됐을지도 모릅니다. 이연우 씨가 한참 머물렀는데도 아무 문제 없지 않았습니까?"

"어…"

그런가? 이연우가 머리 위로 물음표를 둥둥 띄웠다. 뭔가 그럴듯한데.

"사실 이연우 씨는 축복받은 아이를 찾아갈 필요도 없었습니다. 이 건물이 이연우 씨가 원하던 거니까요. 그럼 저는 가보겠습니다."

마크 정은 헛소리를 당당하게 뱉고는, 서둘러 방을 나섰다.

이연우는 한동안 어안이 벙벙한 기색으로 있다가, 문득 어떤 생각을 떠올렸다.

'세상을 감동하게 하면 작품이 된다. 예술가협회장. 세상에서 가장 아름다워 세계의 편애를 받는 괴물.'

그렇다면 생존 본능으로 세상을 감동시키면.

'생존 본능이 이상 개체가 아니어도 이상 개체로 만들 수 있고, 이상 개체가 맞아도 레벨을 올릴 수 있지 않을까?'

이연우는 곰곰이 생각에 빠졌다.

이연우는 의욕 없이 의뢰 목록을 둘러보았다. 눈은 텍스트 목록을 보고 있었으나, 그 글을 읽지는 않았다. 머릿속은 딴생각으로 가득 차 있었다.

'생존 예술? 가능한가? 가능하면 어떻게 하지? 위험 속에서 몸 비틀고 살아남기? 그건 싫은데.'

드르륵, 마우스 휠이 계속해서 돌아갔다. 어느새 의뢰 목록의 끝까지 도달했는데도, 이연우는 인식하지 못하고 계속해서 손가락을 움직였다.

'위험 레벨 6, 6레벨, 생존 본능, 인간 자격증, 주사위.'

산의 정상이 환하게 보이는데, 정작 정상까지 오르는 길이 없었다. 이연우는 답답한 마음에 한숨을 푹 쉬었다.

그러고 있자니, 점심시간이 되었다.

반장이 몸을 일으켰다.

"점심 뭐 먹을래?"

"저는 입맛이 없어서…"

이연우가 고개를 저었고, 유지유도 마스크를 쓴 채로 도시락을 꺼냈다. 출근하는 길에 사 왔는지, 죽이 나왔다.

"감기 걸려서 간단하게 먹을래요."

"음, 그래."

유지유의 쉰 목소리에 반장은 고개를 끄덕이며 혼자 밥 먹으러 나갔다. 유지유 또한 도시락을 전자레인지에 돌리러 갔고, 이연우는 마우스를 열심히 놀렸다.

"정보나 찾아볼까."

혼자 생각해서 안 되면 인터넷에 검색을 하든, 기록을 찾아보든, 다른 곳에서 아이디어를 얻으면 될 일이었다.

마침 보안 등급이 높아졌기에, 이연우는 온갖 기밀 자료를 마음대로 둘러볼 수 있었다.

"위험 레벨 6, 이상 개체 진화…"

이런저런 키워드로 검색하다 보니, 흥미로운 자료들이 잔뜩 나왔다.

이연우는 눈길을 끄는 문서를 찾았다. 정확히는 가슴을 더 답답하게 하고, 두렵게 만드는 문서를.

'위험 레벨 7?'

바로 문서를 열었다.

[위험 레벨 7에 대한 제안]
그동안 우리는 사고와 피해자의 규모로 위험 레벨을 부여했습니다.
6은 지구 멸망, 5는 국가 몰락, 4는 도시 괴멸 등등으로 말입니다.
하지만 기술이 발전하고, 회사가 보유한 이상 개체가 많아지면서
　　6레벨을 다시 정의했습니다.
지구 멸망급의 위험이라도 약점을 찔리면 너무 쉽게 파괴되었고, 회
　　사는 손쉽게 이들을 관리할 수 있었으니까요.

그렇기에 전능과 절대성이 6레벨의 기준이 되었죠.

그렇다면 그 이상의 위험은 무엇일까요? 우리가 본 적 없는, 상상하기 힘든, 가설로만 존재하는 그 위험은 어떻게 정의해야 할까요?

많은 사람이 이를 두고 논쟁하고 있습니다.

먼 과거에는 태양계 멸망의 위험, 혹은 우주 멸망의 위험을 기준으로 삼아야 한다며 다투었으나, 이차원과 평행 세계가 발견된 뒤로는 그 다툼이 더 심해졌습니다.

저는 더 단순한 기준을 제안합니다.

우리가 관리할 수 없는 위험. 가설로만 존재하는 위험 레벨.

인류 멸종의 위험. 지구, 우리 우주, 이차원, 평행 세계를 가리지 않는 인류의 멸종.

어차피 상상일 뿐이니, 확실한 무언가가 발견되기 전에는 스케일 크게 정해둡시다. 기준이야 얼마든지 고칠 수 있으니까요.

그 답변은 간단했다.

승낙. 몇몇 연구원은 생산성 없는 짓에 그만 몰두하고 본업에 충실하라는 말을 남겨놨다.

눈도 깜빡이지 않고 문서를 보던 이연우는 헛웃음을 지었다.

'그냥 가설이네. 있지도 않고.'

하도 스케일이 크니까 현실감이 없었다. 애초에 저런 게 있을 것 같지도 않았다. 말이나 되는 소리인가? 세계를 가리지 않는 인류 멸종?

'저런 재앙이면 죽어주는 게 예의… 그건 아니고. 아니, 잠깐만. 생존 예술.'

아이디어가 스쳤다. 이연우가 서둘러 고민에 빠져들었다.

'혹시 죽을 상황에서 살아남으면 세계가 감동하나?'

하지만 좋은 아이디어가 아니었다. 이연우의 안색은 어두워졌고, 곧 아이처럼 쉽게 마음을 바꿨다.

'위험은 애초에 피해야지. 안 되겠다. 리스크가 너무 크고, 확실하지도 않아. 차라리 주사위를 이용해 6레벨로 올라가는 게 낫겠어.'

답이 안 보이는 문제가 길을 막는다면, 그냥 길을 돌아가면 됐다. 시험 볼 때도 안 풀리는 문제는 마지막으로 미루지 않나. 아예 포기하거나.

"오염, 자의식 지키기."

이연우는 방향을 바꿨다.

생존 본능이더라도 주사위만 못했다. 역시 주사위가 좋았다. 그 전능에 가까운 힘이면 생존은 문제도 아니었다.

이연우는 의뢰는 내팽개치고 이런저런 이상 개체를 찾아보았다.

영혼 관련한 것도 찾아보았고, 심리나 정신 쪽도 보았고, 저항이나 생존 관련한 것도 보았다. 위키 보듯, 어느 순간 목표를 벗어날 정도로 푹 빠져서.

그러던 중 이연우는 한 가지 사실을 알아냈다.

'인간 자격증이 오염에 저항하는 걸 회사는 모르나?'

오염 저항에 관련한 실험 기록이 없었다.

가만히 모니터를 보던 이연우가 턱을 매만졌다. 인간 자격증.

'이것만큼 저항 잘하는 게 없는데. 혹시 시험 여러 번 치면 자격증을 여러 개 받을 수 있나? 아니, 주사위가 시험 치고 자격증을 따면 어떨까? 아, 그럼 독립하나?'

가능성을 조작할 시점까지 오염된 뒤, 인간자격시험을 불러 결과를 조작하는 방법.

'시도해볼 만한데'

어쨌든 주사위의 오염도는 다시 내릴 수 있을 테니까.

이연우는 갑자기 열의를 찾고는 보고서 하나와 제안서 하나를 썼다.

인간 자격증의 오염 저항. 그리고 인간 자격증을 여러 개 딸 수 있는지, 그렇다면 개수에 따라 오염 저항에 차이가 있는지 실험해달라고.

꿈

149

　유지유가 역병을 퍼뜨렸다. 어디서 독한 감기에 걸려 온 유지유는 반장은 물론이고, 졸업을 앞둔 부모 감별사 최재민마저 감염시켜 조사반을 마비시켰다.

　어지간한 사건 사고를 겪어도 멀쩡하게 돌아가던 부서인데, 고작 감기에 부서장부터 예비 인력까지 싹 날아간 상황.

　반장과 유지유는 잔뜩 잠긴 목소리로 이연우에게 연락했다.

　"어, 연우야. 네가 임시로 조사반 좀 맡아라. 업무 들어오면 대충 거절하고, 뒤로 미루기만 하면 된다."

　"액땜했다고 생각하면 뭐, 나쁘지 않네요. 이상한 사고 나는 것보다는 감기가 낫죠."

　빗물의 활력으로 저항한 이연우는 흔쾌히 조사반을 맡았다.

　"예. 푹 쉬십시오."

　며칠 전화를 대신 받는 일쯤이야. 심지어 모르는 사람, 낯선 부서도 아니고.

그렇게 이연우 혼자 한산한 건물을 지키며, 오랜만에 조사원으로서 일하기 시작했다. 업무가 들어올 때까지 시간을 대충 보내는 일.

전화가 오면 거절하는 일.

"예, 조사반입니다. 아, 반장님이요? 지금 독감 걸려서 쉬고 계십니다. 예, 다음에 연락 주세요. 조사 업무요? 지금 남는 조사원이 없어서…"

이연우는 마우스를 딸깍거리며 대충대충 전화를 받았다.

성의 없는 목소리로 답하면서, 눈으로는 회사 인트라넷을 구경했다.

'실험 제의는 검토 중이고. 아, 할 게 없네.'

인간 자격증 관련한 보고와 제안은 시간이 상당히 걸릴 것처럼 보였다. 결국, 시간이 남아도는 이연우는 의자에 등을 기대며 눈을 감았다.

"낮잠이나 자야지."

햇볕은 따스하고 난방도 적절해, 딱 자기 좋은 느낌이었다. 긴장이 느슨하게 풀렸다. 뒤로 잔뜩 젖힌 의자 속으로 몸이 늘어졌다.

쌕쌕, 숨소리가 이어졌다. 이연우의 의식이 저 아래로 잠겼다.

그리고 의식이 어딘가로 이어졌다. 개인의 무의식이나 꿈을 지나서 기이한 정신적 공간으로.

"…어?"

이연우는 눈을 깜빡였다. 분명히 사무실에서 잠들었는데, 눈을 뜨니까 낯선 세상이었다.

모래가 끝도 없이 펼쳐진 사막. 덥지도 춥지도 않은 온도. 푸른 하늘에는 이런저런 구름이 둥실둥실 떠다녔다.

무엇보다 그 앞에 서 있는 사막과 어울리지 않는 건물 하나. 이연우는 그 간판을 올려다봤다. 끊임없이 변하는 간판이 이연우의 언어로 변했다.

"꿈 거래소?"

이연우의 표정이 썩어 들어갔다.

온갖 사건 사고를 겪었다. 이게 단순한 개꿈인지, 이상 개체가 엮인 현실인지 분간하기란 쉬웠다.

이연우는 머리를 벅벅 긁었다. 얼굴에는 신경질적인 기색이 날카롭게 솟았다.

'아니, 뭐. 그냥 낮잠 잤는데 왜 또 이상 개체랑 엮이는 건데.'

위험해 보이지는 않았지만, 영 마음에 안 들었다. 주사위부터 찾아본 이연우는 주사위를 이용해 현실로 다시 돌아갈까 고민하다가, 천천히 걸음을 내디뎠다.

'이동은… 대실패 나오면 무섭지. 일단 들어가보자.'

자신을 끌고 왔으니, 돌려보낼 방법도 저 가게에 있을 것이었다.

이연우는 은근하게 긴장하며, 조심스럽게 나무 문을 열고

꿈

들어갔다. 딸랑딸랑, 벨이 경쾌하게 울렸고, 안쪽에서 후드를 눌러쓴 가게 주인이 이연우를 맞이했다.

"어서 오십시오! 당신에게 꿈을 찾아주거나, 당신의 꿈을 적절한 사람에게 연결해주는 꿈 거래소입니다!"

"…"

이연우는 대답하지 않았다. 그저 시야를 넓게 두고, 가게 주인과 가게를 둘러보았다.

가게 주인은 얼굴이 보이지 않았다. 후드 아래로 짙은 그림자가 얼굴을 가렸다.

'가게는 골동품 가게 느낌이고.'

깔끔한 가게의 선반에는 오르골이나 수정 구슬, 피아노, 축구공, 기타, 마이크, 시험지, 청진기 따위가 아무렇게나 널려 있었다.

이연우가 가게 주인에게 시선을 고정했다.

"절 부른 건 당신입니까?"

"글쎄요. 제가 불렀다기보다는 당신의 영혼이 꿈 거래소를 찾아…"

헛소리였다. 이연우는 귀찮다는 듯 손을 내저으며 가게 주인의 말을 막았다.

"관심 없으니까 돌려보내주시죠."

"아하하. 꿈을 잃어버린 사람들은 다들 그렇게 반응하죠. 그래도 모처럼 만난 건데 이야기라도 듣는 게 어떨까요? 전부 잠깐의 꿈일 뿐이잖아요."

가게 주인은 장갑 낀 손을 살짝 흔들었다. 그러자 나무 의자가 나타났으며, 모락모락 김을 내뿜는 차가 계산대 위로 올라왔다.

이연우는 눈살을 찌푸렸다. 그가 짧게 물었다.

"골드버그클럽입니까?"

꿈을 사고파는 가게. 당연히 클럽부터 떠올랐다. 하지만 가게 주인은 고개를 절레절레 저으며 웃어넘겼다.

"아, 골드버그클럽. 황금빛 꿈을 꾸는 인간들! 저는 그런 속물이 아니라서요. 이 일은 훨씬 더 위대하고 아름답고 숭고한 일이랍니다!"

이연우는 속으로 중얼거렸다.

'뭐라는 거야.'

이연우의 반응이 어떻든, 가게 주인은 어깨를 쭉 펴고 자신감 있게 말하기 시작했다.

"꿈을 이룰 수 없는 사람은 꿈을 팔아 자유를 찾을 것이고, 능력은 있으나 꿈이 없는 자는 꿈을 사서 꿈을 이룬답니다. 말하자면 피지 못하고 스러질 꽃을 활짝 피우는 아름다운 일이죠!"

"아, 예. 좋은 일 하시는군요. 그래서 돌아가는 길은 어디입니까?"

"…"

가게 주인이 멈췄다. 주인은 언제 신나서 이야기했냐는 듯 몸을 웅크리더니 음산한 목소리를 흘렸다.

"내 말을 듣지 않는군요."

"그쪽도 내 말을 안 듣는데."

이연우 또한 짜증스럽게 말했다.

'이 꿈팔이는 뭐지? 관심 없다니까?'

꿈. 사람의 열정과 희망을 담은 그것을 거래하는 신비한 가게가 단순한 잡상인으로 격하되었다. 아니, 이연우에게는 잡상인보다 악질로 여겨졌다.

"안 사고 안 판다고요. 사람 납치해서 강매하는 것도 아니고 이게…"

그 순간이었다.

가게 주인의 기분이 나빠짐에 따라 가게가 변하기 시작했다. 악몽처럼 두려운 어둠이 일렁였고, 곳곳에 널린 아름다운 꿈 대신 어둡고 끔찍한 꿈이 기어 나왔다.

한순간에 어둠에 잠긴 가게 안.

어둠 너머에서 울음과 한탄과 비명 따위가 들려왔다.

이연우는 얼른 의자에 앉았다.

"정말 흥미가 가는군요. 꿈을 팔면 무엇을 받을 수 있습니까? 그리고 무슨 꿈을 파시나요?"

이연우는 천연덕스럽게 눈을 깜빡였다. 당신에게 집중한다는 듯 몸을 앞으로 숙였다. 잠에 취했던 머리가 깨어났다.

'앞에 있는 이거 이상 개체야. 조심해야지.'

괜히 잘못 건드려서 사고당하기는 싫었다. 좋게 넘어가는 게 가장 좋았다.

가게 주인은 말문이 막혀 한동안 가만히 있다가, 작게 한숨을 내쉬었다.

"어쩌다 이런 손님이…"

어둠이 물러나고, 몽환적인 분위기가 다시 가게에 내려앉았다. 여러 사람의 꿈이 형상화된 물건들이 은은하게 빛났다.

이연우는 한숨을 돌렸고, 가게 주인은 통명스럽게 말했다.

"조심하세요. 저는 당신 생각보다 대단하고, 모두에게 좋은 일을 하니까요."

"훌륭하십니다, 선생님!"

짝짝짝, 이연우의 영혼 없는 박수와 감탄.

가게 주인은 냅다 손을 저어 차를 없애버렸다. 이연우에게 줄 차는 없었다. 주인이 불친절하게 말했다.

"꿈은 사고 싶다고 살 수 있는 게 아니에요. 그 꿈을 이룰 능력이 있는 사람한테만 팔거든요. 그런데 당신은…"

이연우는 귀 기울여 듣는 척했고, 가게 주인은 이연우를 위아래로 훑어봤다.

"꿈을 살 자격이 없네요. 뭘 이룰 능력이 있어야지."

"아, 저런. 그럼 저는 손님 자격이 없겠군요. 안타깝지만 돌아가야겠습니다."

꿈

이연우가 활짝 웃었다. 어찌 보면 무시당한 것이었지만, 그에게는 별문제 없이 돌아갈 수 있다는 뜻이었다.

하지만 가게 주인은 계속해서 말했다.

"그래도 당신 꿈은 꽤 괜찮네요. 순수한 생존 욕구, 삶에 대한 갈망. 이건 불치병 환자한테서나 볼 법한데. 좋아요. 삶의 희망을 잃은 사람한테 팔면 되겠어요."

가게 주인에게는 이연우의 꿈이 보였다.

생존. 그 원초적이고 순수한 꿈.

가게 주인이 고개를 주억거렸다. 기분 좋은 목소리가 후드 아래의 어둠 속에서 흘러나왔다.

"그 꿈 저한테 파시죠? 더 어울리는 사람한테 전해줄게요. 당신보다 그 꿈을 잘 이뤄줄 사람이 그 꿈을 보석처럼 빛내줄 거예요."

"…"

이연우는 답하지 않았다. 그저 물끄러미 가게 주인을 바라보았다.

가게 주인은 두 손을 계산대 위로 모았다. 설득하듯 친절하게 말했다.

"능력도 없는 주제에 감당 못 할 꿈을 가지고 있으면 얼마나 고통스럽습니까? 차라리 깔끔하게 꿈을 포기하면, 꿈으로부터 자유로워질 수 있어요. 당신의 꿈은 다른 사람이 대신 이뤄줄 거고요."

"안 팔아요."

"예?"

그쯤에서 이연우가 몸을 일으켰다. 더 대화를 나눌 필요가 없었다.

'내 꿈을 팔면 나는 조금 더 여유롭고 자유롭게 살겠지. 회사도 퇴직하고 벌어둔 돈으로 삶을 즐길 거야. 하지만 그뿐이 잖아.'

생존. 그 근본적인 동력을 잃어버리는 순간, 모든 것이 망가지기 시작할 것이었다. 아마 방심하다가 금방 죽을지도 모르는 일이었다.

'일단 가게부터 나가자.'

이연우는 뒤도 돌아보지 않았다. 가게 문으로 다가가 손잡이를 잡았다. 손에 불끈 힘이 들어가며 손잡이를 당겼다.

덜컥.

문은 열리지 않았다. 그저, 뒤에서 목소리가 들려올 뿐이었다.

"뭘 모르면 그렇게 생각할 수도 있죠. 괜찮아요. 제가 당신을 꿈으로부터 자유롭게 해줄게요. 다 끝나면 저한테 고마워할 걸요?"

한순간이었다.

이연우는 무언가를 잃어버렸다. 마음, 정신, 영혼, 뭐라고 말하든, 그 뿌리가 되는 핵심적인 무언가가 사라졌다.

생존이란 꿈을 잃어버린 이연우가 천천히 몸을 돌렸다.

꿈

가게 주인이 한 손에 심장 모형을 쥐고 있었다. 쉴 새 없이 뛰는 심장 모형.

"좋아요. 훌륭한 꿈이에요. 강하고, 순수하고. 이걸 누구에게 줘야 아름답게 빛날까요?"

그쯤에서 가게 주인이 이연우를 보았고, 둘의 시선이 교차했다. 가게 주인이 말했다.

"어때요? 자유로워진 기분이?"

"잘 모르겠는데."

이연우는 멍하니 말했다. 사라진 생존 욕구를 대신해 정신이 다시 구성되고 있었다. 그가 겪었던 모든 기억을 바탕으로 새롭게.

어딘가 혼란스럽고 어수선한 이연우의 분위기가 변하기 시작했다.

"자, 이제 당신은 꿈에 속박되지 않고 자유를…?"

가게 주인은 웃음기 섞인 목소리로 말하다가 멈췄다. 뭔가 느낌이 이상했다.

이연우가 냉혹하게 중얼거렸다.

"사람은 언젠가 죽어."

가치관이 재정립됐다. 그가 겪은 사고와 이상 경험. 살얼음판 같은 세상. 광대한 우주와 이상 세계.

이 세상에 영원은 존재하지 않았다. 하루살이처럼 하루하루 살아남겠다고 발버둥 치는 것은 헛짓거리에 불과했다.

오직 하루하루 충실하게, 내일 죽어도 만족하며 죽을 수 있게, 마음 가는 대로 사는 것이야말로 옳았다.

그리고 지금 이연우의 마음이 가는 곳은…

"내 꿈을 마음대로 가져갔지. 그 대가는 내가 알아서 받을 게."

위험하겠지. 상대는 미지의 이상 개체고, 주사위의 리스크는 여전했으니까. 생존 본능이 은근히 비명을 지르고 있으니까.

하지만 알 바 아니었다. 기분 나쁜 걸 해소하는 게 더 중요했다. 이연우가 주사위를 불렀다.

150

드르륵.

이연우가 낡은 의자를 문 앞까지 질질 끌고 온 다음, 의자 위에 털썩 앉았다. 이연우는 죽은 생선같이 탁한 눈으로 가게 주인을 보았다.

"생각해봤는데, 그냥 대가를 가져가는 건 재미가 없어."

"..."

가게 주인은 대답하지 않고, 이연우를 유심히 살폈다.

꿈을 잃어버린 이연우는 평범한 사람이 되었다. 딱히 열정도 없고, 죽지 않았기에 살아 있는, 모질고 거친 세상에 찌든 어른.

본래라면 가게 주인이 본 척도 안 하고 무시할 인간이지만…

'뭐지?'

가게 주인은 무심코 몸을 뒤로 뺐다. 꿈도, 열정도 없는 인간한테서 위험이 느껴졌다. 손님으로 찾아오는 인간보다는 자신 같은 무언가에 가까운 분위기.

이연우는 히죽 웃었다.

"우리 주사위 놀이나 합시다. 판돈은 당신이 가진 것 전부."

"…당신 꿈이 아니라요?"

가게 주인이 손을 내밀었다. 손에 잡힌 이연우의 꿈, 박동하는 심장 모형이 계산대에 올라갔다.

하지만 이연우는 고개를 절레절레 저었다.

"그건 재미없잖아. 내 기분이 풀리지도 않고."

원래 자신의 꿈이었다. 그걸 판돈으로 걸어봤자, 자기 것을 돌려받는 것에 불과했다. 기분 나쁨을 해소할 것을 걸어야 했다.

'농담이나 장난은 아닌데.'

가게 주인은 불안을 느꼈다. 단순한 주사위 놀이가 아니었다. 진짜 판돈을 거는 도박이었다.

"그… 도박하기 싫다면…"

"그건 예의가 아닌데. 내 꿈은 강제로 뜯어 가고 주사위 놀이 하나 못 해? 그럼 나도 예의를 못 지키겠는데."

이연우가 웃었다. 그건 그것대로 재밌었다. 상대를 억지로 도박판에 앉히는 것도 좋았고, 거부하는 상대를 대상으로 주사위를 굴려도 좋았다.

사실, 주사위를 굴리는 행위 자체가 즐거웠다. 즉각적으로 현실을 조작하는 도박 아닌가.

그쯤에서 가게 주인은 어렴풋이 사태의 심각성을 깨달았다.

스윽.

계산대에 올린 이연우의 꿈을 슬쩍 밀었다. 이연우를 향해 서였다. 가게 주인이 말했다.

"꿈 돌려드릴게요. 우리 여기서 그만…"

"넣어둬. 내 꿈은 이제 중요하지 않으니까."

이연우는 거절했다. 정말 중요하지 않았다. 꿈을 잃어버린 이연우는 가게 주인이 했던 말처럼 자유를 느꼈다.

'사람은 죽어. 아등바등 살아서 뭐 하냐고. 하루하루 즐겁게 살아야지.'

몸을 꽁꽁 묶은 사슬이 풀린 기분. 그 개운함과 상쾌함. 이연우는 어떤 걱정도 없이 삶을 즐겼다. 자기 감정에 충실했다.

이연우가 문득 손뼉을 쳤다. 즐거운 주사위 놀이를 하기 전에 준비할 게 있었다.

"그렇지. 주사위를 너도 봐야 하는데… 내가 보는 걸 구현할 수 있나?"

휘적.

고민하던 가게 주인이 손을 저었다. 이연우의 정신 한편에 있는 주사위가 계산대 위로 투영되었다. 대실패, 실패, 꽝, 꽝, 성공, 대성공, 여섯 개의 결과가 존재하는 주사위.

"이게…?"

"좋아. 그럼, 시험 삼아 굴려볼까? 주사위, 그냥 한번 굴려줘."

그 말과 동시에 주사위가 펄쩍 뛰어올랐다. 주사위는 데구르르 경쾌하게 굴렀고, 결과를 냈다.

꽝!

투영된 주사위의 결과. 가게 주인은 이게 뭔가 싶어 침을 꿀꺽 삼켰고, 이연우는 고민했다.

"꽝은 3 아니면 4인데. 난 3이 좋으니까, 3이라고 치자."

"그게 무슨 의미죠? 애초에 이걸로 무슨 놀이를 하겠다는 말입니까?"

이연우가 손가락 세 개를 폈다.

"주사위 놀이 세 번만 합시다. 성공 나오면 내가 이기는 거고, 꽝과 실패가 나오면 당신이 이기는 거야."

가게 주인은 당혹스러운 기색이었다. 규칙은 이해했지만, 상황을 잘 모르겠다. 굳이 이 인간 말을 따라야 할까? 지금이라도 내쫓으면…

그리고 이연우가 말했다.

"첫 번째. 이 가게의 꿈들이 사라질 가능성."

"뭐…"

화들짝 놀란 가게 주인이 펄쩍 뛰어오르고, 주사위 또한 높이 솟구쳤다. 데구르르, 주사위가 계산대 위를 굴러다녔다.

꿈틀거리는 가능성. 현실로 구현될 가능성.

가게 주인은 그제야 주사위의 힘을 알아봤다.

'아니, 이딴 걸 가진 인간이었다고?'

후회는 늦었다. 이미 상대를 건드렸고, 주사위는 던져졌다. 가게 주인은 안광을 번쩍이며 주사위를 보았고, 다음 순간, 안도의 한숨을 내쉬었다.

꽝!

"아."

가게 주인이 털썩 주저앉았다. 이연우는 웃는 듯 마는 듯한 표정을 지었다.

"첫 번째 게임은 당신이 이겼습니다. 바로 다음 게임 갑시다."

"뭐… 뭘 굴리려고요? 꿈 돌려드릴 테니까, 제발 그만…"

가게 주인은 이연우의 꿈을 움켜쥐고 자리에서 일어났다. 바로 꿈을 돌려줄 생각이었다. 어렵지 않았다. 머리나 몸통에 쑤셔 넣으면 끝이었다.

하지만 조금 전의 가게 주인이 그러했듯 이연우는 대응하지 않았다. 자기 할 일을 할 뿐.

"두 번째는 꿈 거래소에 사람이 방문하지 않을 가능성."

꿈 다음은 가게가 대상이었다.

계산대를 넘어오던 가게 주인의 움직임이 멈췄다. 그것은 몸을 홱 돌려, 계산대를 보았다. 주사위가 구르고 있었다.

데구르르.

가게 주인은 똑똑히 보았다. 꽝과 실패, 성공 따위가 어지럽게 스치고 지나갔다. 결과가 어지럽게 교차할수록 심장이 쿵쾅쿵쾅 뛰었다.

'성공만 안 나오면 돼! 제발!'

순식간에 꿈 거래소의 미래가 어지럽게 흔들렸고, 마침내 결과가 나왔다.

실패!

"아아."

가게 주인은 힘이 풀리는 것을 느꼈다. 저도 모르게 계산대에 두 손을 짚고, 한숨을 길게 내쉬었다.

고작 주사위 하나였지만, 그 결과에 따라 현실이 바뀌었다. 그것도 그의 가게가 걸린 현실이.

짧은 순간 긴장을 얼마나 했는지…

그때, 가게 주인의 뒤에서 목소리가 들렸다. 이연우가 세 번째 판정을 골랐다.

"마지막이야. 당신이 존재하지 않을 가능성."

"아니, 잠깐!"

가게 주인의 느슨하게 풀렸던 긴장이 팽팽하게 당겨졌다. 이번에는 아예 목숨이 걸렸다.

'이번에도 행운이 따라줄까?'

앞의 두 번에서 이겼기 때문일까. 가게 주인은 질 것만 같은 기분에 휩싸여 이연우를 향해 손을 뻗었다. 이 판정만은 막아야 한다!

하지만 아무리 빠르게 움직여도 생각의 속도보다는 느렸다.

데구르르, 주사위가 구르기 시작했다. 가게 주인의 목숨을 걸고.

"아!"

가게 주인은 계산대와 이연우 중간에 멈춰서 이러지도 저러지도 못했다. 몸을 벌벌 떨며 구르는 주사위를 보았다.

극도로 집중했기 때문인지, 흩날리는 먼지와 좌충우돌하며 구르는 주사위가 세세하게 눈에 보였다.

실패가 위로 왔다가, 옆으로 굴러 꽝이 나오고, 툭 튕겨 성공이 윗면으로 나오고, 빙글 돌아 꽝이 나오고.

그 순간순간마다 심장이 저 아래로 쿵 떨어졌다가 위로 솟구치기를 반복했다.

'제발, 제발.'

그리고, 결과가 나왔다.

꽝!

"살았다…"

가게 주인이 땅바닥에 쓰러지듯 앉았다. 손이 힘없이 늘어져 바닥을 쓸었다. 수명이 딱히 존재하지 않았지만, 수명이 줄어든 기분이었다.

그 위로 이연우의 그림자가 드리워졌다. 이연우는 가게 주인을 축하했다.

"운이 좋으시네요. 세 번 다 이기시고."

"하, 하하. 예, 그… 여기 꿈은 돌려드리겠습니다. 원하는 꿈 있으면 몇 개 드릴 테니까, 앞으로 서로 마주치지 않는 게…"

가게 주인은 흐느적 손을 올렸다. 이연우의 꿈을 쥔 손이었는데, 그냥 돌려줄 생각이었다.

"…"

하지만 대답이 돌아오지 않았다. 가게 주인은 순간 끔찍한 불길함을 느꼈다. 가게 주인이 떨며 고개를 들었다. 흔들리는 후드 너머로 이연우가 보였다.

웃고 있는 이연우가.

"자, 그럼 네 번째 판정 굴릴까요?"

"…세 번만 하겠다며!"

"마음이 변했어. 그리고 이게 더 재밌잖아."

약속? 그걸 왜 지켜야 하나? 재미도 없는데.

그 순간 가게 주인은 자기가 무슨 짓을 저질렀는지 깨달았다. 생존, 그 꿈을 잃어버려 사람을 억제하는 선 또한 잃어버린 자.

'이 꿈을 빨리 돌려줘야 해!'

그렇지 않으면, 가게 주인은 이연우의 기분이 풀릴 때까지 놀아날 것이었다. 어쩌면 죽을 때까지.

가게 주인은 벌떡 일어나 몸을 던졌다. 박동하는 심장 모형, 이연우의 꿈을 제일 앞으로 내세우며.

또한, 이연우가 말했다.

"네가 너의 꿈을 잃어버릴 가능성."

데구르르.

성공!

교차했다. 가게 주인이 뻗은 손에 들려 있던 이연우의 꿈이 이연우에게 돌아가는 동시에 가게 주인은 그의 꿈을 잃어버렸다.

"…어?"

"아?"

두 사람은 동시에 혼란스러운 표정을 지었다. 그나마 이연우가 판단이 빨랐다. 한번 빼앗겼던 꿈이 정신을 제자리로 돌려놓았다.

반면, 가게 주인은 처음 겪는 상실감에 눈을 마구 떨었다.

"내 꿈…?"

이연우는 코앞에서 가게 주인의 혼란을 고스란히 느꼈다. 몸이 마구잡이로 흔들렸고, 기괴한 울음 같은 것이 들렸고, 가게가 이리저리 일렁였다.

이연우는 기겁한 표정으로 주사위를 불렀다.

"이동… 아니, 잠에서 깨기!"

성공할 것 같은 판정을 찾아 부르기 무섭게 성공이 나왔고, 꿈 거래소가 흐릿해졌다.

다음 순간, 이연우는 조사반 사무실에서 몸을 일으켰다. 이연우는 식은땀으로 폭 젖은 이마를 쓸었다.

"아니, 미친… 살고 싶지 않았나? 어떻게 그딴 짓을 하지?"

기분 나쁘다고 죽어라 달려들었던 기억.

이연우는 자신답지 않았던 기억에 몸을 부르르 떨었다. 그렇게 조심성 없는 자신의 모습은 받아들일 수 없었다.

꿈 거래소.

와장창. 가게 주인은 선반을 쓰러뜨렸다. 깔끔하게 정리된 나무 선반이 우지끈 부서졌고, 곱게 전시했던 꿈들이 바닥에서 아무렇게나 굴렀다.

"내 꿈, 어딨지?"

가게 주인은 몸을 웅크려 꿈 하나하나를 보았다. 그러고는 멀리 집어 던졌다.

"아니야, 아니야. 이것도 아니야."

이런 게 아니었다. 자신은 조금 더 아름다운, 숭고한 꿈을 꾸었다.

팔이 부러진 피아니스트의 꿈을 재능 있는 아이에게 전해주었고, 순수한 삶의 갈망을 품은 불치병 환자가 죽기 전에 전해준 꿈을 삶의 희망을 잃은 자에게 주었다. 때로는 아버지의 꿈을 아들에게 전해주기도 했고, 때로는 재능 없는 자의 꿈을, 때로는…

하지만 그렇게 행동했던 이유를, 그렇게 행동해 즐거웠던 이유를 잃어버렸다. 공허한 삶만 남았다.

"아냐, 아냐. 안 돼. 이렇게 살 수는 없어. 내 꿈을 찾아야 해."

그때, 딸랑딸랑, 벨이 울리고 손님의 목소리가 들렸다.

"저기, 여기가 어디…?"

새로 방문한 손님은 문가에서 눈을 동그랗게 떴다. 쓰레기장처럼 엉망이 된 꿈 거래소의 내부. 그리고 그 한가운데 서 있는 가게 주인.

가게 주인이 고개만 빙글빙글 돌렸다.

"너… 꿈을 가지고 있구나. 그게 내 꿈일까?"

"아니, 어, 어!"

그렇게 가게 주인은 자신의 꿈을 찾아 손님을 덮쳤다.

151

허우적거리며 잠에서 깬 이연우는 의자 등받이부터 돌려 놓은 후 생각에 잠겼다.

꿈 거래소, 꿈을 잃어버린 자신과 가게 주인.

대낮에 꾼 꿈은 분명히 현실이었고, 잠깐의 일탈 또한 이연우의 또 다른 면이었다.

'그렇지. 굳이 오래 살 생각 없으면 그렇게 살겠지.'

생존이란 꿈을 잃어버렸다. 조심성이 제거됐었다는 말이었다. 지뢰밭에서 춤을 추든, 괴물한테 들이박든, 재미만 있다면 못 할 게 없을지도 몰랐다.

안 그래도 살얼음판 같은 세상 아닌가. 언제 죽을지 모르는데 재미가 우선일 수도 있었다.

물론 오래오래 살고 싶은 이연우에게는 미친 자의 행동으로 여겨졌지만.

"미친 짓을 몇 번이나 한 거야…"

이연우는 손톱을 물어뜯으며 오들오들 떨었다.

가게 주인한테 달려들었다. 꿈을 되찾기 위해서도 아니고, 그냥 기분이 나쁘다고. 주사위도 마구 굴렸다. 대실패가 무섭지도 않았다.

일이 잘못 풀렸다면 어떤 일이 벌어졌을지…

한동안 과거에 사로잡혀 있던 이연우가 간신히 정신을 차렸다.

"보고부터 하자."

키보드에 손을 올렸다. 회사원으로서 조우한 이상 개체에 대해 보고한다.

안 그래도 요즘 회사가 자신을 의심하는 느낌이라 속이거나 숨기지 않고 전부 썼다.

사무실에서 낮잠 자다가 꿈 거래소로 간 이야기. 이연우의 꿈과 그걸 빼앗겼던 이야기. 그래서 잠깐 정신이 나갔지만, 꿈을 돌려받은 이야기.

'내 꿈은 안전하게 오래 사는 거니까. 이걸 알면 회사도 안심하겠지.'

타닥타닥.

고요한 사무실에 이연우가 키보드를 치는 소리만 울렸다.

꿈 거래소의 주인이 꿈을 잃어버렸다는 말로 마무리된 보고서는 그대로 등록되었고, 이연우는 느긋하게 회사 시스템을 껐다.

'뭐 별문제 없겠지.'

꿈팔이는 꿈을 많이 가지고 있으니까, 대충 보충하지 않았을까? 어쩌면 자기 말대로 꿈으로부터 자유로워졌을 수도 있고.

이연우는 꿈에서 일어났던 모든 일을 잠깐의 해프닝으로 여기고, 일상으로 돌아갔다.

이상 개체로 가득한 세계는 바쁘게 돌아갔다.

회사의 연구원은 매일매일 연구하고, 특전대는 이상 개체와 싸우고, 정보원은 정보원대로 바쁘고.

새로운 이상 개체가 발견되기도 했다. 복수하는 눈사람이니, 핼러윈의 지각생이니, 제3의 등장인물이니.

그렇게 바쁜 회사에 일거리 하나가 더 던져졌다. 꿈 거래소가 변화한 그것.

"…꿈 강탈자요?"

"예. 이연우가 만들었다고 말하면 조금 이상한데… 어쨌든, 그 사람이 사고 쳐서 만들어진 개체가 있습니다."

꿈을 전해주고 또 사람이 꿈을 이루는 광경을 좋아하던 꿈 거래소의 주인이 악귀같이 변했다는 증언이 들려왔다.

"이건 안전한 개체였는데."

당장 예술가 몇도 당했다던가. 회사와 협력해서 그놈 당장 잡아 죽이겠다고 난리도 아니라고 했다.

"이연우 씨, 진짜 사고뭉치네… 지금 천문대 날아갔고, 축복받은 아이가 격리 해제 일으켰고. 이게 몇 번째입니까."

"일단 꿈 강탈자 적대 등급 올리고, 봉인이든 파괴든 계획부터 만듭시다."

결국, 예술가 몇과 특전대 부대 하나가 손을 잡고 작전을 세우기 시작했다.

본사의 누군가는 머리카락을 쥐어뜯으며 이연우의 보고서를 분석하기도 했으며, 클럽은 슬슬 이연우와 친분을 다지기 위해 움직였다.

"이연우한테 의뢰 넣으세요."

"어떤 의뢰를 넣을까요?"

"간단하게 행운 부여해달라고 합시다. 여러 명한테요. 그와의 친분과는 별개로 잘 풀리면 우리의 꿈을 이룰 기회가 될 겁니다."

그리하여 골드버그클럽 한국 지부의 노인이 조사반 사무실로 찾아왔다.

"혼자 있나? 조사원들은 다 어디 가고?"

딱, 딱, 지팡이로 바닥을 짚으며 들어온 노인은 텅 빈 사무실을 둘러보았다.

새로 단장한 사무실은 사람 사는 느낌으로 충만했는데, 온갖 잡동사니와 이면지와 쓰레기 따위가 아무렇게나 널려 있었기 때문이었다.

이연우는 조금 불편한 얼굴로 노인을 맞이했다.

"다들 아파서 쉬고 있습니다."

"아프다고? 조사원이 전부? 말이 안 되는데?"

노인은 눈을 땡그랗게 뜨며 놀랐다. 조사원이 다칠 수도 있지만, 조사반이 마비되는 일은 어지간하면 없었다.

조사원 숫자가 세 명, 네 명이긴 하지만 어쨌든 생존의 달인들인데. 그들이 전부?

"무슨 사고가 났나? 보통 일이 아닌 모양인데."

"감기에 걸려서요."

이연우가 솔직하게 말했다. 노인은 믿지 않았다. 적대 집단의 사람이라 사실을 감춘다고 생각했다.

'조사원이 싹 다 쓰러졌는데, 고작 감기는 말이 안 되지.'

어찌 되었든, 말하기 싫다는데 굳이 파고들 이유는 없었다.

노인은 대충 의자를 찾아 앉으며, 책상을 딱딱 쳤다. 싸구려 책상인지, 무슨 플라스틱 치는 소리가 났다.

"조사반에 예산이 부족한가? 어째…"

"그… 무슨 일로 오셨습니까?"

이연우는 생수병을 건네줬고, 노인은 떨떠름한 표정으로 생수병을 보다가 책상 구석에 놓았다.

"정보상이 자산 정리해서 그거 전해주러 왔지. 겸사겸사

의뢰도 있고.”

“아!”

까맣게 잊고 있었다. 정보상이 이것저것 주기로 했었는데.

이연우가 활짝 웃었지만, 곧 표정이 이상해졌다. 보상을 주러 왔다면서 옷차림이 굉장히 가벼웠으니까. 노인은 지팡이 하나가 전부였다.

그 눈초리에 노인은 혀를 찼다.

“내가 이 늙은 몸으로 그걸 다 옮길까? 지금 우리 애들이 트럭으로 가져오고 있으니까 기다리게. 목록부터 먼저 보란 말이야. 의뢰 이야기도 하고.”

노인은 품에서 서류 몇 장을 꺼냈다.

이연우가 냉큼 받아보니, 물품 목록이 제법 길게 나열되어 있었다.

‘현금은 넘어가고. 시간을 사는 지폐, 부동산 계약서, 클럽제 권총, 금괴.’

이런저런 장비가 많았지만 가장 중요한 건 저것들이었다. 무장과 이상 장비.

노인이 자랑하듯 말했다.

“부동산 계약서가 뭔지 아나?”

“예. 무슨 땅의 주인으로서 강제력을 행사하는…? 그런 거로 압니다.”

“아는군. 이건 클럽 밖으로 팔지 않는 물건인데, 특별히 선물하는 거야."

이연우가 기쁘게 웃었다.

'이거 있으면 집도 안 터지겠지.'

집의 주인으로서 강제력을 행사하는 이상 계약서. 이걸 잘 쓰면 어지간한 셸터도 부럽지 않았다. 습격자는 내쫓고, 이상 개체도 내쫓고.

'집 바로 구해야겠어.'

이후 노인이 정보상의 비밀 유지 계약서 따위를 내밀었지만, 이연우는 달콤한 꿈에 빠져 설렁설렁 흘려 넘겼다.

그렇게 분위기가 좋아졌고.

노인은 본론으로 넘어갔다.

"아, 그리고 의뢰 맡기고 싶은 게 있는데."

"의뢰 말입니까? 어떤 의뢰입니까?"

이연우가 퍼뜩 정신을 차렸다. 언제 기분이 좋았냐는 듯, 불안한 표정을 지었다. 경고하는 말이 우다다 쏟아졌다.

"실패할 수도 있고, 대실패 나오면 감당할 수 없습니다. 성공해도 기대와 다른 결과가 나올지도 모르고요. 사실 주사위로 도박은 안 하는 편이 가장 좋습니다."

진짜 골드버그클럽이 끝까지 몰려 도박이 필요한 상황이라면 모를까.

그리고 그런 상황이면, 위험할 게 분명해서 이연우가 의뢰를 거절할 것이었고.

노인은 그런 이연우를 다소 황당하게 보았다. 세상에 어떤 자영업자가 자기 상품을 안 팔려고 할까.

크흠, 헛기침한 노인이 서류를 꺼냈다.

"이번에 클럽에서 프로젝트를 하나 진행하는데, 거기에 주사위를 쓸 생각이네. 보게."

"이건…?"

일종의 기획서.

이연우가 빠르게 훑어보니, 이차원 탐색과 우주 개발 관련한 문서였다. 기술과 단어가 거창해서 그렇지, 목적은 단순했다.

황금 확보.

"황금만능주의에 사용된 황금은 영구적으로 소모되지. 결국, 지구에 있는 황금은 제한되어 있는데, 계속 쓰다 보면 고갈되지 않겠나."

"그래서… 황금을 채굴하기 위한 프로젝트라는 말입니까?"

"그래. 우주는 넓고 차원은 더 넓은데, 굳이 지구에서만 황금을 캘 필요는 없지 않나."

이연우는 진지하게 문서를 살피다가 고개를 저었다. 문서를 책상에 놓고 살짝 밀었다.

"이건 제 전문이 아니라서요. 마법사나 우주 연구하는 회사 부서를 찾아가는 게 좋겠습니다."

이차원 탐색 전문가인 마법사. 우주과학 전문가인 회사의 부서. 그쪽에 맡기는 게 옳았다.

"그건 다 해봤지."

하지만 노인은 침울하게 중얼거렸다. 당연히 전문가와 협력 먼저 해봤다. 그 결과는…

"마법사가 황금으로 이루어진 차원을 알더군. 거금을 주고 해당 차원의 좌표를 받았지. 그런데 무슨 일이 일어났는지 아나?"

"모르겠는데요."

이연우가 눈을 깜빡였고, 노인은 머리를 꾹꾹 눌렀다. 그가 젊었을 적 겪었던 경험.

"그 차원이 말이야. 마법사들이 몇 번이나 약탈했던 차원이더군. 황금은 마법사도 쓰는 재료니까. 그래서 그쪽 원주민이 우리를 보자마자 공격했어."

클럽은 손해만 보고 철수했다고.

이연우가 입을 벌렸다. 클럽이 크게 사기를 당한 모양새였으니까.

"아니, 사기를… 그 마법사는 어떻게 됐습니까?"

"뭘 어떻게 돼. 우리한테 자원 크게 뜯어먹고 다른 차원으로 도망쳤지."

"그걸로 끝났다고요?"

노인은 피곤한 표정을 지었다. 괜히 지팡이로 바닥을 투두둑 쳤다.

"그럼, 뭐 어떻게 하나? 끝까지 가면 손해만 커지는데."

손익이 맞지 않았다. 황금만능주의를 써서 차원 너머로 도망친 마법사를 응징하게 되면, 되찾을 자원보다 잃어버리는 자원이 더 많았다.

소모되는 황금도 황금이지만…

"예전에 어떤 마법사는 고깃덩이 차원의 문을 열어 황금 광산을 전부 살덩어리로 만들었어. 어떤 마법사는 자기 원수를 클럽 지부에 떨어뜨렸고. 그것들은 잠재적인 테러리스트야."

마법사만큼 마음대로 사는 인간도 없었다. 심지어 말장난을 치는 마법사면 괜찮은 편이었다.

대부분은 대놓고 사기를 쳤으니까. 수틀리면 도망치면 된다고.

그 말을 전부 들은 이연우는 눈을 깜빡였다.

이상한 깨달음이 머리를 스쳤다.

'역시 힘이 있으면 위험한 일을 해도 위험하지 않구나… 아니, 무슨 생각을 하는 거야.'

꿈 거래소의 경험이 뭔가 가치관을 흔든 기분.

이연우는 고개를 절레절레 저으며 자기 뺨을 가볍게 두드렸다.

"그래서 의뢰는 뭡니까?"

"간단하네. 행운 부여."

노인은 기획서 중간의 문단을 가리켰다.

"클럽 회원 몇 명한테 주사위를 굴려주게. 그중 행운을 얻은 사람에게 무작위 탐사를 맡길 생각이야."

"이 정도면 괜찮을 거 같습니다."

이연우가 고개를 끄덕였다. 딱히 위험한 일도 아니었고, 사람 몇한테 행운 부여만 굴려주면 되는 일이었다.

노인이 손을 척 내밀었다.

"그럼, 계약 성립으로 알겠네."

이연우는 노인의 주름진 손을 물끄러미 내려다보다가 고개를 흔들었다.

"악수는 조금… 무슨 강제력 있을까 무서워서요."

골드버그클럽 한국 지부장 아닌가. 사소한 행동에 뭐가 숨어 있을지 몰랐다. 노인은 알겠다며 손을 거뒀다.

문득 이연우가 질문했다.

"회사와 협력해서 우주 개발은 안 했습니까?"

"아, 그거…"

노인은 헛웃음을 지었다.

"우주는 회사와 일반인 관할이니까 나오지 말라던데."

"아."

우주에 어떤 이상 개체가 있을지 모르는데, 적대 집단이 나오는 꼴은 못 본다고. 무슨 사고가 일어날지 모르니까 애초에 통제하겠다는 말이었다.

그런다고 다른 집단이 순순히 말을 듣지는 않았지만, 협력은 불가능했다.

빨대

선물을 실은 트럭이 도착했다. 클럽 회원 몇이 바쁘게 움직이며 박스를 창고로 옮겼고, 이차원 탐색에 참여할 회원 몇은 이연우를 보기 위해 사무실로 걸음을 옮겼다.

노인이 짧게 소개했다.

"일단 여기 열 명. 편하게 굴리게. 한 명만 성공해도 되니까."

"다 실패할 수도 있는데요."

"괜찮아. 열 명 더 대기하고 있어. 한 명은 성공하겠지."

"아."

이연우는 작게 중얼거렸다. 눈은 클럽 회원들을 살펴보았다.

나이는 20대에서 40대까지. 남자와 여자가 섞여 있었고 다들 신체가 건강했다. 클럽에서도 엄선한 회원들인지 전문가 같은 분위기가 났고 눈빛이 형형했다.

이연우가 마지막으로 경고했다. 주사 맞기 전에 간호사가

"따끔해요"라고 말하듯이.

"실패하면 며칠 동안 불운할 수 있습니다. 대실패가 나오면 평생 불행에 시달릴 수도 있고요. 여러분 생각보다 위험하니까, 혹시 원하지 않으시면 지금이라도 물러나세요."

"성공만 나오면 되는 거 아닙니까. 혹시 대성공이라도 나오면 대박이고."

어떤 회원이 손을 싹싹 비비며 히죽 웃었다.

잃어버릴 것보다 얻을 것에 초점을 맞춘 듯했다. 그건 근거 없는 자신감이나 도박 중독이 아니었다.

노인이 말했다.

"우리도 나름 대비했네. 걱정은 안 해도 돼."

"그렇다면…"

하긴, 클럽 정도면 리스크 관리나 위험 분산에 이골이 났을 테지. 무엇보다 이연우가 위험할 일은 없었다. 어쨌든 다른 사람한테 사고가 생기는 거니까.

이연우가 왼쪽 끝에 선 회원을 보았다.

"그쪽부터 굴리겠습니다."

"예."

데구르르.

꽝!

꽝은 아무런 변화가 없다. 실패든 성공이든 가능성이 구현되는 결과가 나올 때까지, 이연우는 주사위를 굴렸다.

한 명, 두 명, 세 명, 그리고 열 명 모두.

실패가 일곱 명이고, 성공이 세 명이었다.

그 결과에 따라 사람들은 두 무리로 갈라졌다. 성공한 사람은 노인 뒤로 가서 섰고, 실패한 사람은 문가에 모여 오들오들 떨었다.

"몸이 이상해…"

"왜 넘어졌지? 이게 불운인가? 바닥에 아무것도 없었는데?"

"크허어, 콜록, 콜록! 침 삼키다가 코로 넘어왔어."

행운 부여에 실패한 대가가 벌써 그들을 덮쳤다. 사소한 사고. 누군가는 갑자기 감기에 걸렸고, 누군가는 코인이 떨어지기도 했다.

반대로 행운을 부여받은 자는 기쁘게 웃었다. 행운이 그들을 축복했다.

"주식 오른다!"

"지금이야! 복권 산다!"

"빨리 가챠를…!"

탐색을 위한 행운을 사리사욕을 위해 쓰는 모습. 바쁘게 핸드폰을 두드리고, 흥분해서 어슬렁거리고.

이연우는 그들을 불편한 표정으로 보았다. 정확히는 불운한 자들을 경계하며 손을 내저었다.

"의뢰 끝났습니다. 빨리 가십시오. 대가는 알아서 주시고요."

혹시 불운이 그에게 영향을 줄까 봐, 행운보다 불운이 많으니 어떤 사고가 찾아올까 두려웠다.

노인은 흐뭇하게 고개를 끄덕이다가 지팡이로 바닥을 내리쳤다. 날카로운 소리가 고막을 찔렀다. 떠들던 회원이 입을 다물었고, 이연우도 노인을 보았다.

"생각보다 결과가 괜찮군. 작업 하나만 마무리하고 돌아가겠네."

"무슨 작업 말인지…"

"이대로면 돌아가는 길에 교통사고가 날 것 아닌가. 조치를 취해야지."

그렇게 말하며, 노인이 한 손을 품에 넣었다. 양복 안주머니로 들어간 손이 웬 빨대 하나를 꺼냈다.

이연우가 눈을 깜빡였다.

'빨대? 뭐지?'

빨갛고 하얀 줄이 그어진 플라스틱 빨대.

회원들은 그게 뭔지 아는지, 긴장한 눈으로 다른 회원들을 곁눈질했다. 꼭 경쟁자를 보는 듯한 눈.

노인이 말했다.

"불운과 행운. 각각 한 사람에게 몰아줄 거야. 그게 통제하기 쉬우니까. 자, 알아들었지? 몰아 받을 사람 정하게."

그 순간이었다. 회원들이 얼른 손을 치켜들었다. 나만 아니면 된다는 고함, 혹은 내가 이겨야 한다는 고함이 터졌다.

"가위바위보로 합시다!"

"사다리 타기로 하는 게 낫죠!"

대충 두 사람을 뽑아 행운과 불운을 몰아주겠다는 말 같았다. 회원들은 치열하게 다투었고, 어찌어찌 상황을 파악한 이연우는 아리송한 표정을 지었다.

'이게 감당이 되나? 행운은 그렇다 쳐도, 불운을 한 사람한테 모으면…'

그 표정을 어떻게 인식했는지, 노인이 이연우를 향해 빨대를 흔들었다.

"비물질적 빨대라고, 행운이나 감정이나 그런 것들을 빨아들이는 물건이야. 본래라면 다루지 못할 것을 상품으로 만들 수 있지."

그러니까 행운을 극대화하고, 불운이라는 쓰레기를 한곳에 모은다는 말인데.

'이게 맞아?'

이연우는 눈살을 찌푸리며 고민하다가 생각을 포기했다. 이미 그의 손을 떠난 일이었다.

"그… 뭐가 됐든 나가서 해주세요."

"걱정할 필요 없어. 설마 무턱대고 일을 저지르겠나?"

"아니…"

그쯤에서 사람 둘이 뽑혔다. 소란스럽게 다투던 회원들이 서로 다른 표정을 지었다.

불운을 몰아 받을 사람은 우중충한 표정을 지으며 얼굴을 연신 쓸어내렸고, 행운을 몰아 받을 사람은 득의양양하게 웃었다.

노인이 먼저 불운을 몰아 받을 사람에게 빨대를 건넸다.

"하게."

"예…"

그 사람은 하기 싫다는 기색을 팍팍 풍기면서 어렵게 빨대를 잡았다. 그러고는 한숨을 계속 쉬다가, 다른 사람의 불운을 쭉 빨아들였다.

슈욱.

다른 사람을 가리킨 빨대가 공기를 빠는 소리를 냈다. 겉보기에는 장난치는 모양새였지만, 이연우는 기이한 감각을 느꼈다.

확률적인 가능성이 꿈틀대는 감각. 위험이 스멀스멀 다가오는 감각.

'불운이 일곱 명인데, 그걸 모으면…'

아니나 다를까.

두 명, 세 명, 불운을 빨아들일수록 사소한 사고가 이어졌다.

"크엑!"

불운을 빨아들이던 사람이 갑자기 넘어지더니 빨대가 입천장을 긁었다. 그 사람은 피와 침이 섞인 붉은 액체를 질질 흘렸다. 비명을 길게 내질렀다.

아프다고 데굴데굴 구르는 사람을 노인은 냉정하게 보았다.

"계속해."

"영감님, 저 죽는 거 아닙니까? 심장마비 올 것 같은 기분… 아니, 진짜 심장마비 올 수도 있지 않습니까."

"다 알고 자원한 거 아닌가. 차라리 빨리하는 편이 좋을 텐데?"

결국, 그 사람은 쓰라린 고통을 억지로 참으며 남은 불운을 흡수했다.

자그마치 일곱 명의 불운이었다.

우당탕퉁탕, 난리가 났다. 그가 옆의 선반을 툭 쳤더니, 반장이 대충 던져둔 전동 드릴에 전원이 들어오며 그의 발등으로 떨어졌다. 우득, 팔뼈가 부러졌다. 피로성 골절이었다.

멀쩡했던 사람이 한순간에 다 죽어가는 환자가 되었다. 그 사람은 바닥에 누워 차마 비명도 되지 못하는 신음을 흘렸다.

"끄으윽, 끄으."

"잘 버텼어."

그리고 노인이 품에서 도장 하나를 꺼내 그 사람의 이마에 쿡 찍었다.

임시 봉인이었다. 본거지로 돌아가 제대로 처리하기 전까지는 불운을 봉인한다.

이연우는 저 멀리 도망쳐서 눈치를 살폈다.

'됐나? 끝인가?'

불운만 해결됐으면 문제없었다. 괜히 사고에 휩쓸리지만 않으면 됐다.

에코백을 꽉 쥐고 주변을 둘러보던 이연우가 슬그머니 사무실로 돌아왔다. 바짝 긴장해 전투태세에 들어갔던 몸이 느슨하게 풀렸다.

노인은 그런 이연우를 힐긋 보고는, 빨대를 손수건으로 쓱쓱 닦아 행운을 몰아 받을 사람에게 건넸다.

"자네 차례야."

"예!"

슈우욱.

세 명의 행운이 한 사람에게 모였다. 아무런 사고도 일어나지 않았다. 행운이 올라가며, 현실이 그 사람을 돕기 시작했다.

무슨 쿠폰에 당첨됐다는 문자가 날아오고, 이벤트에 뽑혔다는 연락이 오고.

이렇게 노인의 업무가 끝났다. 그는 만족스럽게 웃으며 이연우에게 고개를 까딱였다.

"좋아. 이만 가보겠네. 앞으로도 협력할 일이 있으면 좋겠군."

"그… 알겠으니까 그만 가십시오."

이연우는 엉망이 된 사무실을 보며 떨떠름하게 말했다. 불운을 겪은 자들이 난리를 피우며 난장판이 된 사무실.

'이거 내가 정리하나? 아, 내가 정리하는구나.'

클럽 회원들이 아무렇게나 우르르 몰려서 사무실을 떠났다. 부상 입은 사람은 다른 사람의 등에 매달려 흐느적거렸다.

그 뒷모습을 본 이연우는 한숨을 푹 쉰 후, 걸레를 찾았다.

진상 같은 손님이었지만 그만큼 돈을 많이 줄 테니, 더 따지지 않고 수습에 나섰다.

그렇게 의뢰가 마무리되는 듯했다.

노인이 지팡이로 바닥을 딱딱 짚으며 걷고, 다른 회원들이 뒤에서 느릿하게 따라가던 중.

"..."

행운을 몰아 받은 사람이 문득 뒤를 돌아보았다. 어쩐지 빨리 이곳을 떠나고 싶은 마음이었지만, 무언가 아이디어가 스쳤다.

'조사원 출신. 살아남을 운명 같은 게 있겠지.'

행운이 있어도 이차원 탐색은 위험했다. 무작위로, 황금이 있는 차원을 찾아 던져지니까. 어떤 차원을 마주할지, 어떤 존재를 만날지는 알 수 없었다.

'호의적인 존재도 위험할 수 있어.'

그렇기에 탐색 인원으로 뽑힌 회원은 이연우를 유심히 보았다.

걸레로 바닥을 닦고, 떨어진 물건을 돌려놓느라 바쁘게 움직이는 이연우를.

'조사원으로 시작해 부서장이 되고, 주사위의 리스크 앞에서도 살아남은 운. 조금만 빌리자.'

스윽.

회원이 빨대를 슬그머니 들었다. 갑자기 손이 떨리며 빨대가 손가락 사이로 빠져나갔지만, 회원은 얼른 빨대를 주워 입에 물었다.

"크흡, 흠."

갑작스럽게 기침이 터져 나오고 호흡이 곤란할 정도로 숨이 막혔지만, 회원은 강인한 의지력을 발휘해 숨을 깊게 들이마셨다.

이연우의 운을 빨아들이기 위해.

슈우우욱.

목이 따끔따끔했다. 꼭 모래 먼지를 마시는 것 같았다. 아니면 독가스나.

실제로 비슷했다. 회원이 기대한 살아남을 운이 아니라 사고가 쫓아오는 운명 같은 것을 흡수했다. 그것도 10초가 넘는 시간 동안, 잔뜩.

'됐다!'

회원은 싱글벙글 웃으면서 얼른 걸음을 서둘렀다. 역시 행운이었다. 운이 좋은 덕분에 빨대를 멋대로 쓰는 장면을 들키지 않았다.

'생존자의 운까지 흡수했으니까 혹시 사고를 만나도 살아남을 수 있을 거야!'

그 경쾌한 걸음. 회원은 밝은 미래를 꿈꿨고.

"…뭐지? 왜 개운하지?"

이연우는 걸레를 들고 고개를 갸우뚱했다. 청소를 했기 때문인지, 넉넉한 의뢰금을 받았기 때문인지, 갑자기 기분이 좋았다.

153

　노인과 회원들은 빠르게 움직였다. 부상 입은 사람은 일단 응급치료를 한 후 응급실로 보냈고, 평범한 회원들은 자기 본업으로 돌아갔다.

　노인과 행운을 몰아 받은 회원은 함께 어느 빌딩으로 향했다.

　주사위가 부여한 운은 한시적이었으니까, 바로 탐사에 투입할 계획이었다.

　"자네한테 기대가 커. 일이 일이지 않나. 클럽 회장님도 주시하고 있을 거야."

　"맡겨주십시오. 세 명 분량의 행운 아닙니까. 황금이 아니더라도 뭐든 발견할 겁니다. 이익이 될 물건으로요."

　부드럽게 달리는 자동차 안에서 두 사람의 대화가 이어졌다.

　탐사 요원으로 뽑힌 회원은 자신감 있게 등을 쭉 폈다. 그를 둘러싼 행운도 행운이었지만, 보험 삼아 빨아들인 생존자의

428

운이 자신감을 더해줬다.

무사히 탐사를 마치겠다는 확신이 들었다. 다시 말해, 잃을 게 없다는 말이었다.

'멀쩡하게 돌아오기만 하면 돼.'

노인은 그런 회원을 흐뭇하게 보았다. 때로는 위험 속에 기회가 있는 법이었고, 용기 있게 도전하는 자세도 중요했으니까.

그래도 노인은 노파심에 이런저런 잔소리 같은 조언을 툭툭 던지기 시작했다.

"이차원 탐사는 나도 몇 번 해봤지. 이차원에 떨어진 최초의 몇 초가 가장 중요해. 위험하다 싶으면 바로 돌아오게. 하지만 환경이 괜찮아 보이면…"

그들은 따뜻한 차 안에서 진지하게 대화했다. 노인이 말하면 회원은 귀를 기울였고, 운전사는 묵묵히 운전에 집중했다.

때때로 울리는 내비게이션의 알림 소리가 경쾌하게 더해졌다.

– 300미터 앞에서 우회전입니다.

운전사가 곁눈질하며 운전한 지 얼마나 지났을까.

한창 말하다 목이 마른 노인이 물을 꺼내 마셨다. 노인은 문득 창밖을 보았다.

나이를 먹어서인지 어디를 가든 다 가본 적 있는 길 같았다. 비슷비슷하게 생긴 건물과 도로와 신호등. 부지런히 달리는 차와 길가의 사람. 변했다면 변했겠지만, 노인은 체감하지 못했다.

어쩌면 하도 이상한 걸 많이 봐서 평범한 풍경에서 감흥을 느끼지 못하는 걸지도 몰랐다.

"산다는 게…"

괜히 감성에 젖은 노인이 물병을 조심스럽게 내려놓았다.

그 순간이었다. 노인이 뭔가 이상함을 느꼈다. 퍼뜩 고개를 들어 앞을 보았다.

"…"

운전사.

"지부장님."

운전사가 떨리는 목소리로 말했다. 언뜻 보이는 뒤통수와 얼굴 옆선이 식은땀으로 흠뻑 젖어 있었다.

"내비게이션에 문제가 생겼습니다."

"무슨 문제?"

노인이 눈을 찌푸렸다. 행운을 몰아 받은 회원은 조수석을 끌어안으며 머리를 앞으로 내밀었고, 이상하게 깨진 내비게이션 화면을 보았다.

지도는 멀쩡했다. 지도만 멀쩡했다.

"오류 난 모양인데요. 데이터가 이상한데."

현재 시각이 이상했다. 점심이 지난 시간인데, 35시 68분으로 나왔다. 현재 위치도 깨졌다. 궭붉밮 따위로.

그뿐만이 아니었다. 기이한 주의 알람이 울렸다.

딩동.

– 이상 출몰 주의 지역입니다.

"…"

"…"

차 안에 침묵이 내려앉았다. 상황이 명백했다.

사고가 쫓아왔다. 이상 현상을 마주했다. 이차원 탐사를 가기도 전에 말이다.

노인은 회원을 잠깐 보았다. 혹시 자기가 불운을 몰아 받은 사람을 데려왔나. 하지만 분명히 행운을 몰아 받은 회원이었고, 노인은 최대한 합리적으로 생각했다.

"행운인가? 이게 너한테 도움이 되나?"

행운.

이해하긴 힘들었지만, 운이 좋아서 생긴 일 아닐까? 왜, 이게 기회일지도 모르지 않나.

회원은 물론이고, 운전사도 그렇게 판단했다. 회원은 어려운 표정을 지으며 내비게이션을 노려봤고, 운전사는 평정심을 되찾으며 다시 운전에 집중했다.

"일단 계속 운전하겠습니다."

"음, 그래."

뭐 어쨌든 행운이 있는데.

그렇게 그들은 대수롭지 않게 여겼다.

하지만 시간이 지날수록 그들의 표정이 어두워졌다.

내비게이션은 그들을 목적지로 안내하지 않았다. 같은 자리를 빙빙 돌았다. 우회전, 우회전, 우회전, 우회전. 네모를 그리며 맴돌았다.

노인은 바깥을 보다가 말했다.

"저 건물만 몇 번째 보는지 모르겠군. 내비게이션은 무시하고 가게."

"제가 핸드폰으로 내비게이션 앱 보겠습니다."

회원이 핸드폰을 두드려 내비게이션 앱을 켰다. 길을 찾을 방법이야 많았다.

– 300미터 앞에서 우회전입니다.

운전사가 내비게이션의 안내를 무시하고 직진했다. 부아앙, 자동차가 가속하며 도로를 달리는 것과 회원이 앱을 켠 것은 동시였으며, 또한 두 내비게이션이 안내하는 것도 동시였다.

– 경로를 이탈하였습니다.

– 경로를 이탈하였습니다.

"…"

회원이 손을 떨며 핸드폰을 보다가 노인에게 말했다.

"제 핸드폰도 저 내비게이션처럼 망가졌습니다."

"역시 이럴 때는 아날로그지. 거기 앞에 열어보면 지도 있을 거야. 그거 보고 찾아가지."

옛날 감성도 좋지 않냐며, 대수롭지 않게 말하는 노인 덕분에 분위기가 나쁘지는 않았다.

회원이 몸을 구겨가며 조수석으로 자리를 옮겼고, 글러브

박스에서 빳빳한 새 지도를 꺼냈다.

다행히, 어쩌면 운 좋게 지도는 멀쩡했다.

'그래. 뭐 문제 있겠어.'

회원은 긴장을 풀었다. 어쩌면 죽을 위험을 마주했을 상황
인데 운이 좋아 이 정도로 끝나는 것일지도…

그 순간이었다.

내비게이션이 뒤늦게 말했다.

– 경로를 새로 설정합니다.

– 인간 단속 구간에 진입했습니다.

삐빅, 삐빅, 경보음을 울리며 붉게 깜빡이는 화면.

그들이 인간이니까, 인간이 있어서는 안 되는 도로를 달리
고 있으니까. 그들에게는 그런 규칙이 적용됐으며, 그 규칙을
어긴 대가가 무엇일지는 가늠하기 힘들었다.

노인이 지팡이를 꽉 잡았다.

"위험한 이상 같은데."

상품으로 팔지도 못할 이상 현상을 만나다니. 이게 운이
좋은 게 맞나?

'이연우가 사기를 쳤나? 아니지. 행운과 불운을 직접 봤잖
아.'

떨떠름한 표정을 짓던 노인은 상황이 더 악화되기 전에 결론
을 내렸다. 손해만 안겨주는 이상 개체? 버리고 도망치면 됐다.

"차 세우게. 택시를 타든, 대중교통을 이용하든, 다른 사람

차를 빌리거나 렌트를 하든, 저 기계만 버리면 괜찮겠지. 자네 핸드폰도 이 차에 버리고."

전원은 꺼지지 않았지만, 물리적으로 멀어지면 괜찮지 않을까.

운전사와 회원은 곧장 움직였다.

비상등을 켠 차가 갓길을 향해 부드럽게 달렸고, 회원은 핸드폰을 아예 꺼버렸다.

비상등이 깜빡이는 차가 점차 속도를 줄였다.

그리고 내비게이션이 울렸다.

- 차량 정차 금지 구간입니다. 속도를 높이세요.

브레이크를 밟던 발이 느슨하게 떨어졌고, 자동차가 거북이처럼 느릿느릿 나아갔다. 운전사가 마른 입술을 핥았다.

"지부장님. 어떻게 할까요?"

"…"

노인은 지그시 눈을 감았다. 빨리 판단을 내려야 했다. 보아하니, 이상한 규칙 같은 것이 점점 중첩되고 있었다.

미지의 위험.

"위험을 감수해야지. 속도 최대한 느리게 하고, 달리는 차에서 뛰어내려."

"저는 괜찮습니다만 지부장님은…"

나이도 있는데 그러다가 다치지 않을까? 그런 염려가 섞인 말에 노인은 고개를 저었다.

"저 귀신 들린 내비게이션에 휘둘리는 것보다는 낫겠지."

미지의 이상 현상보다는 차라리 뼈 몇 개 부러지는 편이 나았다. 그렇게 클럽 회원들은 각오를 다졌고, 몇 초 후, 문을 활짝 열고 도로로 몸을 던졌다.

우당탕!

노인과 운전사가 도로 쪽으로 굴렀다. 회원은 운 좋게 푹신한 쓰레기봉투가 잔뜩 널린 곳으로 떨어져 멀쩡하게 일어났다.

"빨리 움직여!"

노인은 아픈 티도 내지 않고 지팡이를 짚었다. 명품 정장이 긁히든, 관절이 아프든, 멈추지 말고 움직일 때였다.

"어디로, 어떻게 갑니까?"

"일단 저 이상 개체로부터 멀어져! 이 도로에서 벗어나고!"

어쨌든 인간 단속 구간이라지 않나.

그리고 회원의 행운이 그들을 도왔다. 아무런 문제 없이 그들은 도로를 벗어났다.

숨을 헐떡이는 노인과 회원과 운전사가 공원 의자에 나란히 앉았다. 한숨 돌린 그들은 의문에 사로잡혔다.

이게 행운?

"안 되겠군. 어쩌면 자네가 탐사에 가면 안 된다는 뜻일지도 모르겠어."

행운이나 불운 같은 운명은 해석하기 힘들었기 때문에 그들의 인식 안에서 단편적으로, 마음대로 해석되었다.

뭘 얻지도 못하는 이상 개체를 만났는데 그 뜻이 뭘까. 탐사를 막은 게 아닐까.

하지만 노인이 잘못 해석한 말은 회원에게 아이디어를 주었다.

'잠깐만. 이거 혹시…'

기억이 떠올랐다. 이연우의 운을 흡수할 때 일어났던 일들. 빨대를 떨어뜨리고, 기침이 나고, 숨이 막혔다. 꼭 그러지 말라는 듯, 그건 하면 안 된다는 듯.

가까스로 진실에 도달한 회원의 얼굴이 파랗게 질렸다. 그가 부들부들 떨며 질문했다.

"영감님, 회사의 조사원 말입니다. 회사가 조사원 뽑을 때, 뭘 먼저 봅니까? 생존 능력이나 살아남을 운 아닙니까?"

"생존? 그건 후천적인 거지."

숨을 돌린 노인은 왜 그런 걸 물어보냐며, 의아한 눈길을 보냈다.

"조사원 일이 뭔가? 이상 개체 찾아가는 일 아닌가? 굳이 따지면 사고 많이 겪는 사람이지."

확실한 조사를 위해 이상 개체를 잘 만나는 사람을 쓴다. 이를테면 이상 현상을 마주한 일반인을 스카우트한다거나.

조사원이 생존의 달인으로 여겨지는 이유도 그것 때문이었다. 그 많은 이상을 만나고도 멀쩡하게 살아남은 인간이란

소리니까. 생존 능력이 떨어지는 사람은 조사 몇 번 하면 죽으니까.

'그럼, 그럼… 내가 빨아들인 게…!'

망했다. 흡수해서는 안 될 것을 흡수했다. 이대로면 행운이 문제가 아니었다. 행운에도 한계가 있을 것 아닌가.

어쩌면 행운은 이미 바닥났을지도 몰랐다. 불운 같은 것을 흡수해서.

"영감님! 사실은…"

결국, 회원은 솔직히 말했다. 임시 봉인이라도 받으려고.

빨대를 돌려받은 노인이 무미건조한 표정을 지었다. 보통 프로젝트가 아닌데 그걸 자기 마음대로 망친 놈이었다.

"안타깝게도 도장은 일회용이야. 그러니 잘 버텨보게. 흡수했다고 해도 영구적인 건 아니니까."

"그래도 뭔가 방법이…"

그때였다.

그들이 쉬는 공원으로 웬 헬멧을 쓴 사람이 비척비척 걸어왔다. 좀비처럼 엉성한 걸음으로 손을 허우적거리며.

그르륵, 가래 낀 소리가 헬멧 너머로 들려왔다. 피 칠갑이 된 헬멧의 분위기가 심상치 않았다.

"이상 개체군. 자네 찾아온 모양이야. 자네가 처리하게. 나는 이만 돌아가서 프로젝트를 손봐야겠어."

"아니, 잠깐만요!"

노인과 운전사가 망설임 없이 떠났다.

회원은 그들을 쫓아가려 했으나, 와아악, 달려든 헬멧 쓴 괴인한테 붙잡혔다. 회원은 눈물을 흘리며 발버둥 쳤다.

이상을 끌어들이는 방향제도 아니고, 사고가 계속해서 쫓아왔다.

154

콱, 헬멧 쓴 괴인이 회원의 어깨를 붙잡았다. 회원의 몸통이 당겨지고 괴인이 얼굴을 들이대며, 새까만 헬멧이 회원의 코앞까지 다가왔다.

그르륵, 가래 끓는 소리가 들려왔다. 반투명한 헬멧 전면부, 피로 붉게 물든 전면부 너머로 좀비의 얼굴이 흐릿하게 보였다. 반쯤 썩어 흉측한 윤곽만 남은 얼굴.

"크에엑!"

"저리 꺼져!"

회원은 울상을 지으면서 악을 썼다. 팔다리를 버둥거리고 손바닥으로 밀어내고.

하지만 좀비의 힘을 이기지는 못했다.

쿵!

좀비가 헬멧을 쓴 채 머리를 들이박았다. 헬멧 너머로 이

빨을 딱딱 부딪치면서.

코앞에 싱싱한 고기가 있는데 헬멧 때문에 먹지 못했다. 좀비는 헬멧을 쓴 머리를 계속해서 회원에게 들이박았다. 쿵, 쿵, 쿵, 회원의 머리가 깨질 때까지.

그 피로 헬멧이 물들 때까지.

"끄윽!"

회원의 머리가 어질어질했다. 피로 물든 세상이 빙빙 돌았다. 좀비가 배고픔에 우는 소리와 머리가 쿵쿵거리는 충격음이 귀를 꽉 채웠다.

그쯤에서 행운이 움직였다.

우당탕!

헬멧 쓴 좀비가, 영원토록 배고픔에 시달릴 좀비가 넘어졌다. 회원을 붙잡은 손 또한 미끄러졌다.

운 좋게 찾아온 기회였다.

"공격, 아니, 도망, 도망을…!"

머리가 깨져 피를 질질 흘리는 회원이 휘청거리며 뒷걸음질을 쳤다. 어디에 문제가 생겼는지, 제대로 균형을 잡지 못하고.

자신을 버린 노인을 탓하지도 못했고, 품에 넣어둔 권총을 꺼낼 생각도 못 했다.

'안전한 곳으로 가야 해! 시간을 더 끌다가는 다른 이상 개체를 만날 거야!'

옳은 판단이었으나, 오판이기도 했다. 안전한 장소가 있을까? 있더라도 그곳까지 갈 수 있을까?

얼어붙은 빙판길을 회원은 허겁지겁 달렸다. 균형 감각이 박살 났는데도, 운이 좋아 넘어지지는 않았다.

반대로 좀비는 계속해서 넘어졌다. 뒤편에서 좀비가 넘어지는 소리와 울부짖는 소리가 들려왔다.

눈에 들어간 피 때문에 붉어진 시야로 얼마나 달렸을까.

"…아?"

공원의 끝자락에 다다른 회원은 이상한 꽃을 발견했다.

무궁화.

지독하게 추운 한겨울, 눈이 잔뜩 쌓인 공원의 길가. 날씨와 어울리지 않게, 부끄럽게 봉오리가 맺힌 무궁화.

연분홍빛의 꽃이 피어나고 있었다. 마치 시간을 빨리 돌린 듯이 빠르게.

사고였다. 이상 개체였다. 아무리 운이 좋아도 막을 수 없는 사건이 그를 찾아왔다.

"아니지?"

회원은 알 수 없는 불안감에 걸음을 멈췄다. 손이 벌벌 떨렸다. 추위가 아니라 공포 때문에.

'아니지? 진짜 아니지? 몇 시간 만에 이상 개체를 셋이나 마주친다고? 이건 말이 안 되잖아.'

사람 운명이 이 모양이면 그게 사람인가? 이상 개체를 빨아들이는 자석이지.

그런 생각 때문에, 예민하고 신속하지 못한 반응 때문에, 회원은 시기를 놓쳤다. 적절하게 살아남을 시기를.

갑자기 불어온 바람에 떨어진 눈더미를 뒤집어썼던 무궁화꽃이 활짝 피었다.

회원은 천진난만한 노랫소리를 들은 듯했다. 무궁화꽃이 피었습니다. 그 놀이 또한 떠올랐다. 무궁화꽃이 피었다는 소리가 멈췄을 때 움직이면 죽는 놀이.

회원은 조심성 없이 무심코 뒷걸음질 쳤고.

"아."

심장이 쿵 떨어졌다. 그리고 다시는 뛰지 않았다. 심장이 멎었다.

스르륵, 회원이 뒤로 넘어졌다. 차마 감지 못한 눈이 탁한 하늘을 올려다보았다. 믿지 못하겠다는 듯 부릅뜬 눈 위로 눈송이 하나가 하늘하늘 떨어져 내렸다.

아직 따듯한 체온에 녹은 눈이 핏물과 섞여 피눈물이 되어 흘렀다.

아무리 운이 좋아도 항시 운이 좋을 수는 없었다. 또한, 기회를 잡을 실력이 없으면 행운도 스쳐 지나갈 뿐이었다.

자격 없이 이연우의 운명을 누리던 회원은 한겨울의 공원 길가에서 죽었다.

손절은 재빨라야 하는 법. 노인은 액운 덩어리인 회원을 내

버리고 곧장 안전 셸터로 돌아왔고, 클럽 회장에게 연락했다.

"이번 프로젝트는 망했소."

- 알고 있습니다. 다 보았습니다.

핸드폰 너머에서 회장의 목소리가 들렸다. 그는 어딘가 고민하는 기색이었다. 이번 결과가 큰 고민을 안겨준 듯했다.

노인은 조금 의아한 목소리로 질문했다.

"그래도 주사위 정보는 얻지 않았소? 얻은 게 없지는 않은데."

- 주사위는 확실히 괜찮지요. 문제는 이연우, 그자입니다. 아무래도 주사위라는 포장에 속은 느낌이 들지 않습니까?

"잘 모르겠는데…"

회장은 잠깐 침묵했다. 이걸 뭐라고 해야 할까. 한참 고민하던 회장은 쉽게 말했다.

- 주사위만 보면 이용할 방법은 많습니다. 하지만 회사 고위층은 주사위가 아니라 이연우를 이용했습니다. 핵폭탄처럼. 그 이유를 이제 알았습니다.

골드버그클럽의 많은 회원은 이익에 눈이 멀어 위험이나 다른 부분을 놓쳤다. 혹은 알더라도 무모한 도전을 거듭하는 편이었다.

하지만 고위 회원쯤 되면 많은 부분을 보았고, 회장도 늦지 않게 이연우의 본질을 보았다.

방사능이나 늪 같은 인간. 주변에 사고를 안겨주거나, 엮인 모든 것을 저 아래로 떨어뜨리는 인간.

당장 회사만 해도 이연우가 초래한 사고 때문에 얼마나 많은 시간과 자원을 썼던가.

- VIP가 아니라 블랙리스트 명단에 올려야겠습니다. 엮이면 손해만 보는 부류의 인간입니다.

"예술가협회장처럼 말이오?"

노인의 말에 회장은 한숨을 섞어 답했다.

- 어찌 보면 그 인간보다 악질 같습니다. 선의를 가지고 상호 이익을 위해 접근해도 얻는 게 없으니.

"그러면 앞으로 어떻게 하시겠소?"

그렇다면 클럽의 방식도 변해야 했다. 노인은 이런저런 생각을 하며 말했고, 회장은 이연우 대응 정책을 결정했다.

- 서로 없는 사람처럼 사는 게 최선이겠습니다. 적의를 사든, 호의를 사든, 좋을 게 없으니까.

"알겠소. 아. 그리고 황금 확보 프로젝트는?"

- 순수하게 운에 맡기고 탐사하는 걸로 합시다. 황금만능주의로 정보를 얻으면 기껏해야 본전만 얻지 않습니까.

황금만능주의로 황금을 만들 수는 있었다. 대신 등가교환 수준으로 대가를 치러야 해서 그렇지.

그렇게 그들은 이연우와 탐사 관련한 이야기를 마무리 지었다.

- 그리고 멸망주의자 경계하십시오. 이것들, 슬슬 발버둥

치려는 느낌이니까.

"하긴, 가만히 있으면 말라 죽을 테니, 뭐라도 하겠지. 주의하겠소."

또 다른 위험을 주의하며 그들의 이야기가 이어졌다.

깊은 토굴 아래.

우두머리급 멸망주의자가 모여 끙끙 앓았다. 검은 연기를 두른 흡연자는 희미해졌고, 무인은 미라에 가깝게 붕대를 휘감았으며, 전자 세계의 유령은 머리를 감싸고 구석에 앉아 있었다.

고통 섞인 신음이 메아리치는 토굴에서는 무슨 병동처럼 약품 냄새가 진하게 났다. 전부 전쟁의 여파와 여러 집단의 공작 때문이었다.

저주, 저격, 불운, 공간 왜곡, 바이러스, 습격, 반란 등등. 온갖 이상 개체로 이루어진 기상천외한 공격.

"진짜 죽겠다…"

"지우개 든 그 사람만 있었어도 이 꼴은 안 봤을 텐데."

그들은 하나같이 아쉬운 소리를 뱉었다.

지우개와 반쯤 하나가 된 그. 그가 멀쩡하게 버텼으면 이딴 공작은 전부 지워졌을 텐데.

하지만 그는 이미 죽었고, 지우개도 빼앗겼다. 업보를 쌓을 대로 쌓은 멸망주의자는 버틸 수가 없었다.

핸드폰을 쥐고 있던 전자 세계의 유령이 중얼거렸다.

"이연우. 그 인간이 문제야. 그놈 때문에 우리가 이렇게 망했다고."

멸망주의자라고 멍청이는 아니었다. 나름대로 원인을 분석했다. 하나뿐인 원인을.

이상기후를 해결한 것을 시작으로 지우개를 든 멸망주의자를 죽이고, 집회에 숨어들어 안경과 렙틸리언 보스를 처리하고, 끝내는 불운으로 사후 세계의 파편까지 뒤집어씌운 인간.

멸망주의자의 멸망 같은 인간.

"핵폭탄 같은 인간도 죽이고, 가장 세력 큰 렙틸리언 보스도 죽이고, 머리 역할 하던 안경도 죽이고. 어떻게 이렇게 골라 죽였지?"

"회사가 우리 전담으로 준비한 인간 아닐까."

"지나간 이야기는 그만하지?"

그쯤에서 미라 같은 무인이 손을 들었다. 그의 손에는 마시다 만 보드카 병이 들려 있었는데, 손짓에 따라 보드카가 찰랑댔다.

"지금 문제가 한둘인가? 그 문제들 해결할 방법 찾기도 힘들다고."

잠깐 침묵이 내려앉았다. 그들은 앓던 것도 잊은 듯 입을 꾹 다물었다.

상황이 진짜 좋지 않았다. 위험 레벨 6도 없고, 멸망주의자도 얼마 안 남았고, 거의 모든 집단이 그들을 잡아 죽이려고 칼을 갈고 있었다.

세상과 인류가 멸망하기 전에 죽기 싫은 그들은 살아남기 위해 발버둥을 쳤다.

전자 세계의 유령이 침울하게 말했다.

"일단, 포섭이 잘 안 돼. 광고 아무리 보내도 넘어오는 사람이 없어."

"위험 레벨 6을 확보하지도 못하지. 그럴 능력이 있었으면 애초에 이렇게 수세에 몰리지도 않았을 거고. 그나마 희망은 너인데."

흡연자가 콜록 기침하더니 무인을 보았다.

"어때? 될 수 있을 것 같나?"

"아니."

세상과 싸워 이기겠다던 무인이 주먹을 쥐었다. 붕대 때문에 곰 인형 같은 주먹이 허공을 스쳤다.

"붉은 거인으로부터 도망친 뒤 방사능은 이길 수 있어. 방사능보다 내가 더 강해. 하지만 아직 약점이 많아. 때리지 못할 것도 많고."

"앞날이 캄캄하군."

흡연자가 검은 연기를 푸우 흘렸다. 연기가 그들의 미래처럼 새까맸다.

한편, 전자 세계의 유령은 머리통을 부여잡은 채 끙끙 앓으며 고민했다.

"안경만 있었어도 뭔가 방법을 찾았을 텐데. 안경, 안경처럼 생각하면…"

큼직한 작전을 세우고, 이런저런 꼼수를 떠올리던 안경.

전자 세계의 유령은 이미 세상을 떠난 동료의 얼굴을 그리며, 그의 입장에서 생각했다. 그와 협력했던 기억, 그가 세운 작전, 그가 상황을 활용하는 법.

모든 기억이 유산이 되어 자그마한 머릿속에서 빛을 내뿜었다.

문득, 전자 세계의 유령이 고개를 들었다. 흐리멍덩했던 눈에 빛이 맴돌았다. 마치 안경이 반짝이듯.

"이상기후!"

"뭐라는 거야. 너 정신 아직 안 멀쩡하니까 좀 쉬어. 너까지 다치면 우리 진짜 답 없으니까."

"술 한잔 마시고 자라."

두 멸망주의자의 걱정 섞인 핀잔에도, 전자 세계의 유령은 격렬하게 고개를 저었다. 오히려 펄쩍 뛰어올랐다.

"이상기후 해결됐을 때! 우리 뭐 했지?"

"뭘 해. 이상기후 구성 개체 빼돌리러…"

그들도 어렴풋이 감을 잡았다. 전자 세계의 유령이 손뼉을 짝짝 쳤다.

"그거야! 우리한테 부족한 걸 다른 놈들한테 얻으면 되잖아!"

"…어떻게? 그게 쉬울 거 같진 않은데."

흡연자가 담배에 불을 붙이려다가 손을 멈췄다. 꽉 막힌 토굴에서 담배는 조금 그랬다.

전자 세계의 유령이 흥분해서 손을 파닥였다.

"회사 사람들 빼돌리자! 위험 레벨 6도 포섭하고!"

"그러니까 어떻게?"

슬슬 짜증이 섞이는 목소리. 전자 세계의 유령이 재빠르게 움직였다. 손이 0과 1로 이루어진 문자열로 무너지더니, 핸드폰으로 들어가 기밀문서를 건져 올렸다.

"최초의 멸망주의자는 회사 사람이었어! 왜? 사람이 이상을 만든다고 생각해서!"

그 기밀문서가 핸드폰 화면에 선명하게 출력됐다.

이상의 기원이 인간이라고. 인간이 다 죽으면 이상 개체는 다 사라지고 더 발생하지 않는다고. 인간이 이 불합리한 우주의 원인이라고.

"인류가 멸종하면 이상도 사라진다! 인류 이후에 탄생할 지성종과 우주의 생명을 위해 우리는 죽어야 한다! 이걸로 회사원 포섭하자!"

"…광고 문자나 뿌리는 것보다는 낫겠는데."

흡연자가 혹한 기색을 보였다.

회사원 중에는 정신이 돌아버린 자들이 많았다. 이상기후 때만 해도 그걸 해결해보겠다고 60억 인구를 말살하려던 인류

학살회사 파벌이 생길 정도였으니까.

그 거시적인 사명감을 이용하면 광신도 같은 멸망주의자를 양산할 수 있지 않을까?

무인이 보드카를 몇 모금 삼키고는 물었다.

"위험 레벨 6은? 사람을 아무리 모아도 힘이 없으면 아무것도 못 해. 결국, 말라 죽을 거야."

"그것도 빼 오자! 6레벨에 발 걸친 사람들 어떻게든 포섭하면 되잖아!"

"…이연우 같은 사람?"

"바로 그 사람도 목표야!"

전자 세계의 유령이 얼른 고개를 끄덕였다.

"그 인간이 우리 적이니까 문제지! 우리 편이 되면 얼마나 든든해?"

"그건 맞는데, 그 인간이 이런 짓을 할까?"

그들도 대강 정보를 알았다. 이연우는 멸망주의자의 주적이니 더 잘 알았다.

일단 생존주의 성향인 인간인데, 대의가 뭐든 위험한 짓거리를 할 것처럼 보이지는 않았다.

하지만 전자 세계의 유령은 눈을 반짝이며 자신감 있게 말했다.

"포섭용 이상 개체 몇 개 있잖아."

무인과 흡연자는 잠깐 서로를 마주 보다가 고개를 끄덕였다.

"그래, 뭐. 여기서 더 나빠질 것도 없으니까."

"성공만 하면 상황을 바꿀 수 있어."

그렇게 어두운 토굴 안에서 작전이 세워졌다.

이연우는 퇴근을 준비했다. 퇴근이라고 해봤자, 사무실에서 옆방으로 이동할 뿐이었지만 말이다.

"오늘 컨디션 좋은데?"

창문을 한번 점검한 이연우는 싱글벙글 웃으며 경쾌하게 걸음을 옮겼다.

청소도 깨끗하게 끝냈고, 의뢰금도 방금 들어왔다. 과연 클럽답게 돈 계산이 깔끔했다. 두말없이 현금을 이체했다.

그렇게 이연우는 사무실을 벗어나서 사무실 문을 꽉 닫았다.

그 순간이었다. 이연우의 얼굴이 잔뜩 찌그러졌다.

"갑자기 기분이 나쁜데."

살인 사건을 몰고 다니는 탐정 같은 운명이 돌아왔다. 반나절의 자유를 누렸던 이연우는 본능적으로 불쾌한 표정을 지었다.

〈5권에서 계속〉

빨대

인류보호회사 4

초판 1쇄 인쇄일 2023년 8월 17일
초판 1쇄 발행일 2023년 8월 31일

지은이 짤짤이

발행인 윤호권
사업총괄 정유한

편집 박고운 **디자인** 표지 곰곰사무소(권빛나) 본문 박정원 **마케팅** 윤아림
발행처 ㈜시공사 **주소** 서울시 성동구 상원1길 22, 6-8층(우편번호 04779)
대표전화 02 - 3486 - 6877 **팩스**(주문) 02 - 585 - 1755
홈페이지 www.sigongsa.com / www.sigongjunior.com

글 ⓒ 짤짤이 2023

ISBN 979-11-7125-038-7 (04810)
ISBN 979-11-7125-034-9 (세트)

*시공사는 시공간을 넘는 무한한 콘텐츠 세상을 만듭니다.
*시공사는 더 나은 내일을 함께 만들 여러분의 소중한 의견을 기다립니다.
*잘못 만들어진 책은 구입하신 곳에서 바꾸어드립니다.

WEPUB 원스톱 출판 투고 플랫폼 '위펍' _wepub.kr
위펍은 다양한 콘텐츠 발굴과 확장의 기회를 높여주는
시공사의 출판IP 투고·매칭 플랫폼입니다.